Percy Jackson

波西傑克森

神火之賊

雷克・萊爾頓 Rick Riordan◎著

吳梅瑛◎譯

遠流

給台灣讀者的一封信

給台灣的年輕讀者們：

小心！你手裡握的是一個充滿祕密、魔法和驚喜的故事。打開這本書，你將被帶往未知的冒險旅程。

老實說，我完全不知道我的書〈波西傑克森〉會將我帶到哪裡去。當我第一次把波西這個發現自己父親是希臘天神的男孩故事告訴我兒子時，我也沒料到它竟然會變成小說，還出版到全世界去。之後，波西的故事有了自己的生命。誰料想得到希臘眾神在二十一世紀一樣具有影響力，而神話裡的怪物仍然在我們四周，追殺著年輕的「混血人」呢？

在此還要提醒各位一下，爲了避免造成全球恐慌，我必須將波西的故事寫成「虛構小說」，所以你沒有必要相信你（對！我說的就是「你」）可能是希臘天神的兒子或女兒。但是，如果你讀這本書時，感覺到體內的奧林帕斯血液沸騰起來的話，趕快保護自己！我們會在「混血營」爲你保留名額，以防萬一。

此時，我們正在努力詮釋著波西其他的冒險，好讓你跟上他的故事。如果你不怕的話，繼續讀下去吧，年輕的混血人！

來自奧林帕斯的祝福　雷克・萊爾頓

【導讀】一起來趟精彩的英雄之旅

《閱讀理解》學習誌總編輯　黃國珍

美國知名作家雷克．萊爾頓（Rick Riordan），最著名作品爲風靡全球的〈波西傑克森〉系列。這套書自二〇〇五年推出第一冊開始到二〇〇九年第五冊出版，獲得來自各界的好評與肯定，包括《紐約時報》二〇〇九年度最佳童書，榮獲美國總統歐巴馬選書，連獲兩年「馬克吐溫獎」最佳圖書系列，《紐約時報》、《出版者週刊》暢銷排行榜第一名，翻譯成全球三十餘國語言版本，並拍攝成電影，贏得全球青少年喜愛。另一個驚人的數字，是美國初版上市首刷達一百二十萬冊。所有的數據都證明了這套書的可讀性與價值。

既然〈波西傑克森〉系列這套書如此成功，爲什麼要再寫文章介紹？快快將它搬回家就好啊！這的確是個好決定，不過多一分理解，更能在這精彩的系列故事中，深一層看見它在當前學習中的閱讀價值。

台灣當前的教育發展已經與國際教育趨勢接軌，將「發現問題、解決問題與終身學習」作爲學習表現的指標，這表示學習不再是熟記學科知識，更要求面對眞實生活的能力。在這前提下，課本不再是學習的唯一內容，反而需要更爲廣泛多元、貼近生活的材料，幫助處於青少年階段的孩子銜接生活經驗，並在其中思考與解決問題。

青少年是人生之中一個獨特的時期，充滿著成長的驚喜與困擾。生理方面有顯著的改變，接近成人般的成熟，也開始在家庭、學校生活與初期參與社會的互動中，學會更加複雜的社會關係，並思索定位自己的角色與前進的目標。因此，青少年普遍在生活中有幾個切身的問題發生，例如：對未來的不安心理、依附關係的改變、身心不平衡帶來的困惑、缺乏自我認同及生涯定位、人際關係的互動相處。

孩子雖然需要面對這些問題，但如果有一個人可以分享他的故事，接受自己不同於別人的出身，在巨大的壓力與尚未成熟的心智之間，找到成長的平衡點，在與人的相處中超越挫折，那就像是找到可以相互支持的夥伴一起冒險，踏上共同的與個人的英雄之旅。而波西·傑克森正是這個人，他精彩奇幻的冒險故事，也是一個青少年成長蛻變的紀錄。

波西·傑克森是一位擁有海神波塞頓血脈的混血少年，困惑於自己的身世與能力，在學校受同儕歧視與霸凌，但他也是一位勇敢而忠誠的英雄。他對家人的愛，無論是血緣還是親情，使他成爲一個眞誠而可愛的人物。

他是那種願意迎接自己的故事並勇敢走下去的英雄；他帶著讀者一起沉浸在這個奇幻的世界裡，很快就愛上了他夢幻般的新生活和隨之而來的人物角色。讀者如我，在不自覺中也成爲與他同行的夥伴，同理他內心的掙扎，在挫折中給予支持鼓勵，在光明和黑暗之間與他並肩戰鬥，共同跨越一次又一次的危機。最後，原本的尋找，轉變爲創造，夥伴成爲如同家人的存在，友情凝聚成爲一個家的根基，見證了波西的蛻變與成長。

在所有的戰鬥、魔法和謎語之間，這是一部眞正溫暖人心的故事，一位自遙遠希臘神話蛻變的現代少年英雄，在故事中與讀者的心中誕生。

如果我在青少年時有機會讀這套書，相信在閱讀過程中與波西一起冒險的體驗，從這群夥伴身上學到的事，一定能給當年青澀、困惑、挫折的自己帶來啓發與力量。因爲波西的英雄之旅，我和他一起走過，他的成長就是我的成長。而且這群可愛的夥伴還會在故事結束後，在心中陪伴我很長時間，當我有需要時就召喚他們出現。

關於〈波西傑克森〉這書，最後還有一個隱藏的主題較少被介紹。故事中不論是波西或是混血營中的夥伴，實際上都暗示著一群在人類世界中被視爲「不正常」的孩子，他們被安置在看不見的邊緣地帶，視而不見就是一種偏見與歧視。而這個故事溫暖的告訴我，他們仍然是英雄，能夠殺死怪物並保護他們的朋友，這是一個重要的訊息。面對當前這個多樣性、多元化的社會，欣賞差異、開放包容成爲必要，〈波西傑克森〉的故事讓我們看見一群所謂不正常的孩子，也和我們一樣具有人性、智慧與愛。

事實上，作者開始創作這個故事系列，是爲了幫助他有閱讀障礙的兒子，讓他覺得他也可以成爲英雄；而他的孩子隨著故事情節發展，表現上也更加進步和包容，逐步成爲能在故事中看到自己可能性的孩子。

〈波西傑克森〉是一部精彩的青少年奇幻小說，有大量的神話、偉大的友誼、追求、背叛、戰鬥、包容，以一種充滿劇情張力的閱讀，讓青少年讀者學習認識這個多樣的世界，甚至用希臘神話的背景設定提醒青少年讀者，在世界表象背後，在自身被視爲命運的經歷背後，往往有更爲深層的結構，才是影響每一個人的隱藏原因。

這套書我讀得很開心，如果你或孩子喜歡神話和一大群朋友，想在故事中學習真實世界的多樣包容，嘗試解決自身或夥伴的困難，我相信波西傑克森這位英雄，能帶領讀者經歷一場精彩的英雄之旅。

【親子推薦一】

被女兒推坑進入神話世界

華語首席故事教練　**許榮哲**

關於希臘神話，我是被女兒川川推坑的。

女兒小三的時候，迷上希臘神話，並且大力向我推薦，看著、看著，我也上癮了。

關於〈波西傑克森〉，我也是被女兒推坑的。

媽媽把這件事寫在網路，沒想到意外引來出版社的注意，他們希望找我女兒推薦小說〈波西傑克森〉，因為小說的背景就設在希臘神話之上。主人翁波西．傑克森是天神與凡人的私生子。託女兒的福，我才有機會讀到這套紅透半邊天的小說。

閱讀這部小說，跟我平時的閱讀經驗完全不同，因為背景設在希臘神話之上，因此閱讀過程中，神影幢幢，熟悉的神話人物不斷「亂入」。雖說是亂入，但作者就是能提出一套自圓其說的道理，讓你先是覺得作者在唬……扯，隨後會心一笑，好吧，是滿有道理的。

舉個例子：

「波西，你爸爸沒有死，他是奧林帕斯眾神之一。」（我聽你在唬……）

「這……太瘋狂了。」

「很瘋狂嗎?想想神話裡的天神最常做的事情是什麼?他們跑到凡間和人類墜入愛河,然後生下孩子。你以為他們最近幾千年會改變這個習慣嗎?」(好吧,我被說服了。)

再舉個例子:

「文明的光輝最耀眼的地方,就是天神所在,比如他們在英國就待了幾個世紀。波西,是的,他們現在當然是在你的美國。」(我聽你在唬……)

「你看看美國的象徵是宙斯的老鷹,看看洛克斐勒中心的普羅米修斯雕像,還有你們華盛頓政府建築的希臘式門面……」(好吧,確實有那麼一點道理。)

我非常享受這種被小說設定虐待,並且等著慢慢被說服的過程。

喔,對了,希臘神話有個傳統,父親會被兒子推翻。第一次是宙斯的祖父,第二次是宙斯的父親,第三次就是宙斯本人,他被凡人兒子海克力士推翻。

那麼波西.傑克森是來推翻他的天神爸爸的嗎?

我享受被女兒推坑的過程,是她帶著我,從希臘神話到〈波西傑克森〉,一個又一個更遼闊的世界。至於她會不會像希臘神話一樣,長大後也推翻自己的爸爸?

我非常期待那一天的到來。

——完

【親子推薦二】

帶著幻想與波西一起冒險

許川川

〈波西傑克森〉眞的是一套很有創意的小說，這個世界上居然有那麼多人是神的小孩。看著、看著，我也忍不住幻想起來，說不定我的爸爸媽媽也是神。如果他們眞的是神，我希望他們是阿瑞斯和雅典娜，不過我們家男生長得不帥，女生成績也不怎麼樣，所以他們一定不是我們的父母。

比較有可能的是阿芙蘿黛蒂和宙斯。嘿嘿，我那麼漂亮，很有可能是阿芙蘿黛蒂的女兒呢。至於我弟弟只要一生氣就很恐怖，跟宙斯一樣。

如果不考慮我自己的喜好，那我媽媽和爸爸應該是狄蜜特和戴歐尼修斯。因爲狄蜜特就像我媽媽一樣溫柔，至於爸爸就像戴歐尼修斯，每天都很歡樂，甚至有一點搞笑，但偶爾也會一不小心就抓狂。

雖然以上都不可能發生，但可以帶著這樣的幻想，跟著波西傑克森一起去冒險，彷佛我們是一同並肩作戰的夥伴，眞是一場愉快的閱讀經驗。

——完

【親子推薦二】

讓孩子廢寢忘食的故事！

基隆市東光國小校長 顏安秀

〈波西傑克森〉套書，是我給孩子水果姐的十一歲生日禮物，期待透過廣闊的奇幻世界，更豐富孩子的想像力。孩子也如所預期的，很快被故事鉤上，甚至到了廢寢忘食的地步。我想是因為故事情節驚悚刺激，讓青春期的孩子無法自拔吧！

作者雷克．萊爾頓運用了任何讀者都會有的強烈好奇心，急迫想知道劇情走向的念頭，牢牢抓住了大小讀者的目光。閱讀期間，孩子因著要更掌握情節發展，開始廣泛涉獵希臘羅馬神話相關知識。從故事本身延伸到其他議題的學習，甚至主動瞭解歐洲文化起源和崛起，而「自主學習」，正是除了閱讀樂趣之外，我希望帶給孩子的額外收穫。

【親子推薦二】

與波西一起闖蕩神話世界

水果姐

〈波西傑克森〉，讓我有段奇幻文學旅程，我也一遍又一遍重複地看。因爲迷人的故事結構，以及充滿華麗的想像力，讓「閱讀」本身就是最棒的饗宴。刺激緊張的故事，包括到冥王地府拯救母親、到帝國大廈找奧林帕斯諸神等等，讓我透過作者雷克．萊爾頓的巧妙敘述，身歷其境，彷彿跟著波西一起拯救朋友，或跟著安娜貝斯一起出生入死。

〈波西傑克森〉總共五集，每看完一集，我就對希臘神話有新的見解，也促使我更想廣泛地瞭解歐洲文明。我鼓勵所有和我一樣的青少年，跟著波西穿越歐美各地、穿梭於各式神話，透過文字闖蕩壯麗的冒險世界吧！

【推薦文】
穿閱超時空——來一趟你的英雄之旅吧！

丹鳳高中圖書館主任、作家　宋怡慧

神話是眾人的夢，夢是私人的神話。——神話學大師坎伯（Joseph Campbell）

美國奇幻小說家雷克．萊爾頓造就的〈波西傑克森〉，憑藉超現代的天神人設，以希臘神話的元素融入故事，創新奇幻的題材，也改寫英雄的奇想，傳遞人生的眞理與信念，帶領讀者翱翔在懸疑冒險與尋夢追夢的閱讀世界。

每個讀者心中都藏有一個不平凡的夢，當我們遇到是非的辯證、恐懼與勇氣的拔河、理性與感性的平衡，礙於現實生活，我們常會徬徨無助，而失去勇敢歷險的機會。雷克．萊爾頓帶著他筆下的混血英雄波西．傑克森，穿越在虛幻與現實之間，看似平凡的魯蛇，在「混血營」的試煉與考驗下，堅持理想，化身爲青少年夢想先行者，堅強地走在自我探索的旅程，憑藉毅力克服困難的任務，不只保有內在單純與天眞，重新連結親情、友情、人際的多重關係，也讓看似崩壞的世界，消弭歧見、重歸眞實的美好。

當讀者與我一起「穿閱」在〈波西傑克森〉系列，從陌生到熟悉的場景，相互交錯，你會發現：每個祕密的背後，都是一段神祕力量的召喚。你可能會遇見聰明智者的啓迪、高超幫手的助益，通過重重困難，克服險阻，就能帶回英雄旅程要送給主角和讀者的人生彩蛋。它是勇氣、智慧、更好的自己。

讀者在曲折驚險的情節中，開展了封閉的心，從反派人物的出場與設險，察覺到內在的不安，或許眞正震懾自己的不是邪惡勢力，而是自我設限的內在恐懼。如果，你也和我一樣，跟著雷克．萊爾頓從希臘到羅馬，再從埃及到北歐，我們會被神話傳說的豐富想像驚豔，會被作者嶄新的書寫手法吸引，從宗教、家庭、集體意識、內心探索等議題歷險，克服面對的孤獨。在閱讀的過程，彷若進行神聖的成長儀式，相信世界的善意、神隊友的正義，還有，人定勝天是生命的累積，而非空談的奇蹟。

嗨！年輕的混血人，你還在等什麼？小說家的混血營正爲你保留唯一的名額，等你來闖一趟專屬的英雄之旅。

【推薦文】

提升閱讀力、想像力與品格力的奇幻經典！

惠文高中圖書館主任、作家　**蔡淇華**

你知道全球知名的經典青少年奇幻小說〈波西傑克森〉，其主角的原型是有著閱讀障礙與過動症的十二歲少年嗎？電影版將波西傑克森從十二歲被改爲十六歲，其實讓原作者雷克．萊爾頓非常不滿。他認爲電影少了許多慘綠少年突破天生困境、追尋自我認同的細節。

其實電影只拍到〈波西傑克森〉系列的第二集，但要盡情享受雷克．萊爾頓融合希臘神話、羅馬神話，甚至古埃及神靈等文化所打造出的奇幻經典系列，其實還是要捧起原著細讀。

我在國中看完金庸的五大冊〈鹿鼎記〉後，閱讀興味被完全開啓，開始不怕閱讀長篇，整個閱讀速度得到提升。如果現代害怕閱讀的青少年也能暢快淋漓讀完五大冊〈波西傑克森〉，一定可以奠定一生的閱讀能力。因爲讀得多才能讀得快，讀得快就不怕任何的升學長篇題幹。

除了可以提升閱讀能力外，〈波西傑克森〉還能開發讀者的想像力、認識西方神話，甚至在伴隨著主角的冒險旅程中，內化勇敢、信任、正直仁厚等英雄人格特質。〈波西傑克森〉不啻是在茫茫書海中提升青少年閱讀力、想像力與品格力的奇幻經典！趕快爲你關心的青少年提供這部節奏明快、高潮迭起，而且得過「馬克吐溫獎」最佳圖書的超刺激小說吧！

【推薦文】

混血人的平凡，代表你我最眞實的原力

親職溝通作家　**羅怡君**

以希臘羅馬神話爲基底的〈波西傑克森〉，創造了一個新族群——由眾天神與一般人結合而產生的後代，稱之爲「混血人」。而這些散居各地、各自承接天神特質與超能力的混血下一代，以男孩波西爲首，展開驚險刺激的冒險任務。在作者筆下，這些任務巧妙結合現實生活中難以解釋的災難與人爲事故，不禁讓我聯想深思當中有什麼特殊涵意？

的確如此，我像是解開密碼般的興奮不已！例如：

- 想想令眾神們爲之傾倒、甚至打破戒律的特質是什麼呢？波西的媽媽、安娜貝斯的爸爸，他們與其他父母又有什麼不同？
- 混血人有其弱點，但也有混血人才能做到的事，甚至是擊敗天神的重要關鍵，原來天神也絕非萬能與完美。關於弱點，我們有什麼不同詮釋呢？
- 每項任務都是截然不同的團隊組合，曾互相競爭、討厭的對手，可能是下一次必須結伴同行的夥伴，過程中的信任與背叛，眞的如我們所預料的嗎？

也許我們就是作者筆下的混血人，特別是下一代的未來充滿嚴峻挑戰，看似脆弱無能為力的我們，是否也能像混血人一樣，透過獨特角度找出平凡中的不平凡？既然人類物種存在這個地球，就讓我們向波西傑克森學習，共同找出終其一生奮鬥的價值吧！

【初版推薦文】

跟著〈波西傑克森〉進入西方文明的源頭

作家　李偉文

現今的西洋文學、藝術，乃至於一般民間生活習慣與典故，幾乎都與希臘羅馬的神話有關，因此，若要欣賞西方的藝術與文化，最好能對這些錯綜複雜的眾神關係有些概念。

基於這樣的「認知與學習」觀點，在孩子上國中之前，我就嘗試找一些有關希臘神話的書給她們看，可是她們大部分都看不下去，有的書即便勉強看完，也無法理解希臘眾神間複雜的恩怨情仇。一直到〈波西傑克森〉這套精彩刺激的奇幻小說出現，才真正讓孩子看到這些希臘神話裡的人物，彷彿幾千年的時空距離完全消失，這些天神與凡人所生的混血人，真的就在身邊。

主角是個凡人眼中的注意力不足過動症患者，同時也有閱讀障礙，跟著媽媽辛苦的生活著。與「哈利波特」一樣，他發現了自己的詭奇身世，也成爲怪物的獵殺對象，同時他也是預言中的神界救星。

這些看似高潮迭起、引人入勝的歷險過程，正是隱喻了少年孩子在成長階段中最關鍵的自我認同的追尋。因爲作者全以第一人稱敘述，全書充滿了青少年素有的叛逆與幽默搞笑。這個成績不好、不討人喜歡的孩子，雖然衝動，但是很勇敢又坦率；雖然總是很倒楣卻懂得苦中作樂。這些情節很能引起孩子們的共鳴，因此書中包含的家庭關係、朋友之間的信任、對未來的夢想等學校所謂「生命教育」的重要課程，在不知不覺中就傳遞給孩子了。

家長或老師在幫孩子選書時，往往會挑「有價值」的書，這些書或者是知識含量高，或者是主題正確，教忠教孝不怪力亂神。遺憾的是，有時這些選擇，除了無法讓孩子享受到閱讀的樂趣，更恐怕會破壞他們養成喜歡閱讀的習慣。

要讓孩子感受到書中天地的寬廣，唯有從能夠吸引孩子廢寢忘食的書開始。若是家長只著眼於「開卷有益」，專挑表面上有意義而且充滿知識的書給孩子看，那就太可惜了。我覺得書籍可以帶給孩子最深遠的影響是「掩卷」的時候，當孩子看一本書還沒有看完，就興奮地坐立難安想跟你分享，這才是最動人的時刻。

〈波西傑克森〉是一套這樣的書，而且更令家長放心的是，當孩子看完這個故事，也等於上了令人難忘的西洋文化史。

【初版推薦文】

所有人類的好朋友

作家・青蛙巫婆　**張東君**

「天將降大任於斯人也，必先苦其心志，勞其筋骨，餓其體膚，空乏其身，行拂亂其所為，所以動心忍性，增益其所不能……」這雖然是出自孟子，但是我每次閱讀〈波西傑克森〉系列時，這段話都會一直掠過我的腦海。因為波西與他混血營的朋友們，雖然只是青少年，卻從小就不停地在體驗、實踐孟子這幾句話中所代表的涵義。

〈波西傑克森〉系列故事的骨幹，是流傳久遠的希臘神話。由於希臘神話可說是西洋文學的立基點，不論有沒有看過或聽過希臘神話的人，都多多少少知道幾位希臘神祇的名字。到處拈花惹草、惹得老婆大人希拉震怒的天神宙斯，以及海神波塞頓、太陽神阿波羅、智慧女神雅典娜、愛與美的女神維納斯等等，不只是許多文學藝術作品的創作泉源，天上的星座也都跟祂們有很大的關連。

我們所知道的希臘神話及天神故事，只是他們流傳在外的功績或小過，在以千年為單位流逝的時光中，不過是其中極小的一部分。但是我們卻能輕鬆地從本系列奇幻故事中，一邊閱讀一邊想像這些隨心所欲、想做什麼就做什麼的天神們的行為，可能會造成何種後果來讓後人承擔。

波西就是這種狀況下的「產物」，他是海神波塞頓和凡人女子之間所生下來的「混血人」。

天神和人類之間的混血兒，通常會有閱讀障礙，會是過動兒，所以在被發現或是自己發覺事實眞相之前，上學對他們來說是種災難。可是當他們被帶去「混血營」和同伴宿營，瞭解自己背負著的命運時，更會變得非常無奈。因爲只要是混血人，就會像塊強力磁鐵一樣，吸引許多的妖魔鬼怪來挑戰、來行刺，想要用混血人的血與肉換取某種利益……何況波西又很有可能是預言中所說的那個「在十六歲時，會對奧林帕斯帶來重大影響」的人！

於是，波西的日常生活幾乎沒有一刻寧靜，在學期中必需努力克服自己的學業問題；在暑假回混血營受訓時，通常也待不了幾天就得受命去完成某件重大任務。從前我們是在神話中讀到其他「成年」天神們完成的各種任務，現在我們則陪伴著青少年神人混血去超齡挑戰種種「不是你死就是我亡」的重責大任。

我在還是小學生時就看過希臘神話、羅馬神話等各種西洋神話，也發現這些閱讀對觀察星象、認識星座很有幫助。等我讀到《獅子、女巫、魔衣櫥》，走入「納尼亞」的世界中，更是興奮地發現許多原本只在星座、神話中「認識」的角色都是「活生生」、「有血有肉」的。

不過，如果從結合希臘神話與現實社會的寓教於樂，以及融合娛樂、文學與教育爲一體的角度來看的話，〈波西傑克森〉更上一層樓。他讓天神們走進凡人的世界中；讓奧林帕斯飄在紐約上空；讓尋找牧神潘的任務與自然保育的議題結合；讓青少年知道只要有心，世界上沒有不能克服的困難。

波西不但是飛馬的好主人、獨眼巨人的好兄弟、羊男的好搭檔，更是我們所有人的好朋友。

各方榮耀肯定

★《時代》雜誌評選史上最佳百本青少年書
★《紐約時報》暢銷排行榜第一名
★《紐約時報》最佳圖書獎
★《出版者週刊》暢銷排行榜第一名
★美國圖書館協會最佳圖書獎
★《學校圖書館期刊》最佳圖書獎
★全國英文教師協會最佳童書獎
★美國NBC電視台「The Today Show」讀書俱樂部好書精選
★《兒童雜誌》最佳圖書獎
★VOYA最佳小說獎
★YALSA最佳青少年圖書獎
★CCBC最佳選書獎
★英國紅屋圖書獎

★英國阿斯庫斯圖書館組織火炬獎
★英國沃里克郡最佳圖書獎
★芝加哥圖書館最佳圖書獎
★猶他州兒童文學協會蜂巢獎
★維吉尼亞州讀者選書
★馬克吐溫讀者選書獎
★緬因州學生圖書獎
★新澤西州青少年圖書獎
★麻州最佳圖書獎
★亞利桑那州學生最佳圖書獎
★路易斯安那州青年讀者選書獎
★南卡羅萊納州青年讀者選書獎
★北卡羅萊納州童書獎入圍
★德州圖書館協會藍帽獎入圍
★懷俄明州翔鷹獎入圍

波西傑克森 1 神火之賊

目錄

主要人物簡介

◆**波西・傑克森**（Percy Jackson）

十二歲，個性衝動急躁，但勇敢正直。有閱讀障礙及注意力不足過動症，小學六年換了六所學校。後來他發現了自己的詭奇身世，也成爲怪物虎視眈眈的對象，甚至是預言中的神界救星。

◆**格羅佛・安德伍德**（Grover Underwood）

波西的同班同學，也是他最好的朋友。個性看似膽小懦弱，但常在意外時刻挺身而出。他是波西最佳的守護者，最大的夢想是要找到羊男的首領——天神潘。

◆**安娜貝斯・雀斯**（Annabeth Chase）

波西在混血營中認識的夥伴。十二歲，是智慧女神雅典娜與凡人的混血女兒，也是混血營六號小屋的領隊。她聰明且功課好，和雅典娜一樣善於計畫與運用智慧。

◆**奇戎**（Chiron）

就是波西在楊西學校的拉丁文老師布魯納先生，也是波西最尊敬的老師。他個性溫和、愛好和平、充滿智慧且擅長醫術。實際身分是混血營的營區活動主任。

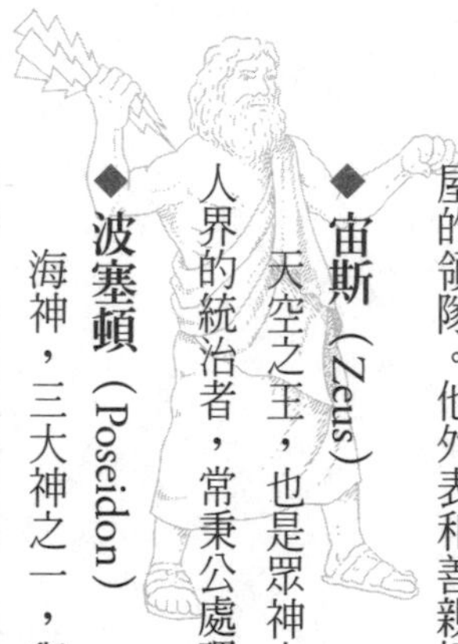

◆路克（Luke）

波西在混血營中的指導員。十九歲，商旅之神荷米斯與凡人的混血兒子，也是混血營十一號小屋的領隊。他外表和善親切，劍術超群，也是波西的劍術教練。

◆宙斯（Zeus）

天空之王，也是眾神之王，三大神之一。他主宰整個天空，包括雷電風雨等氣象，也是天界和人界的統治者，常秉公處理神界的糾紛。他的武器是威力無比的「閃電火」。

◆波塞頓（Poseidon）

海神，三大神之一，與宙斯和黑帝斯是兄弟，掌管整個海域。他的個性像大海一樣，時而深沉平靜，時而狂暴易怒。他是馬的創造者，力量象徵物是「三叉戟」。

◆黑帝斯（Hades）

冥界之王，三大神之一，與宙斯和波塞頓是兄弟，因爲掌管整個冥界與地底寶藏，故有「財富之神」的綽號。個性陰沉冷酷，他的力量象徵物是「黑暗頭盔」。

◆阿瑞斯（Ares）

戰神，掌管所有戰爭相關事宜，野蠻與屠殺的代表。武藝高超，但個性粗暴，在天神界不太受歡迎。與掌管愛情及美貌的女神阿芙蘿黛蒂有婚外情。

1 道斯老師

我不想做混血人。

如果你讀這本書是因爲覺得自己可能是混血人的話，那麼，我給你的忠告是，立刻闔上這本書！還有，關於你的身世，你就相信爸媽編的謊言，而且要努力去過正常人的生活。

做一個混血人是危險的，隨時都得提心吊膽。大部分的時候，這身分只會爲你惹來殺身之禍，而且對方使出的手段絕對齷齪下流，保證讓你痛苦萬分。

如果你是個正常的小孩，只單純將這本書當成小說來讀的話，那麼就恭喜你，請繼續讀下去吧。其實我很嫉妒你，因爲你竟然相信這些事情都是假的。

要是你往下看了幾頁後認出你自己，甚至感覺到身體裡有什麼東西在翻攪，這時一定要立刻停止閱讀，因爲……你可能就是我們的一份子。一旦你知道了這件事，他們也遲早會感覺得到，而且，他們會來找你。

可別說我沒警告你喔！

我叫波西．傑克森，今年十二歲。

幾個月前，我還是楊西學校的住校生，這所學校位在紐約州北部，是一所專供問題學生就讀的私立學校。

那麼，我是一個問題學生嗎？

嗯，可以這麼說。

我可以輕易的證明這件事，雖然我不幸的人生才開始沒幾年，但隨便從哪裡講起，我都可以找出一大堆我有問題的證明。不過，更糟的事其實是從今年五月開始的。我們六年級這班五月時到曼哈頓校外教學，黃色校車上總共有二十八個心理治療個案的學生和兩位老師，一起前往大都會博物館看古希臘羅馬文物展。

我知道，這聽起來很像酷刑，不過楊西的校外教學通常都是這樣。

這次因爲是由拉丁文老師布魯納先生帶隊，所以我還抱著一絲希望。

布魯納老師是個坐著電動輪椅的中年人。他的頭髮稀稀疏疏，鬍子亂亂的，總是穿著一件磨到快破掉、沾有咖啡味的花呢夾克。你可別以爲他是個冷酷的人，其實他很會說故事、講笑話，還讓我們在課堂上玩遊戲。他也收藏可怕的羅馬盔甲和武器，我只有上他的課時不會打瞌睡。

我祈禱這趟校外教學一切順利，至少這次別出事就好，這樣我就不會惹上麻煩。

各位，我大錯特錯。

看吧，每次校外教學總會有壞事降臨在我頭上。就像五年級去參觀薩拉多加戰場時，我就出了個包，那是和美國獨立戰爭的大砲有關的意外，雖然沒有瞄準到校車，不過我還是被趕了出去。更早之前，我四年級的時候，我們到海洋世界進行鯊魚飼育員體驗之旅。我只不過在狹窄的通道上不小心碰錯了操作桿，我們全班就都被沖成了落湯雞。而在更早更早之前呢……嗯，不用我說，你應該想像得到吧。

所以這次校外教學，我決定要好好表現。

去市中心的整段路上，我拼命忍耐南西．波波菲這個滿臉雀斑的紅髮偷竊狂。她拿了一塊夾著花生醬和蕃茄醬的超厚三明治，砸在我最好的朋友格羅佛的後腦勺上。

格羅佛是個很容易下手的目標，因爲他骨瘦如柴，遇到挫折就會大哭。他一定被留級過好幾次了，因爲在六年級學生中，只有他臉上長了青春痘、下巴開始長出鬍鬚，而且他還跛腳。他的腿得了某種肌肉方面的病，這個病讓他此後一生都不用上體育課。他走路的姿勢很滑稽，小心翼翼的，好像每一步都會受傷，不過可別讓這些表相給騙了，如果學生餐廳那天的菜色是烤玉米捲餅的話，你應該會看見他飛奔過去。

話說回來，這時南西．波波菲正丟出一團三明治，啪，不偏不倚黏在格羅佛的棕色捲髮上。她知道我今天拿她沒輒，因爲我還在觀察期。校長用一副要毀掉我的口吻威脅著說，如果我這趟校外教學有什麼差錯、出了什麼糗，甚至只搞笑一下，就會遭到停課的處分。

「我要殺了她。」我嘴裡咕噥著。

格羅佛想讓我冷靜下來，他說：「沒關係，我喜歡花生醬。」

他巧妙的閃開另一塊南西的午餐。

「夠了。」我站了起來，可是格羅佛把我拉回位子上。

「你還在觀察期。」他提醒我，「如果出了什麼事，你知道責任會算在誰頭上。」

如今回過頭來看，我眞希望當時出手把南西．波波菲打扁。因爲被停課這件事，和我即將讓自己捲入的那團混亂相比，根本就不算什麼。

布魯納老師帶領我們參觀博物館。

他乘著輪椅，在最前面引導我們穿過有回音的大展示廳、走過大理石雕像以及擺滿了古老陶器眞品的玻璃櫃，櫃子裡的陶器有黑色與橙色花紋。

眼前這些文物已經存在兩、三千年之久，深深打動了我。

布魯納老師要我們在四公尺高的石柱下集合，石柱柱頂是人面獅身像。他告訴我們這石柱是一個墓碑，屬於一個和我們年齡差不多的女孩，還跟我們說每一面雕刻所訴說的故事。我認眞的聽他解說，這的確很有趣。討厭的是我身旁每個人都在講話，每次我叫他們閉嘴，另一位導護老師道斯女士就會賞我一個惡毒的眼神。

道斯老師來自喬治亞州，擔任我們數學老師還沒很久。雖然她已經五十歲了，卻總是穿著黑色皮夾克，看起來脾氣很暴躁，好像隨時會騎著哈雷重機車去衝撞你的置物櫃。她今年年中來到楊西學校，因爲我們前一任數學老師精神崩潰了。

從道斯老師到這裡的第一天起，就很愛南西．波波菲，而我則被她當成魔鬼的後代。她會用彎彎的手指著我說：「現在，親愛的……」聽到這個非常甜美的聲音，我就知道這個月放學之後都得留下來。

有一次，她叫我把舊數學習題簿上的答案擦掉，我一直擦到半夜才做完。我告訴格羅佛說，我覺得道斯老師不是人類。他看著我，非常認眞的說：「完全正確。」

布魯納老師繼續解說希臘墓葬藝術。

南西．波波菲吱吱喳喳的拿石柱上的裸體開玩笑。我轉頭對她說：「你可以閉嘴嗎？」我的音量比想像的還大。所有人都笑了，布魯納老師停止講故事。

「傑克森先生，」他說：「你有什麼高見？」

我的臉漲紅了。我說：「沒有。」

布魯納老師指著石柱上的一幅圖說：「也許你可以告訴我們，這張圖象徵什麼？」

我看到那幅圖後鬆了一口氣，因爲我眞的認得。「是克羅諾斯❶在吃他的小孩。」

「沒錯，」布魯納老師顯然不太滿意，「那麼，他做這件事是因爲……」

---

❶克羅諾斯（Kronos），希臘神話中十二位泰坦巨神之一。他被稱為「邪惡者」，曾用鐮刀將父親烏拉諾斯（Ouranos）切成碎片，並成為泰坦巨神的首領及天界之王。後來王位被自己的孩子宙斯所推翻。

「嗯，」我絞盡腦汁用力想，「克羅諾斯是天神之王，而且……」

「是『天神』嗎？」布魯納老師質疑。

「喔，是『泰坦巨神』[2]之王。」我自己更正，「而且……他不相信他的天神孩子，所以，嗯，克羅諾斯吃了他們，對吧？他太太把還是嬰兒的宙斯[3]藏起來，拿一個石頭代替，交給克羅諾斯。宙斯長大之後打敗克羅諾斯，救出哥哥和姊姊……」

「咦？」這聲音是從我後面那群女生中發出來的。

「……所以天神們和泰坦巨神之間發生了一場大規模的戰爭，」我繼續說：「最後是天神贏了。」

一陣竊笑聲從那群人之中傳來。

就在我後面，南西．波波菲跟她的朋友發牢騷說：「『請解釋一下爲什麼克羅諾斯要吃掉他的孩子。』說的像是我們在眞實生活會用到，或是找工作時要回答這些問題一樣。」

「傑克森，回應一下波波菲同學這個很棒的問題，這樣的事會不會存在於眞實生活中？」布魯納老師說。

「慘了。」格羅佛咕噥著。

「閉嘴啦！」南西用氣音說，她的臉已經比頭髮還要紅。

這至少讓南西住嘴了，布魯納老師是唯一一個抓到她亂說話的人，他有一雙雷達耳。

我思考了一下他的問題，然後聳聳肩說：「我不知道。」

「好吧，」布魯納老師看起來很失望，「傑克森說對了一半。宙斯將芥末和葡萄酒混合，餵克羅諾斯吃，逼他吐出其他五個孩子，也就是我們說的天神，他們在這位泰坦巨神的胃裡面生活及成長，沒有被消化掉。天神打敗了父親克羅諾斯，用克羅諾斯自己的鐮刀將他切成碎片，丟到塔耳塔洛斯❹去，那是冥界最黑暗的角落。各位，在這有趣故事的陪伴下，午餐時間也不知不覺到啦！道斯老師，請帶我們回到外面去好嗎？」

同學們往外散開，女生都笑鬧成一團，男生則像笨蛋一樣互相推來推去。

格羅佛和我正要跟大家一起走出去，這時布魯納老師說：「傑克森。」

我知道那個要來了。

我叫格羅佛先走，然後轉身對布魯納老師說：「有。」

布魯納老師露出一副「不讓你走」的表情。他明亮的褐色眼睛，看起來好像已經活了一千歲，看盡了世間滄桑。

「你必須好好學習這些問題的答案。」布魯納老師告訴我。

❷泰坦巨神（Titans），是天空之父烏拉諾斯與大地之母蓋婭（Gaea）所生的十二個子女，他們在克羅諾斯的領導下推翻烏拉諾斯而接管了天界，但之後又被宙斯所率領的天神們打敗。

❸宙斯（Zeus），天神之王。他掌管整個天界及天空，包括雷電風雨等氣候。雖常秉持公義仲裁天神的糾紛，卻也因風流的個性而惹出許多事端。

❹塔耳塔洛斯（Tartarus），希臘神話中的冥界最深處，是永無止盡的黑暗之地。

「關於泰坦巨神的故事嗎？」

「關於眞實生活，還有你學習的結果要如何應用在眞實生活中。」

「喔。」

「你從我這裡學到的，」他說：「非常重要。波西．傑克森，我希望你認眞看待這件事，我只接受你最好的表現。」

我很想發脾氣，這傢伙對我實在有點要求過頭了。

的確，他的馬上競技日❺是有點酷，他會全副武裝穿上羅馬盔甲大喊著：「呀喝！」向我們挑戰；他會用他的劍尖取代粉筆在黑板上飛快舞動，說出每個希臘羅馬時代的人名，說出他們的母親和他們所信奉的神。布魯納老師希望我和其他人一樣行，可是我明明就有閱讀障礙和注意力不足過動症，而我的人生中從來沒有高於C的成績。但他不只是要我表現好而已，他希望我表現得更好，可是我辦不到，我根本記不住那些名字和事情，更何況是要我正確的拼出那些字。

我喃喃抱怨他要我更努力的事，這時布魯納老師用一種哀傷深沈的眼神看了石柱一眼，就像他參加過這個女孩的葬禮一樣。

他要我到外面去吃午餐。

班上同學在博物館前的台階上集合，從這裡我們可以看到第五大道上來來往往的行人川流不息。

我們頭上有一場暴風雨正在醞釀中，我不曾看過紐約的天空出現這麼黑的雲。我想這可能和全球暖化什麼的有關，因為自從耶誕節過後，紐約州的天氣一直都很怪異，超級暴風雪、洪水、雷擊引發大火等等，什麼怪事都發生了，所以就算這次會有颶風來襲，我也覺得沒什麼好驚訝的。

但是好像沒有任何人注意到這件事。有些同學把午餐盒中的餅乾丟給鴿子吃，南西·波波菲正在偷一位女士皮包裡的東西。當然囉，道斯老師沒有看到。

格羅佛和我坐在噴水池邊緣，離其他人遠遠的。我們想說，或許這樣做大家就不會知道我們是「那個」學校的人，那個專收無處可去的失敗者和怪胎的學校。

「你放學後要留下來嗎？」格羅佛問。

「沒有吧。」我說：「布魯納老師沒說，我只希望他有時能放我一馬，我是說，畢竟我不是個天才。」

格羅佛停了一會兒沒說話，當我正以為他要給我個深度哲學評論讓我感覺好過一點時，他開口了：「我可以吃你的蘋果嗎？」

我沒什麼胃口，所以把蘋果給了他。

---

❺馬上競技日（tournament days）是歐洲武士騎在馬上的比武競技活動。

看著第五大道上川流而過的計程車，我想起了我媽住的公寓，從我們現在坐著的地方往上城住宅區方向走一小段路就到了。從耶誕節以後我就沒見過她。我很想跳上一台計程車回家去，媽媽一定會很開心的緊抱著我，但是也會對我很失望。她會把我再送回楊西，要我更加努力，即使這是我六年來唸的第六間學校，我還是有可能再次被踢出去。我不願意看到她傷心的樣子。

布魯納老師在殘障坡道的底端停好輪椅。他邊吃芹菜，邊讀著一本平裝小說，一把紅傘立在他的椅背上，看起來就像個行動咖啡桌。

我將三明治拿出來，這時南西．波波菲和她那堆醜怪朋友出現在我面前。我猜她可能對於偷遊客東西這種遊戲感到厭煩了，她現在竟然將吃了一半的午餐倒在格羅佛腿上。

「哎喲！」她咧開嘴對我笑，露出一口歪七扭八的爛牙。她的雀斑是橘黃色的，就像有人把起司條打成汁噴在她臉上一樣。

我努力保持冷靜，學校心理輔導顧問告訴過我一百萬次了：「數到十，穩住你的情緒。」但我真的很抓狂，腦子逐漸轉爲空白，一股怒潮席捲而來。

我不記得有碰到她，但當我回過神來時，南西正一屁股坐在噴水池裡大聲尖叫：「波西推我！」

道斯老師突然出現在我們身邊。

幾個小孩低聲交談：「你有沒有看到……」

「……水……」

「……一把抓住她……」

我不知道他們在胡說什麼，只知道我又惹上麻煩了。

道斯老師上前確定可憐的小南西沒事，還答應在博物館商店買件新襯衫給她，然後，道斯老師轉過身來對著我。勝利的火焰在她眼中燃起，好像她已經等了一整個學期才等到出手的機會。「現在，親愛的……」

「我知道。」我不平的說：「擦一個月的習題簿。」

我沒說對。

「跟我來。」道斯老師說。

「等等！」格羅佛大喊：「是我！是我推她的！」

我目瞪口呆的盯著他，眞不敢相信他竟然想罩我。格羅佛怕死道斯老師了。

道斯老師怒目瞪他一眼，他那長了鬍子的下巴開始發抖。

「我不覺得是這樣，安德伍德先生。」她說。

「可是……」

「你——留——在——這——裡。」

格羅佛絕望的看著我。

「沒關係的，」我告訴他：「謝謝你的努力。」

「親愛的，」道斯老師對我咆哮：「過來！」

南西．波波菲嘻嘻怪笑。

我狠狠瞪她一眼，對她發射出「等一下就宰了你」的超猛眼神，然後轉頭看道斯老師。不過她不在那裡，她站在博物館入口處最上面那階台階，正不耐煩的比著手勢要我跟上。

她怎麼可能這麼快就走到那裡？

我常常陷入這種狀態，像是我的腦袋突然間睡著，回神時卻發現已經遺失了某些片段，就像是拼圖碎片掉到宇宙中，留下我茫然的盯著這一塊空白缺角。學校的心理輔導顧問告訴我說，這是因爲我有注意力不足過動症，所以我的腦子對事情的解讀會出現錯誤。

我不確定是不是這樣。

我跟在道斯老師後面。

爬上階梯時，我回頭瞥了格羅佛一眼。他臉色慘白，在我和布魯納老師之間來回張望，好像很希望布魯納老師能注意到這裡，可是布魯納老師正全神貫注在他的小說上。

我轉頭回來，道斯老師又不見了，原來她已經進到博物館裡，走到入口大廳的盡頭了。

好吧，我想她是要我到博物館商店買一件新襯衫給南西。

不過，這顯然不是她的計畫。

我跟著她走向博物館更深處，當我終於趕上她時，才發現原來我們又回到了希臘羅馬展示廳。

除了我們之外，展示廳裡沒有別人。

道斯老師雙臂交叉抱胸，站在希臘天神的巨型大理石雕像前，從她的喉嚨裡吐出的聲音非常怪異，像是在低吼。

假如沒有這種怪聲，我是不會緊張的，因爲這種聲音和老師組合在一起實在很怪異，尤其是道斯老師。她看著石雕的眼神，像是想摧毀它一般。

「親愛的，你已經給我們惹夠多麻煩了。」她說。

我做了個安全的回應，我說：「是的，老師。」

她用力拉扯皮夾克的袖口。「你眞的以爲這樣就躲得掉嗎？」

她的眼神已經超越瘋狂的層次，那是邪惡。

我很緊張的想著，她是位老師，不可能會傷害我。

我開口說：「我……我會更努力的，老師。」

雷聲撼動整座建築物。

「波西．傑克森，我們不是笨蛋，」道斯老師說：「要找到你只是時間的問題而已，承認吧，這樣你可以少受一點苦。」

我不知道她在胡說什麼。

我唯一能想到的是，老師們一定是發現我藏在宿舍裡偷賣的違禁糖果，或者是他們知道我寫的那篇關於《湯姆歷險記》的文章是網路上抄來的，我根本沒看那本書，而他們現在想刪掉我的成績，甚至要給我更嚴厲的懲罰，叫我把那本書讀完。

「如何？」她盤問我。

「老師，我不……」

「時間到。」她嘶吼著。

此時，最詭異的事發生了。她的眼睛如灼燒的炭火般發光；她將手指張開，然後變成爪子；她的夾克融化了，出現的是一對巨大的翅膀。她不是人！她是個面容枯槁的女巫，有著蝙蝠翅膀、尖利的爪子和一嘴黃色尖牙。她即將把我切成碎片。

接下來發生的事更古怪。

一分鐘前還在博物館外的布魯納老師，駕著輪椅從門廊進入展示廳，手中握著一枝筆。

「喂！波西！」他大喊，同時將筆拋向空中。

道斯老師向我撲過來。

在吼叫聲中，我躲開了，我感到爪子在我的耳邊猛力抓擊所產生的氣流。我伸手抓住那枝原子筆，但是當筆碰到我的手時，它不再是筆，它變成一把劍——就是布魯納老師在馬上競技日使用的那把青銅劍。

道斯老師朝我直衝而來，眼中露出兇狠的殺氣。

我的膝蓋變成軟果凍，我的手抖到差點連劍都拿不住。

她狂吼：「去死吧，親愛的！」

她向我飛撲過來。

極度的恐懼籠罩全身，我只做了一個自然的反應動作，揮劍。

金屬劍身碰到她的肩膀，然後完全穿過她的身體，好像她是水做的一樣。嘶——嘶！

道斯老師像被電扇吹散的沙堡，她的身體爆開，變成一堆黃色粉末，然後當場蒸發，屍骨無存。空氣中殘存一點硫磺的味道和垂死的尖叫聲，還有邪惡的寒意，彷彿那對發光的紅眼仍死盯著我一般。

現在只剩我一個人。

我的手上握著一枝原子筆。

布魯納老師不在，除了我之外，這裡沒有任何人。

我的手還在抖，我的午餐裡一定被人下了毒，放了些魔法蘑菇之類的東西。

這一切都是我的幻覺嗎？

我轉身走出去。

開始下雨了。

格羅佛坐在噴水池旁，頭上蓋著博物館地圖。南西．波波菲仍然站在那裡，因為泡進噴水池游了一下而全身溼透。她正在向那些醜怪朋友們抱怨，一看到我就說：「希望克爾老師有揍你一頓。」

我說：「你說誰？」

「我們老師啦，笨蛋！」

我大吃一驚。我們並沒有一位叫做克爾的老師啊，我問南西她在胡扯些什麼。

她只是翻一翻白眼，掉頭就走。

我問格羅佛，道斯老師在哪裡。

他說：「誰啊？」

但他在回答前先停頓了一下，而且沒有看著我的眼睛，所以我以爲他是故意在耍我。

「不好笑喔，先生，」我告訴他：「我是說眞的。」

頭頂上，雷聲轟轟作響。

我看到布魯納老師坐在他的紅傘下讀書，好像不曾移動過。

我上前想向他查證。

他抬起頭，有點心不在焉，「喔，那應該是我的筆。傑克森，以後請記得自己帶文具。」

我將布魯納老師的筆遞給他，他如果沒說，我甚至沒注意到手上仍握著這枝筆。

「老師，」我說：「請問道斯老師在哪裡？」

他一臉茫然的看著我。「你說誰？」

「另外一位導護老師，道斯老師，就是我們數學老師。」

他皺起眉頭，身體往前傾，看起來有點擔心的樣子。「波西，這次校外教學並沒有道斯老師，就我所知，楊西學校從來沒有一位叫道斯老師的人。你還好嗎？」

2 死亡之襪

我以前很習慣遇到怪事，不過那些事都很快就過去了，但這次彷彿無休無止的幻覺卻遠超過我所能負荷。這學年剩下的時間，整個學校彷彿聯手上演一場騙局，只瞞著我一個人。所有學生好像眞的完全相信，這位一頭金髮、個性活潑的克爾老師，從耶誕節以來就一直是我們數學老師。可是在校外教學最後她踏上我們校車之前，我根本沒見過她。

我偶爾會突然向某個人問起道斯老師的事，想試試看他們會不會不小心露出破綻，可是他們都只是瞪我一眼，當我有精神病一樣。

我差一點就相信他們，相信道斯老師不曾存在過。

差一點。

可是，格羅佛騙不了我，我向他提起道斯這個名字時，他會遲疑一下才說沒這個人。我知道他在說謊。

有件事正在發生。有件事曾經在博物館中發生過。

白天時，我沒什麼時間去想，但每當黑夜降臨，有著爪子和蝙蝠翅膀的道斯老師總讓我在一身冷汗中驚醒。

反常的氣候持續著，這對我的心情一點幫助也沒有。有天晚上，暴風雨吹破我宿舍房間的窗戶。幾天後，哈德遜河谷出現史上最強的龍捲風，距離楊西學校大約只有八十公里。我們在上社會課時還聽到一個消息說，突來的暴風使得墜落在大西洋的小飛機異常增多。

大部分的時間，我感到不安和煩躁，我的成績因而掉到D和F之間。我更常和南西．波波菲那一票人吵架，幾乎每節課都會被趕到走廊上。

終於，當英文老師尼可先生第一百萬次指責我因爲太懶惰而做不好拼字測驗時，我崩潰了。我罵他老酒鬼，雖然我不確定這個詞用得對不對，可是唸起來還挺順的。

隔週，校長寄了一封正式信函給媽媽，上面寫說，明年不讓我繼續唸楊西學校。

好吧，我告訴自己，沒事。

反正我超想家的。

我想和媽媽一起住在我們上東區的小公寓裡，雖然我必須去唸公立學校，還得忍耐討厭的繼父和他那群蠢撲克牌友。

但是……我會想念在楊西所擁有的一切，我宿舍房間窗外的樹影、遠處的哈德遜河、松樹林的芬芳。我會想念格羅佛這個好朋友，雖然他有點怪，但我擔心明年沒有我在的話，他要怎麼在學校活下去。

我也會想念拉丁文課、布魯納老師的瘋狂馬上競技日，還有他對我的信任。

每次準備考試時，我都只唸拉丁文這一科。我不曾忘記布魯納老師說過，對我而言這個科目攸關生死。不知道爲什麼，我開始相信他說的了。

待在這裡的最後一晚，我感到很灰心，於是我把《劍橋版希臘神話指南》摔到宿舍房間的另一頭。文字開始游出書頁，繞著我的頭打轉，字母像在玩滑板一樣轉了一百八十度。我不可能記得「奇戎」和「卡戎」，還是「波利德特斯」和「波利竇色斯」之間有什麼差別，至於拉丁文的動詞變化就更別提了。

我在房間裡踱步，感覺像有一堆螞蟻在我的襯衫裡爬。

我記起布魯納老師認眞的神情和他那彷彿歷經千年滄桑的眼睛。他曾說過：「波西．傑克森，我只接受你最好的表現。」

我深吸了一口氣，拿起神話書。

我從來沒有請求老師幫忙過，但也許我可以和布魯納老師談談，請他給我一些指點，不然至少可以向他道歉，因爲拉丁文考試成績我大概只能得到F，我不希望他認爲我沒有努力過，我不想就這樣離開楊西學校。

我走下樓到教職員辦公室去。大部分辦公室都關了燈沒半個人，只有布魯納老師辦公室那扇門半開著，光線從窗戶透出，照在走廊的地板上。

我距離門把還有三步的距離，這時辦公室裡面有聲音傳出，布魯納老師問了一個問題。接著百分之百是格羅佛的聲音說：「……擔心波西，老師。」

我僵住了。

我不太偷聽別人說話，不過我敢說，如果你最好的朋友正在和一個大人談論你的事，你一定忍不住要聽。

我慢慢靠近。

「……整個夏天，」格羅佛正在說：「我是說，有一個『仁慈女神』在學校裡！既然我們很確定，而他們也知道……」

「我們催促他只會讓事情更糟，」布魯納老師說：「我們必須讓這個孩子更成熟些。」

「可是他可能沒時間了，夏至的最後期限……」

「沒有他，事情還是會解決。格羅佛，讓他好好享受此刻的無知吧。」

「老師，他看到她了……」

「那是他的想像而已。」布魯納老師很堅決，「學生和老師所形成的迷霧足夠說服他了。」

「老師，我……我不能再失敗了。」格羅佛哽咽的說，聲音聽起來有點激動。「你知道我在說什麼。」

「格羅佛，你沒有失敗，」布魯納老師慈祥的說：「我應該要看出她是爲什麼而來才對。現在我們只需要擔心一件事，要保護波西，讓他活到即將來臨的秋天……」

神話書從我的手中落下，砰的一聲掉在地板上。

布魯納老師不說話了。

我的心臟怦怦跳著。我趕緊撿起書，走回大廳。

一個黑影閃過布魯納老師辦公室門上的玻璃，黑影的身形比坐在輪椅上的老師高多了。他握著一個東西，看起來很像射箭手拿的弓。

我打開離我最近的一扇門，溜進裡面躲起來。

幾秒鐘後，我聽到緩慢的「叩、叩、叩」聲，聽起來像是用布包著木塊敲擊的聲音，接著，有個很像動物鼻息的聲音在我這扇門外，一個很大、很黑的身影在玻璃前停頓了一下，然後繼續移動。

一顆顆汗珠緩緩流過我的脖子。

走廊的某處傳來布魯納老師的說話聲。「沒事，」他喃喃自語：「自從冬至之後，我的神經就不太正常。」

「我也是，」格羅佛說：「可是我敢發誓……」

「回宿舍去吧，」布魯納老師告訴他：「你明天還有一整天的考試呢。」

「別提這件事啦。」

布魯納老師辦公室的燈光熄滅了。

我在黑暗中等待，這一刻彷彿永無止盡。

終於，我溜了出來到走廊上，沿原路回到宿舍。

格羅佛躺在他的床上，讀著拉丁文考試的筆記，好像整夜都沒有出門過一樣。

「嘿，」他睡眼惺忪的說：「你考試準備好了嗎？」

我沒有回答。

「你臉色不太好看，」他皺著眉說：「還好吧？」

「只是……累了。」

我轉過身去，不讓他看到我的表情，然後準備上床睡覺。

我想不透剛才在樓下聽到的一切，我很想相信這一切都只是幻覺。

可是有件事很清楚，格羅佛和布魯納老師在我背後談論我，他們認爲我身陷某種危機。

第二天下午，我剛考完三小時的拉丁文考試，眼前游動的全是我拼錯的希臘羅馬人名。

這時布魯納老師把我叫回去。

一開始，我很擔心他發現我前一晚偷聽的事，不過看來不是。

「波西，」他說：「別因爲離開楊西的事而灰心喪志，這……這是最好的方式。」

他的聲音很仁慈，可是這些話還是讓我感到困窘，雖然他說得很小聲，但其他考完試的同學還是聽得到。南西．波波菲對我嘻嘻怪笑，噘起嘴做了個充滿嘲弄意味的飛吻。

我低聲說：「好的，老師。」

「我是說……」布魯納老師來回轉動他的輪椅，好像也不知道該說什麼，「這裡不是你該來的地方，這只是時間的問題罷了。」

我的眼睛有點刺痛。

眼前這位我最喜歡的老師，在全班面前說我沒有能力做好這件事。之前他一整年都說相信我，而現在他卻說，我注定會被開除。

「是的。」我說，聲音顫抖。

「不，不是你想的那樣，」布魯納老師說：「喔，你完全誤會了，我只是想告訴你說……你不是普通人，波西，這不是說……」

「謝謝，」我脫口而出：「非常謝謝您，老師，謝謝您的提醒。」

「波西……」

我早就走掉了。

這學期的最後一天，我把衣服塞進行李箱。

其他人打打鬧鬧，聊著他們的暑假計畫。有一個人要去瑞典露營，另一個要去加勒比海航行一個月。他們都是不良少年，和我一樣，可是他們是有錢的不良少年，他們的爸爸是官員、大使、名流，而我則無足輕重，來自一個小人物家庭。

他們問我今年夏天要怎麼過，我說我要回紐約市。

我沒告訴他們，我得找一個暑假的打工工作，像是幫忙蹓狗，或是推銷雜誌，而其他的空閒時間都要擔心接下來的秋天要唸哪間學校。

「喔，」有個傢伙說：「酷耶！」

他們回到原來的聊天話題中，好像我不曾存在過。

我唯一害怕說再見的人是格羅佛，結果我根本不用這樣做，因爲他訂了一張去曼哈頓的灰狗巴士車票，跟我同一班車，所以我們又聚在一起，出發前往紐約市。

整趟旅程中，格羅佛一直緊張的掃視走道，觀察其他乘客。我想起來了，每次我們離開楊西學校，他就會緊張不安，好像預感會發生什麼壞事一樣。之前我總以爲他一定是擔心被欺負，可是灰狗巴士上根本沒有人會欺負他。

我終於忍不住了。

我說：「你在找『仁慈女神』嗎？」

格羅佛差點從位子上跳起來。「你……什麼意思啊？」

我坦白跟他說，考試前一晚偷聽到他和布魯納老師的談話。

格羅佛的眼睛抽搐著說：「你聽到多少？」

「喔……不是很多。什麼是夏至的最後期限？」

他臉部肌肉開始抽動。「波西，你聽好……我只是很擔心你，明白嗎？我是說，關於魔鬼數學老師的幻覺……」

「格羅佛……」

「我告訴布魯納老師，你可能壓力太大了，因爲根本沒有什麼道斯老師，而且……」

「格羅佛，你真的、真的很不會說謊。」

他的耳朵變紅了。

他從上衣口袋裡掏出一張髒兮兮的名片。「拿著，如果你暑假時需要我的話。」

這張名片上的字很花俏，讓我這閱讀障礙的眼睛看得很吃力，最後終於解讀出來：

守護者

格羅佛・安德伍德

紐約州，長島　混血之丘

（800）009-0009

「什麼是混……」

「小聲一點！」他大喊。「那是我……嗯……暑假住的地方。」

我的心情大受打擊，原來格羅佛家還有避暑的房子。我從不認爲他家和楊西學校其他人一樣有錢。

「好吧，」我悶悶不樂的說：「所以，如果我想去參觀你家房子的話，可以去找你。」

他點點頭說：「或是……或是你需要我的話。」

「爲什麼我會需要你？」

我沒意思要說這麼難聽的話。

格羅佛的臉紅得像亞當的蘋果。「波西，你聽好，事實上，其實我……我必須保護你。」

我睜大眼看著他。

這一年來，我和別人吵架，把欺負他的人趕走，還因爲擔心他在沒有我的明年會遭人痛打而失眠，但現在，他卻表現得像在保護我。

「格羅佛，」我說：「你到底要保護我什麼？」

從我們腳下傳來很大聲的嘎嘎噪音，汽車儀表板冒出大量黑煙，整個車子裡充滿著雞蛋臭掉的味道。司機咒罵了幾聲，將灰狗巴士慢慢開到大馬路邊。

幾分鐘後，引擎傳來鏗鏗鏘鏘的聲音，司機宣佈全部的人都得下車，於是我們跟其他人一起排隊下了車。

我們站在往外延伸的鄉間小路上，假如你的車子沒有拋錨，你絕不會注意到這個地方。在我們停車的大馬路這一側，除了楓樹林和亂丟的垃圾之外，沒別的了。另一側呢，穿過四條因爲午後高熱而閃閃發光的柏油路後，有一個舊式的水果攤。

那些特價的水果看起來棒極了。有整箱暗紅色的櫻桃，還有蘋果、胡桃和杏仁，蘋果西打躺在高腳冰桶中。此時沒有顧客上門，在楓樹的樹蔭底下，只有三位老太太坐在搖椅上，編織著我所見過最大雙的襪子。

解釋一下，這些襪子的尺寸是毛衣的大小，可是的確是襪子沒錯。右邊那位老太太編一隻，左邊的老太太編另一隻，中間的老太太抱著一個超大的籃子，裡面放著湛藍色毛線。

這三位老太太看起來都很老了，蒼白的臉上滿佈皺紋，像是皺縮的水果皮一樣。她們銀色的頭髮用一條白手巾綁在後面，褪色的棉布衣中伸出的手臂十分細瘦。

最詭異的是，她們好像正在看我。

我想跟格羅佛講這件事，卻看到鮮血從他臉上流了下來，他的鼻子正在抽動。

「格羅佛？」我說：「喂，你……」

「你最好跟我說她們沒有在看你，但她們眞的在看你吧？」

「是啊，很怪。你覺得這些襪子跟我很配嗎？」

「波西，不好笑，一點都不好笑。」

中間的老太太拿出一把大剪刀，金銀相間、刀刃很長，像是剪頭髮用的那種長剪刀。我聽到格羅佛倒抽了一口氣。

「我們回巴士上吧，」他對我說：「走吧。」

「什麼？那裡面的溫度至少有一千度耶！」

「走啦！」他把門扳開，上了車，可是我還留在原地。

路的另一邊，老太太仍然在看我，中間那位剪斷了毛線，我發誓我眞的聽到剪刀的喀嚓聲從四個車道外傳了過來。另外兩位將湛藍色襪子捲成球。我忍不住懷疑那襪子可能是要編給傳說中的大腳野人或是怪獸酷斯拉穿的。

在巴士後面的司機從引擎區扳開一大塊冒煙的金屬，巴士開始震動，引擎怒吼著，巴士終於恢復了生氣。

乘客們一起歡呼。

「好啦！」司機大叫，用帽子拍拍巴士。「大家回車上囉！」

當我們陸續上車時，我開始覺得自己在發燒，好像得了流行性感冒。

格羅佛看起來沒有好多少，他在發抖，抖到牙齒格格作響。

「格羅佛？」

「怎樣？」

「你有什麼事沒告訴我嗎？」

他用袖子擦擦額頭。「波西，你在水果攤看到什麼？」

「你說那些老太太嗎？她們怎麼了？她們該不會是……和道斯老師一樣吧，是嗎？」

從他的表情看不出什麼，不過我有一個感覺，水果攤的老太太比道斯老師更糟更糟。他說：「你只要告訴我你看到什麼。」

「中間那位老太太拿起剪刀，然後剪斷毛線。」

他閉上眼睛，用手在胸前畫個十字，不，那不是十字，是別的，像一種更古老的符號。

他說：「你看到她剪斷毛線？」

「是啊，所以呢？」雖然我表面上說的輕鬆，其實我知道事情大條了。

「希望這一切都沒有發生。」格羅佛喃喃的說，他開始咬自己的手指。「我不希望這是最後的時刻。」

「什麼最後的時刻？」

「每次都是六年級，他們從來沒有超過六年級。」

「格羅佛，」我叫他，因爲他眞的嚇到我了。「你在說什麼？」

「讓我跟你一起從車站走回家，答應我。」

這對我來說是個奇怪的請求，不過我還是答應他了。

「這是迷信，還是……？」我問。

他沒有回答。

「格羅佛……那個喀嚓剪斷毛線的動作，是指某個人會死嗎？」

他悲傷的看著我，那神情就像是他正拿著一束我最愛的花，放在我的棺木上。

3 蒙淘克海灘

告解時間：在我們到了巴士總站之後，我甩掉了格羅佛。

我知道這樣很沒禮貌，可是格羅佛的行爲實在太反常了，他看著我的樣子好像我是個死人一樣，還一直喃喃自語說著「爲什麼每次都這樣」、「爲什麼一定是六年級」這些話。

每當格羅佛覺得沮喪時，他的膀胱就會失常，所以在我們下車之後，格羅佛說要去上廁所，我一點都不意外。他要我答應一定要等他，然後就抄最近的路衝去廁所。我並沒有等他，反而拿了行李箱溜出去，叫了一輛計程車往上城住宅區前進。

「東一〇四街和第一大道交叉口。」我告訴司機。

在你見到我媽之前，我先講一些她的事。

她的名字叫莎莉．傑克森，是全世界最好的人。要證明我說的沒錯其實很簡單，因爲最好的人總是會有最差的運氣。她五歲的時候父母就死於一場空難，然後被不太照顧她的叔叔收養。她想成爲小說家，因此整個高中生活都在努力打工存錢，想唸一所有開設創意寫作課程的大學，但這時她叔叔卻得了癌症，她必須休學照顧他。叔叔過世之後，她的身上既沒有錢，也沒有家人、沒有學位。

她人生中唯一擁有過的好運，就是和我爸相遇。我的腦子裡關於我爸的記憶，只有某種溫暖的亮光，或許裡面有他笑容的痕跡，除此之外什麼都沒有。我媽不喜歡提起他，因爲這會讓她感到悲傷，她也沒有留下他的照片。

他們沒有結婚。媽媽說，我爸是個富有且重要的人，而他們的關係是祕密。有一天，我爸爲了一趟重要的旅程搭船越過大西洋，之後就不曾回來過。

他在大海中失蹤了，媽媽這樣告訴我，他沒有死，只是在海中迷了路。

她白天打零工，晚上到夜校上課完成高中學業，並且獨力扶養我。她不曾抱怨或發怒，一次都沒有，不過，我知道我並不是乖小孩。

後來，她和蓋柏．亞力安諾結了婚，那個人在我們剛認識他的前三十秒還很好，之後就露出他那世界級蠢蛋的本色。我小時候還幫他取了個「臭蓋柏」的綽號。雖然這麼沒禮貌很不應該，不過我是說眞的，那傢伙的臭味活像是包在穿過的體育褲裡的發霉大蒜披薩。

我媽夾在我和他之間，過得十分辛苦，不管是臭蓋柏對待她的方式，還是他和我的相處方式等等。嗯，就拿我回到家之後的事情當例子好了。

我走進我們小小的公寓，希望此時媽媽已經工作完回到家了。但很不幸，一進門就看到臭蓋柏正在客廳和他的哥兒們玩撲克牌，電視開得很大聲，是ESPN運動頻道，洋芋片和啤酒罐散落在地毯上。

他幾乎沒有抬頭，叼著雪茄說：「喔，你回來了。」

「我媽呢？」

「在工作，」他說：「你身上有錢嗎？」

就是這樣，沒有「歡迎回來」或「看到你眞高興」或「這半年過的如何」之類的問候。

蓋柏變胖了，看起來像隻穿著二手衣的短牙海象。他頭上只有三撮頭髮，全都梳過來蓋住他光禿的頭皮，好像這樣會比較帥一樣。

他在皇后區一家電器行工作，不過大部分時間都待在家裡，我一直很納悶他爲什麼不會被開除。他把領到的薪水都花在讓我作嘔的雪茄，當然還有啤酒上，永遠都有啤酒。不論何時，只要我在家，他就要我提供他一些賭金。他把這件事稱爲「男人的祕密」，也就是說，如果我告訴我媽，他就會把我打得眼冒金星。

「我沒錢。」我說。

他挑起邋遢的眉毛。

蓋柏像獵犬一樣可以嗅出錢的味道，這點倒是很讓人驚訝，因爲他身上的臭味應該會蓋過所有味道才對。

「你從巴士站坐計程車回家，」他說：「應該會拿出一張二十美元鈔票付錢，然後找回六到七塊錢。如果有人還想住在這裡，就要秤秤自己有幾兩重。艾迪，我說的對不對？」

艾迪是這間公寓的管理員，他帶著一點不安與同情的表情望著我說：「蓋柏，別這樣，他才剛回來而已。」

「我說的對不對？」蓋柏又重複一次。

艾迪把頭埋進一碗脆餅裡，另外兩個人則同時放屁。

「好吧，」我說。我從口袋裡拿出一團紙鈔，丟在桌子上說：「希望你輸錢。」

「你的成績單來了，聰明的孩子！」他在我身後大吼：「我要是你，才不會這麼傲慢。」

我走進房間，砰的一聲把門關上。這已經不是我的房間了，在我住校這幾個月，這裡變成蓋柏的「研究室」；其實除了古董車雜誌之外，他也沒有研究什麼。他喜歡把我的東西亂塞進衣櫃裡，把他沾滿爛泥的短靴擺在我的窗台上，用盡全力讓這個地方聞起來就像他那令人作嘔的古龍水、雪茄和走味的啤酒一樣。

我將行李箱丟在床上。到家了，甜蜜的家。

蓋柏的臭味幾乎比道斯老師的惡夢、水果攤老太太剪斷毛線的喀嚓聲更糟糕。

不過，當我想起那些事，還是會腳軟。我記得格羅佛驚慌的臉，還有他叫我答應一定要讓他陪我回家的樣子。我突然感到一陣寒意襲來，好像有什麼人還是什麼東西正在看我，而那東西可能正踩著沈重的腳步上樓，手腳漸漸變成長長的恐怖魔爪。

接著，我聽到媽媽的聲音。「波西？」

她打開臥室的門，我的恐懼消失了。

只要媽媽走進來，我就覺得好多了。她的眼睛在燈光下流轉著光彩，她的笑容給我被窩中的溫暖，而她的棕髮中摻雜著幾絲灰髮，我從來沒想過她會變老。當她看著我時，好像永遠只見到我的好，沒有其他壞事。我不曾聽到她大聲呼喝或是對任何人說過一個刻薄的字，即使對我或蓋柏都一樣。

「喔，波西，」她緊緊抱住我。「眞不敢相信你長這麼快，不過是耶誕節到現在而已！」

她身上穿著紅白藍三色的「美國甜蜜蜜」糖果店制服，制服聞起來的味道像是全世界最棒的東西：巧克力、甘草，還有她在中央車站糖果店裡賣的糖果。每次我回家，她都會從店裡帶回一大袋「免費試吃品」給我。

我們一起坐在床邊。當我向藍莓糖果棒進攻時，她用手梳著我的頭髮，要我把所有沒寫在信裡的事情都告訴她。她沒有提到我被開除的事，好像她一點都不在意一樣。她只想知道我過得好不好，想知道我是不是一切平安。

我告訴她，再問下去我都快窒息了，可不可以停一下。不過說實在的，我眞的眞的非常高興看到她。

從別的房間裡傳來蓋柏的吼聲：「嘿，莎莉，青豆沙拉醬好了沒？」

我咬牙切齒。

我媽是全世界最好的女人，她應該嫁給百萬富翁，而不是蓋柏這種蠢蛋。

爲了讓她安心，我努力表現出並沒有被楊西學校最後那段日子擊倒的樣子。我跟她說，我沒有因爲被開除而太過消沉，這一次我幾乎快撐過一整年，還交了幾個新朋友，拉丁文也學得很好。而且老實說，罵老師那件事並沒有像校長說的那麼糟。我很喜歡楊西學校，眞的，這一年來我表現得這麼好，讓我幾乎相信自己能做到。我突然說不出話了，因爲想起格羅佛和布魯納老師，甚至連南西．波波菲也沒那麼討人厭。

接著，我想起博物館校外教學那天……

「怎麼了？」媽媽問我。她的眼神拉扯著我的內心，要把我的祕密拉出來。「是不是有什麼嚇到你了？」

「媽，沒有。」

我討厭說謊的感覺，我想告訴她關於道斯老師，還有三個織毛線老太太的事，可是這些聽起來一定很可笑。

她抿一抿嘴。她知道我把話吞回去了，可是並沒有強迫我說。

「我要給你一個驚喜，」她說：「我們去海邊度假吧。」

我睜大眼睛說：「去蒙淘克嗎？」

「到那間小木屋住三天。」

「什麼時候？」

她微笑著說：「等我換好衣服就出發。」

眞是不敢相信。媽媽和我前兩年夏天都沒有去蒙淘克，因爲蓋柏說錢不夠。

蓋柏出現在走廊大吼：「莎莉，青豆沙拉醬，你聽到沒有？」

我真想揍他一頓，可是看到媽媽的眼神，我知道她想要拿這件事和我交換條件，她希望我對蓋柏好一點點，直到她收拾好前往蒙淘克爲止。那時我們就可以離開這裡。

「要去做了，親愛的。」她告訴蓋柏：「我們正在討論旅行的事。」

蓋柏的眼睛瞇起來。「旅行？你的意思是，你是認眞的？」

「我就知道，」我咕噥著：「他不會讓我們去的。」

「他一定會的，」媽媽平靜的說：「你的繼父只是擔心錢的事，只是這樣而已，還有，」她繼續說：「蓋柏不必勉強接受陽春的青豆沙拉醬，我會幫他準備超豪華的綜合沙拉醬，夠他這整個週末吃，裡面會加墨西哥酪梨醬、酸奶油，全都準備好。」

蓋柏的態度軟化了些。「那你們這趟旅行的錢……從你們買衣服的預算裡扣，對吧？」

「好的，親愛的。」媽媽說。

「而且你不能把我的車開到別的地方去，就只是開過去再開回來而已。」

「我們會很小心。」

蓋柏抓了抓他的雙下巴。「如果你可以趕快做出綜合沙拉醬……還有，如果這小子因爲打擾我玩牌而跟我道歉的話。」

如果我能踢中你的要害，讓你哀嚎一個星期的話。我想。

可是媽媽用眼神警告我，叫我不要激怒他。

爲什麼她要忍耐這傢伙？我想大喊，爲什麼要在意他怎麼想？

「我很抱歉，」我低聲說：「眞的很抱歉打擾你那非常重要的牌局，請立刻回去繼續。」

蓋柏的眼睛瞇起來，他那貧乏的腦袋可能想偵測出我言詞中對他的挖苦。

「好吧，算了。」他決定了。

他回去玩他的撲克牌。

「波西，謝謝你，」媽媽說：「這次我們去蒙淘克，可以多聊一些……一些你忘了跟我說的事，好嗎？」

這一剎那，我似乎看到她眼中的憂慮，好像她感覺到空氣中有怪異的寒意。在巴士上我也看過格羅佛眼中有同樣的擔憂。

但她很快就恢復笑容，我想是我看錯了。她撥亂我的頭髮，去幫蓋柏做綜合沙拉醬。

一小時後，我們準備出門。

蓋柏暫停他的撲克牌局，看著我把媽媽的袋子提到車上。他繼續咀嚼食物，抱怨整個週末吃不到媽媽做的菜，更重要的是他那台一九七八年份的卡麥隆愛車。

「別刮到我的車，聰明的孩子。」當我放進最後一件行李時，他這樣警告我。「一點點刮痕都不行。」

說的好像是我要開車一樣。我已經十二歲了，可是這對蓋柏來說並不重要，假如一隻海鷗剛好在他車子的烤漆上大便，他就逮到機會臭罵我一頓。

看著他拖著腳步轉身回公寓，我快氣瘋了，我做了件自己也無法解釋的事。當蓋柏走到門口時，我比了個手勢，就是格羅佛在巴士上比的那個驅邪手勢。一隻爪形的手從我的心臟升起，然後往蓋柏衝過去。紗門啪的一聲用力關上，同時也重重的打中他的屁股，他像是被轟出去的砲彈一樣飛到樓梯上。或許只是風，還是門軸的絞鏈出了什麼問題，我並沒有留下來將原因弄清楚。

我走進卡麥隆，跟媽媽說可以開車了。

我們租的那間小木屋在南方海岸，就在長島的尖端出口位置。那是個小小的淺色方盒子空間，窗簾已經褪色，一半的屋子陷進沙丘中，屋子裡的床單上永遠有沙子和蜘蛛，大部分的時間海水都太冷，沒辦法游泳。

但我愛這個地方。

從我嬰兒時期開始，我們就會去那裡。我媽去那裡的時間是更久以前，她沒真的提過，但我知道爲什麼這片海灘對她而言如此特別，因爲這裡就是她和爸爸邂逅的地方。

當我們愈接近蒙淘克，她似乎變得愈年輕。經年的煩惱和工作壓力從她臉上消失，她的眼睛變成海水的顏色。

我們在黃昏時抵達，一進去就先打開木屋所有的窗戶。在例行的清掃工作之後，我們到海邊散步，把藍色的玉米片丟給海鷗吃，並喀滋喀滋嚼著藍色軟糖和藍色鹹水太妃糖，還有很多我媽從工作的地方帶來的免費試吃品。

我想我應該解釋一下這些藍色的食物。

是這樣的，蓋柏曾經跟我媽說不會有那種東西，他們爲此爭吵，當時似乎只是件微不足道的小事，可是從那次開始，我媽用她的方式找出藍色的食物。她烘焙藍色的生日蛋糕，製作藍莓冰沙，買到藍色的墨西哥玉米薄餅，還從店裡帶藍色糖果回家。她保留婚前的姓「傑克森」，而沒有冠上夫姓「亞力安諾」，從這些事都能證明她並不是盲目的順從蓋柏，她有叛逆的傾向，和我一樣。

夜晚來臨，我們生起火，烤著熱狗和棉花糖。媽媽說起她小時候的故事，是在她爸媽遭遇空難之前的事。她說有一天當她存夠錢可以離開糖果店時，她想要寫作。

最後，我繃緊神經，問起了每當我們到蒙淘克時總是存在我腦海中的事——爸爸。媽媽淚眼迷濛，我知道她會和以前說的一樣，可是我永遠聽不膩。

「波西，他是個很好的人，」她說：「他又高又帥，很有氣勢，可是又很溫柔。你的一頭黑髮和綠眼睛跟他一樣。」

媽媽從糖果袋裡找出一粒藍色軟糖說：「波西，我希望他能見見你，他一定會以你爲榮。」我不了解她怎麼能這樣說，我哪有什麼偉大的事值得驕傲？一個有閱讀障礙、過動的男孩，成績單上只有D^+，六年內被學校開除了六次。

「我幾歲？」我問：「我是說……他離開的時候。」

她看著火光，「波西，他只和我在一起一個夏天，就在這裡，在這個海岸，這間小木屋。」

「可是……他在我是嬰兒的時候來看過我。」

「並不是這樣。親愛的，他知道我想要一個寶寶，可是他從沒見過你，在你出生之前，他就必須離開了。」

我試著將這個說法和我記憶中的爸爸拼湊在一起，我記得的……那溫暖的亮光和笑容。

我一直以爲他看過還是嬰兒的我，雖然媽媽不曾說過，但我仍感覺這一定是眞的，可是現在媽媽卻說他從來沒見過我……

我對爸爸感到生氣，或許這樣很蠢，可是我怨恨他繼續航海，恨他沒膽和媽媽結婚。他離開我們，害我們現在被臭蓋柏困住了。

「你會再把我送走嗎？」我問她：「送去另一間寄宿學校？」

她從火上拉起棉花糖。

「親愛的，我不知道。」她的聲音很沉重，「我想……我想我們必須做些什麼。」

「你不想要我在你身邊？」話剛出口，我就後悔了。

媽媽的眼睛湧出淚水，她抓起我的手緊緊握著。「喔，波西，不是這樣，我……我必須這麼做，親愛的，這是爲了你好，我必須把你送走。」

她的話讓我想起布魯納老師說的，離開楊西對我而言是最好的方式。

「因爲我不是普通人。」我說。

「聽起來你好像覺得這樣很糟，但你不明白你有多重要。我以爲楊西學校已經夠遠了，我以爲你終於安全了。」

「安全？怎麼說？」

當她看著我的眼睛，回憶像洪水般湧現，那些曾發生在我身上不可思議、讓人驚慌失措、努力想忘掉的事，又通通回來了。

三年級時，一個穿著黑色軍用雨衣的男人在學校操場跟蹤我。有位老師威脅著說要叫警察來，他才咆哮著離開。可是當我告訴別人他的寬邊帽下只有一隻眼睛，而且還是在臉的正中央時，沒有人相信我。

在此之前，還有一個眞的非常久遠的記憶。我唸幼稚園時，一位粗心的老師把我放在吊床中休息，結果有一隻蛇溜了進來。媽媽來接我時嚇得尖叫，她看到我正和一條看起來軟軟的、有鱗片的繩子在玩耍，而且一副要用我的小肥手將這東西勒死的樣子。

在每一間學校都會發生幾件令人毛骨悚然的事，都是一些危險的事，而我被迫轉學。

我知道應該跟媽媽說水果攤老太太的事，還有我在博物館用劍把數學老師切碎，讓她化爲塵土的幻覺，可是我說不出口。很奇怪的是，我覺得這些消息會讓這趟蒙淘克之旅終止，而我不要這樣。

「我盡全力想把你安排在靠近我的地方，」媽媽說：「但他們跟我說不能這樣，我只能有一個選擇。波西，你爸爸想要送你去一個地方，而我……我就是沒辦法這麼做。」

「爸爸要我去唸特殊學校？」

「不是學校，」她輕聲的說：「是夏令營。」

我感到一陣暈眩。爲什麼我的爸爸，這個甚至沒時間留下來看著我出生的人，卻要媽媽送我去參加夏令營？如果這件事這麼重要，爲什麼她以前從來沒提過？

「波西，對不起，」她直視著我的眼睛。「我眞的說不出口，我沒辦法將你送去那裡，因爲那表示我必須和你說再見，雖然那是爲了你好。」

「爲了我好？可是假如那只是一次夏令營……」

她轉頭看著火焰。從她的表情，我知道此時只要再多問一個問題，她就會掉下眼淚。

那晚我做了個很逼眞的夢。

海邊下了場暴風雨，有兩隻美麗的動物，一匹白馬和一隻金色老鷹，正在海浪的邊緣廝殺。金鷹俯衝而下，用巨大的爪子猛抓白馬的鼻子，白馬跳起來踢金鷹的翅膀。當他們爭鬥時，大地隆隆作響，一陣駭人的笑聲從地底傳來，刺激這兩隻動物更加奮力作戰。

我跑向他們，必須阻止他們殺死對方，可是我卻只能用慢動作跑。太遲了，金鷹正往下俯衝，鷹嘴對準白馬張大的眼睛。我大叫：「不要啊！」

我突然驚醒，跳了起來。

外面眞的颳起狂風暴雨，這種風雨能折斷大樹、吹垮房屋。海邊並沒有白馬或金鷹，只有像日光一般的閃電，還有五、六公尺高的大浪像大砲一樣重擊著沙丘。

下一聲雷擊驚醒了媽媽，她坐起來，睜大眼睛說：「是颶風。」

這實在很瘋狂，因爲長島的初夏不曾颳過颶風，不過大海似乎不記得這回事。在狂風怒號中，我聽到遠方隱約的低吼，憤怒而痛苦的聲音使我毛髮直豎。

這時，出現了一個比較近的聲音，像在搥打著沙灘。是一個很著急的聲音……有人在喊叫，而且用力敲著小木屋的門。

媽媽從床上彈起，穿著睡袍去開門。

格羅佛站在門廊，背對著傾瀉而下的大雨，可是他……他不完全是格羅佛。

「找了一整晚，」他喘著氣說：「你在想什麼啊？」

媽媽充滿驚恐的看著我，不是害怕格羅佛，也不是奇怪他怎麼會來。

「波西，」她喊著，聲音大到在雨中都聽得到：「你在學校裡到底出了什麼事？你有什麼事沒告訴我？」

我愣住了，看著格羅佛，我不明白現在是什麼情形。

「O Zeu kai alloi theoi!❻」他大喊：「那就在我後面！你告訴她了嗎？」

---

❻古希臘語，意指「喔！宙斯和所有天神啊！」這裡表示驚訝、不可思議的意思。

我驚駭莫名，嚇到忘記他剛剛是用古希臘語在咒罵，也忘記了我跟他很熟這件事。我太震驚了，根本沒有心思去猜格羅佛怎麼能在半夜一個人來到這裡，而且格羅佛沒有穿長褲，我看到他的腿……竟然……

媽媽嚴厲的看著我，用一種我從沒聽過的語氣說：「波西，快說！」

我結結巴巴的說出水果攤老太太和道斯老師的事，媽媽盯著我，在閃電的映照下，她的臉色非常慘白。

她抓起包包，把雨衣丟給我，說：「到車子裡去，你們兩個，快去！」

格羅佛跑向卡麥隆，正確的說，他不是在跑步，而是擺動滿佈粗毛的臀部奔馳而去。突然間，我了解他腳上爲什麼有那麼不合理的粗壯肌肉，也明白他爲什麼可以跑得這麼快，但走路卻又一跛一跛的原因。

因爲他那本來應該是腳的地方，並不是人類的腳，而是動物的偶蹄。

4 鬥牛

我們在漆黑的鄉間小路上疾駛，狂風拍擊著卡麥隆，暴雨猛打在擋風玻璃上。我不知道媽媽怎麼看得到前面的路，不過她的腳確實一直踩著油門。

每次閃電出現時，我就藉著閃光偷瞄和我一起坐在後座的格羅佛，我懷疑我是不是得了精神病，或者是他穿了一件上面縫著粗毛皮的褲子。可是都不是，這個味道我記得，是我們幼稚園時到可愛動物園校外教學時……是羊毛脂，是羊毛散發出來的味道，是一隻溼漉漉牧場動物的味道。

我能吐出的話只有：「所以你……認識我媽媽？」

格羅佛的眼睛飛快掃過後照鏡，其實並沒有車子跟在後面。「也不算認識，」他說：「我是說，我們從來沒見過面，不過她知道我一直看著你。」

「看著我？」

「密切注意你，確定你沒事，可是我並沒有假裝是你的朋友，」他急忙補充：「我眞的是你的朋友。」

「嗯，那你到底是什麼？」

「現在這不重要。」

「不重要？從腰部以下，我最好的朋友是一隻驢子……」

格羅佛發出一個尖尖的喉音：「咩──咩──」

我以前就聽過他發出這種聲音，但我總以為這是他緊張時的笑聲，現在我才知道這更像是惱怒的羊叫聲。

「是山羊啦！」他大喊。

「什麼？」

「我的腰部以下是山羊。」

「你剛剛說這不重要。」

「咩咩咩！其他羊男⑦如果聽到這樣的侮辱，早就一腳踩扁你了！」

「什麼？等等，羊男？你是說……布魯納老師說的那些希臘神話嗎？」

「波西，難道那些水果攤老太太和道斯老師也都是神話嗎？」

「所以你承認有道斯老師了！」

「當然。」

「那為什麼……」

「你知道的愈少，引來的怪物就愈少，」格羅佛說得好像大家都知道這件事一樣。「我們用迷霧遮住人類的眼睛，希望讓你以為仁慈女神是幻覺，不過效果卻一點也不好，你開始明白你是誰了。」

「我是……等等，這是什麼意思？」

詭異的吼叫聲又在我們背後響起，比上次更接近。不管那是什麼，它仍然緊跟著我們。

「波西，」媽媽說：「要解釋的太多，我們沒時間了，必須趕快帶你到安全的地方。」

「會有什麼危險？誰在追我？」

「喔，沒有，沒有很多。」格羅佛說。他顯然還在爲驢子的事情光火。「只有死神和幾個嗜血的奴才。」

「格羅佛！」

「對不起，傑克森太太。你能開快一點嗎？拜託。」

我試著想通這一切，可是我做不到。這一切不是做夢，也不是幻想，我從來沒有夢過這麼詭異的事。

媽媽來了個大左轉，我們轉進一條窄路，加速經過漆黑的農舍、樹林遍佈的山丘，還有掛著「草莓自採」牌子的白色柵欄。

「我們要去哪裡？」我問。

「我跟你說過的夏令營，」媽媽的聲音很嚴肅。爲了我好，她試著表現出沒受到驚嚇的樣

---

⑦羊男（Satyrs）是希臘神話中的森林牧神一族，他們上半身是人，下半身是羊，熱愛並守護著大自然。

子。「就是你爸爸想送你去的地方。」

「可是你不想讓我去那裡。」

「拜託，親愛的，」媽媽懇求的說：「現在情況夠困難了，你要明白，你現在很危險。」

「就因爲幾個老太太剪斷毛線。」

「她們不是老太太，」格羅佛說：「那是命運三女神❽，你知道她們在你面前現身表示什麼嗎？她們只有在你……在某人快要死的時候，才會出現。」

「噢，你剛剛說『你』。」

「不，我沒有，我是說『某人』。」

「你說的『你』就是指我。」

「我說的『你』，是說『某人』的意思，不是指你。」

「孩子們！」媽媽說。

她用力將方向盤往右轉，我隱約明白她在暴風雨中的大轉彎是爲了甩開……我們身後那個飄動的黑暗影子，現在不見了。

「那是什麼？」我問。

「我們快到了，」媽媽沒有理會我的問題。「再兩公里，拜託，拜託，拜託啊。」

我不知道那地方在哪裡，可是卻不由自主將身體前傾想幫忙駕駛，希望能順利抵達。

車外除了大雨和黑夜沒有別的東西，這麼空曠的鄉村就位在長島的頂端。我想起道斯老師變出尖牙和蝙蝠翅膀的那一刻，我的四肢因這遲來的驚嚇而麻痺了，她真的不是人，她是真的要殺我。

然後我想到布魯納老師……還有他丟給我的劍。我還沒開口問格羅佛這件事，脖子後面的汗毛就已經豎起。一道刺眼的閃光出現，轟！我們的車子爆炸了。

我只記得自己全身變輕，還被碾碎、油炸、痛打，全在同一時間發生。

我將額頭從駕駛座的椅背抬起，喊了聲：「噢！」

「波西！」媽媽大叫。

「我沒事……」

我試著從恍惚中回神，我沒有死，車子沒有真的爆炸。我們的車衝進水溝裡了，駕駛座那側的車門卡在泥巴中，車頂像蛋殼一樣爆開，大雨灌了進來。

閃電，這是唯一的解釋。我們的車被轟出路面，我仍在後座，旁邊是一大團動也不動的東西。「格羅佛！」

他整個癱了，血從嘴角流出來。我搖著他毛茸茸的臀部，心裡吶喊著：不要啊！即使你有一半是動物，你仍然是我最好的朋友，我不要你死！

---

❽命運三女神（Fates），希臘神話中掌管所有生命長短的三位女神。她們手中的每一條線代表每個生命，當線切斷時，就是這個生命的死期到了。

這時他發出呻吟：「好餓。」我知道有希望了。

「波西，」媽媽說：「我們必須……」她的聲音顫抖。

我回過頭，在閃電的亮光中，我透過濺滿泥巴的後擋風玻璃看到路肩上有個人影，正蹣跚的往我們這邊走來，這景象讓我全身起雞皮疙瘩。那是一個大傢伙的黑色輪廓，他的身材像美式足球員一樣壯碩。他似乎將毯子舉在頭上，上半身毛茸茸而且體積龐大，高舉的雙手看起來像頭上長了角。

我用力吞了一口口水。「那是……」

「波西，」媽媽極度嚴肅的說：「快到車子外面。」

媽媽全力對付駕駛座那邊的車門，但車門已經被外面的泥巴卡得死緊，我試試我這邊的車門，一樣卡住了。情急之下，我仰頭望著車頂的洞，或許那是個逃生出口，可是洞口邊緣被燒得滋滋響，還冒著煙。

「從另一邊的門爬出去！」媽媽告訴我：「波西！快跑！你看到那棵大樹了嗎？」

「什麼？」

藉著另一道閃電的亮光，我從車頂冒煙的洞看出去，看到媽媽說的那棵樹，一棵像白宮的耶誕樹那麼大的松樹，矗立在離我們最近的山頂上。

「那是分界線，」媽媽說：「越過那座山丘，你會看到山谷裡有一棟大農莊。快跑，不要回頭看。大聲求救，在你到達農莊那扇門之前，不要停下來。」

「媽，你跟我一起去。」

她的臉色慘白，眼裡滿是悲傷，和她每次看著大海的神情一樣。

「我不管！」我大喊：「你要跟我一起，幫我抬出格羅佛。」

「好餓！」格羅佛呻吟著，音量變大了些。

頭上頂著毛毯的男人繼續朝我們走來，他發出呼嚕嚕的聲音和鼻息的巨響。當他更靠近時，我才明白他並沒有將毛毯舉到頭上，因爲他粗壯多肉的手正在兩側擺盪。他的頭上並沒有毛毯，可是那一團毛茸茸的東西實在太過巨大，也不可能是他的頭……不，那眞的是他的頭，而上面尖尖的東西看起來很像是牛角……

「他的目標不是我們，」媽媽告訴我：「他要找的是你，而且，我不能越過分界線。」

「可是……」

「我們沒時間了，波西！快去，求求你。」

我生氣了，對媽媽、對格羅佛那隻山羊、對那個長著角朝我們咚咚而來的東西生氣。那個東西行動緩慢而從容，很像是……像是一隻公牛。

我爬過格羅佛身上，將車門推開，雨淋了進來。「我們要在一起，來吧，媽。」

「我跟你說過了……」

「媽！我不要離開你，幫我搬格羅佛。」

我沒有等她回答就爬到外面，將格羅佛拖出車子。他比我想像的輕，可是如果媽媽沒有幫我的話，我還是沒辦法扛著他走太久。

我們一起將格羅佛的手放在我們肩膀上，開始穿過高度及腰、被雨溼透的草地，步履蹣跚的往山丘上前進。

我回頭瞥了一眼，第一次看清楚這個怪物。他身高超過兩百公分，像肌肉男雜誌的封面人物一樣，他的手腳有隆起的二頭肌和三頭肌，還有其他突起的肌肉，很像在靜脈血管下塞了棒球似的。除了白色內褲之外，他什麼都沒穿，如果不看他壯得嚇人的上半身，其實還滿滑稽的。棕色的粗毛從他肚臍的位置開始出現，往上長到肩膀時更加濃密。

他的脖子是一團肌肉和毛，往上是他巨大的頭。他的鼻子和我的手臂一樣長，流著鼻涕的鼻孔戴著閃閃發亮的黃銅環。他有一雙冷酷的黑眼睛，頭上是黑白相間的巨大尖角，尖到你用電動削鉛筆機都削不出來。

好吧，我認得這個怪物，他就是布魯納老師說的第一個神話故事裡的角色，可是他應該不是眞的啊。

我眨眨眼睛，想把眼睛裡的雨水擠出去。「那是……」

「他是帕西法埃❾的兒子，」媽媽說：「我早該知道他們這麼想殺你。」

「可是他是彌……」

「不要說出他的名字，」她警告我：「名字具有力量。」

松樹還在遠方，到山頂的路至少還有一百公尺。

我又往後瞥了一眼。

公牛男在我們的車上，弓著背從車窗往裡面看，其實不能說是「看」，他比較像是在用鼻子聞。我不明白他爲什麼這麼大費周章，因爲我們離他只有十五公尺遠而已。

「有吃的嗎？」格羅佛呻吟著。

「噓——」我對他說。「媽，他在做什麼？他沒有看到我們嗎？」

「他的視力和聽力都很糟，」她說：「他全靠嗅覺，不過他很快就會知道我們在哪裡。」

公牛男好像得到了線索，他發出怒吼，抓住裂開的卡麥隆車頂，將車子舉起來，底盤發出嘎吱嘎吱的聲響。他將車子高舉過頭，往路上丟去。車子砰的一聲掉在溼溼的柏油路上，滑行了大約七、八百公尺才停止，還刮擦出陣陣火花。接著，油箱爆炸了。

別刮到我的車，我記得蓋柏這樣說過。

慘了。

「波西，」媽媽說：「當他看到我們時，他會衝過來，你等到最後一秒時跳出馬路，就直接跳到馬路外面。因爲當他發動攻擊時，無法瞬間改變方向。這樣懂了嗎？」

「你怎麼知道這些？」

---

❾ 帕西法埃（Pasiphae），希臘神話中克里特國王米諾斯（Minos）的妻子。米諾斯因為觸怒了海神波塞頓，海神故意讓他的妻子帕西法埃愛上一頭公牛，而生下了半人半牛的怪物。

「我一直擔心你會遭到攻擊，我應該早點料到的。我很自私，一直將你留在身邊。」

「將我留在身邊？可是……」

又一聲怒吼，公牛男開始踩著重重的腳步往山頂走。

他聞到我們了。

松樹只有幾公尺遠，但是山丘愈來愈陡，地愈來愈滑，而格羅佛並沒有變輕一點點。

公牛男接近了，再過幾秒他就會趕上我們。

媽媽一定精疲力竭，不過她仍然扛著格羅佛。「走，波西！分頭走！記住我說的話。」

我不想和她分開，但我認爲她是對的，這是我們唯一的機會。我往左邊全速衝出去，轉身看到那個生物向我逼近。他的黑眼睛發出仇恨的亮光，全身散發出濃烈的臭味，像一塊臭掉的生肉。

他低頭衝過來，那剃刀般銳利的尖角直直對準我的胸膛。

我體內湧起的恐懼讓我想逃走，但是沒有用，我絕對跑不贏這傢伙，於是我停下腳步，在最後一刻，我跳到馬路外面。

公牛男猛力衝了過去，像是一列載貨火車，然後他發出挫折的怒吼，轉過身，不過這次不是衝著我來，而是對著媽媽，她正把格羅佛放在草地上。

我們已經到了山頂，往另一側的山谷看過去，就像媽媽說的，我看到雨中農莊閃爍的黃色燈光，可是那個才幾百公尺遠的地方，我們卻到不了。

公牛男發出呼嚕聲，腳用力扒著地，目不轉睛的盯著媽媽。媽媽緩緩的往山丘下後退，回到原來的路上，想要引怪物遠離格羅佛。

「跑啊，波西！」她說：「我不能再往前了，快跑！」

可是，當怪物衝向她時，我只是站在那裡，因爲恐懼而全身僵硬。她試著往旁邊跳，像她教我的那樣，但怪物已經學到教訓。當她想逃跑時，怪物伸手抓住她的脖子，她被高高舉起，在半空中拳打腳踢的掙扎著。

「媽！」

她看著我，勉強擠出最後一個字：「跑！」

這時，在憤怒的吼聲中，怪物勒緊媽媽的脖子。她在我眼前融化成光點，金光閃閃的，像是雷射立體圖案的光點一樣。一陣刺眼的強光後，她……不見了。

「不要啊！」

憤怒取代了恐懼，新生的力量在我四肢熊熊燃起，我全身的能量一湧而出，和當時看到道斯老師長出爪子時一樣。

公牛男逼近格羅佛，他無助的躺在草地上。這個怪物弓著背，嗅著我最好的朋友，他好像即將要舉起格羅佛，讓他也融化消失。

絕不允許。

我剝去身上的紅色雨衣。

「嘿！」我大吼，一邊揮動雨衣，一邊跑到怪物旁邊。「嘿！蠢蛋！牛絞肉！」

「哞哞哞！」怪物轉向我，揮舞著多肉的拳頭。

我有個主意，很蠢的主意，不過總強過腦袋一片空白。我背對大松樹，在公牛男面前揮舞著紅色雨衣，打算在最後一刻跳開。

但接下來我沒有照劇本演出。

公牛男衝得太快，他將手臂伸到我想躲開的方向，眼看就要抓住我了。

時間突然慢了下來。

我的腿緊繃著，沒辦法跳到旁邊去，只好直直躍起，把這生物的頭當跳板往上踩，然後在空中轉身，降落到他的脖子上。

我是怎麼辦到的？沒時間想了，千分之一秒後，怪物的頭砰的一聲撞在樹上，力道之大，幾乎可以把我的牙齒震出去。

公牛男搖來搖去，想把我晃下來，我則死命的抓住他的角，以免被拋出去。雷聲和閃電持續著，雨水打進我的眼睛，生肉的腥臭味塞滿我的鼻孔。

這怪物不斷的甩動身體，彎著背躍起，像牛仔競技比賽的公牛一樣。他剛才應該後退撞樹，把我壓扁才對，此刻我也才發現，這傢伙原來只會一招：向前衝。

這時在草地上的格羅佛開始呻吟，我眞想大聲叫他住嘴，可是現在我的身體正上下左右搖晃，如果張開嘴巴，一定會咬掉自己的舌頭。

「好餓！」格羅佛呻吟著。

公牛男突然轉身對準他，腳又開始扒地，準備往前衝。想到這怪物將媽媽的生命捏碎，讓她消逝於光束中，我的憤怒就像能完全燃燒的汽油注滿全身。我用兩手緊抓著一支角，使出所有的力氣往後拉，怪物全身繃緊，發出一個驚訝的咕嚕聲，然後……喀嚓……折斷了！

公牛男發出慘叫，將我甩到空中。我面朝上降落在草地，頭砰的一聲撞在石頭上。當我坐起身時，眼前一片模糊，不過手中卻握著一支牛角，這是一支和匕首差不多大小的武器。

怪物衝了過來。

來不及細想，我滾向一邊，身體立起來高跪著。怪物高速通過時，我拿起斷角從側面刺入他的身體，正中他的胸腔。

公牛男發出瀕死的絕望吼聲，他抓住自己的胸部，身體開始碎裂分解。他不像媽媽一樣變成閃閃金光，而是粉碎成沙粒，被風一陣陣吹散，和道斯老師一樣。

怪物消失。

雨停了，但暴風雨仍在遠處隆隆作響。空氣中有牲畜的味道，而我的膝蓋仍然簌簌發抖，頭好像快爆裂了。我很虛弱，很驚恐，在悲憤中全身顫抖。我剛剛眼睜睜看著媽媽在眼前消散，我想要躺下大哭，可是還有格羅佛需要我幫忙。於是，我想辦法拉起他，跌跌撞撞的朝山谷農莊的燈光走去。我一邊哭，一邊呼喊著媽媽，不過我仍緊緊抓著格羅佛，我不能再失去他。

我所記得的最後一件事情是，我倒在一個木門廊上，往上看到天花板的風扇轉啊轉，飛蛾繞著黃色燈光飛舞著。接著出現了一個很熟悉、蓄著鬍子的嚴肅面孔，還有個像公主般的美麗女孩，有著一頭金色捲髮。他們低頭看著我，那女孩說：「他就是那個人，一定是。」

「安娜貝斯，安靜，」男人說：「他還有知覺，快帶他進去。」

5 皮納克爾撲克牌

我做了個怪夢，夢裡滿是牧場的動物，牠們大部分都想殺我，只有少部分想要食物。

我一定醒了好幾次，可是醒來時聽到和看到的都很不眞實，所以我只是繼續昏睡著。我記得自己躺在一張軟床上，有人用湯匙餵我吃東西，那東西的味道很像奶油爆米花，可是卻是布丁。那位金色捲髮女孩在我面前，用湯匙刮掉滴落在我下巴的東西，還一邊嘻嘻笑。

當她看到我眼睛睜開時，她問：「夏至時會發生什麼事？」

我聲音沙啞的說：「什麼？」

她看看四周，好像怕有人偷聽。「發生什麼事？什麼被偷了？我們只剩下幾個星期了！」

「對不起，」我含糊的說：「我不……」

有人敲門，女孩迅速塞了我一嘴布丁。

我再次醒過來時，女孩不見了。

一個高大健壯的金髮男子，像個衝浪人，正站在房間的角落觀察我。他有很多藍眼睛，至少十幾個吧，分佈在臉頰、額頭和手背上。

當我終於完全清醒時，除了週遭一切比我待過的任何地方還棒之外，並沒有發生什麼怪事。我坐在大陽台的搖椅上，看著遠處青翠山丘上的草地，微風裡有草莓的味道。我的腿上蓋了件毛毯，脖子後面有一個枕頭。所有的一切都如此美好，只是我的嘴裡好像有蠍子在築巢一樣，舌頭乾得難受，每一顆牙齒都在痛。

桌上靠近我的這邊放著一個高腳杯，裡面裝著看起來像是冰蘋果汁的飲料。杯裡擺著一根綠色吸管，一支小紙傘插在酒漬黑櫻桃上。

我的手虛弱無力，雖然握著玻璃杯，卻無法使力，玻璃杯差點就掉下去了。

「小心。」一個熟悉的聲音說。

格羅佛倚著陽台的欄杆，看來他沒有昏睡一個星期。他的手臂下夾著一只鞋盒，穿著藍色牛仔褲、Converse 高筒鞋和一件鮮橙色的T恤，T恤上寫著「混血營」三個字。我眼前這位是平凡的好好先生格羅佛，不是山羊男孩。

那麼，也許我只是做了個惡夢，也許媽媽沒事，我們仍然在度假。我們待在這間大房子裡只是因為某個理由，而且……

「你救了我一命，」格羅佛說：「我……嗯，至少我可以……我回去山丘一趟，我猜你會想要這個。」

他很恭敬的將鞋盒放在我的膝上。

這裡面是一支黑白相間的牛角，底端有折斷的缺口，乾掉的血跡散佈在牛角尖。原來，這不是惡夢。

「彌諾陶⑩。」我說。

「嗯，波西，別說……」

「那是他在希臘神話中的名字，不是嗎？」我向他查證。「彌諾陶，半人半牛。」

格羅佛不安的改變話題。「你已經脫身兩天了，你還記得多少？」

「我媽媽，她真的……」

他低頭不語。

我望向藍天下的那片草地，草地盡頭有小樹叢、蜿蜒的小溪、廣佈的草莓園。這個山谷有群山環繞，最高的山，就是山頂有大松樹那座，正矗立在我們面前。這地方在陽光的照耀下十分美麗。

媽媽走了，全世界都應該黑暗而寒冷，不應該有什麼是美麗的。

「我很抱歉，」格羅佛吸著鼻子說：「我是個失敗者，我……我是全世界最糟的羊男。」

他悲傷的說著，用力跺著腳，那個因此脫落了，我是說，那只高筒鞋脫落了。鞋子裡面裝滿了保麗龍，上面是一個蹄形的空洞。

「喔，冥河⑪！」他咕噥著。

---

⑩ 彌諾陶（Minotaur），希臘神話中牛頭人身的怪物，性格殘忍凶暴。後來被英雄鐵修斯（Theseus）所殺。

⑪ 冥河（Styx），希臘神話中環繞冥界之河。要進入冥界必須先渡過冥河。在古希臘詩人荷馬（Homer，約西元前九至八世紀）的史詩中，天神會對著冥河起誓，以表示對誓言的重視。

雷聲隆隆，迴盪在明亮的天空。

當他奮力將蹄穿進假腳時，我想，哦，原來他是這樣搞定的。

格羅佛是牧神羊男。我敢打賭如果剃掉他的棕色捲髮，一定可以在他頭上找到小小的羊角，可是我實在太過悲傷，以致於我根本不在意羊男，甚至是彌諾陶的存在。這一切的一切都在告訴我，媽媽是眞的被緊緊勒住，融化在黃色閃光中。

我好孤獨，我變成一個孤兒，之後我要和誰住？臭蓋柏嗎？不要，絕不要！我要先住在街上，我要假裝年滿十七歲去加入軍隊。我必須爲生存做些努力。

格羅佛還在吸著鼻子，這可憐的孩子，可憐的山羊，可憐的羊男……管他叫什麼，他看起來很需要安慰。

我說：「這不是你的錯。」

「是我的錯，我應該要保護你。」

「是我媽要求你保護我嗎？」

「不是，但那是我的工作，我是個守護者，至少……我曾經是。」

「可是爲什麼……」我突然感到頭昏，眼前的景象在游動。

「別想太多。」格羅佛說：「快喝。」

他幫我拿著杯子，將吸管放入我口中。

那味道讓我縮了一下，我原先以爲是蘋果汁，結果完全不是。這是巧克力豆餅乾，液體的，而且是媽媽烘焙的藍色巧克力豆餅乾，熱騰騰散發著奶油香，巧克力豆還有點融化了。我喝下之後全身暖烘烘的，很舒服，充滿了精力。我的悲痛並沒有消失，但卻感覺到媽媽正用手輕撫我的臉頰，拿一片餅乾給我，就像小時候那樣，然後對我說事情總會解決的。

雖然還不明白是怎麼回事，但我已經把飲料喝光了。我看著杯子。剛剛明明喝的是一杯暖呼呼的飲料，可是杯子裡的冰塊卻還沒融化。

「好喝嗎？」格羅佛問。

我點點頭。

「喝起來什麼味道？」他好像很想喝，這讓我有點愧疚。

「抱歉，」我說：「應該讓你喝喝看。」

他睜大眼睛。「喔，不是，我不是那個意思，我只是……好奇。」

「像巧克力豆餅乾。」我說：「我媽親手做的。」

他嘆了口氣。「那你現在感覺怎麼樣？」

「好像可以把南西．波波菲丟到一百公尺外。」

「這樣很好，」他說：「這樣很好，那玩意兒你一滴都別再喝了。」

「什麼意思？」

他小心翼翼的從我這裡拿走空杯子，好像那是炸藥一樣，然後把杯子放回桌上。「來吧，奇戎和戴先生在等你。」

農莊的建築四周都環繞著走廊。

我的腳還站不穩，吃力的往對面走去。格羅佛幫我托著彌諾陶的角，不過我還是緊握著它。這東西是我付出代價得來的，爲了紀念那段艱辛的路程，我不會讓這東西離開我。

當我們到達房子的另一端，我屏住呼吸。

這裡必定是長島的北岸，因爲在房子的這一邊，看到的是山谷和水相連，一、兩公里外的地方波光粼粼。放眼望去，我沒辦法理解眼前所見的這片景象。這裡滿佈的建物看起來像古希臘建築，有涼亭、圓形露天劇場、圓形競技場，除此之外，這些建築看起來都很新，白色大理石圓柱在陽光下閃閃發亮。近處的沙坑中，有十二個看起來像高中生的孩子和羊男們在玩排球。獨木舟在一個小湖上划過。樹林中隱約可見幾間小屋，一群穿著格羅佛那種鮮橙色T恤的小孩在小屋旁嬉鬧追逐。有些小孩在射箭場射箭，其他的人騎著馬在林木茂密的小徑中奔馳，除非我出現幻覺，不然我眞的看到有些馬長了翅膀。

在陽台的底端，兩個男人面對面坐在牌桌前。牌桌旁是那個用湯匙餵我吃爆米花口味布丁的金髮女孩，她正靠在陽台欄杆上。

面向我的男人矮小肥胖，鼻子紅紅的。他有水汪汪的大眼睛，一頭烏黑的捲髮帶點紫色光澤，看起來很像畫裡長翅膀的小孩，那叫什麼來著？吵鬧鬼？不對，是小天使。對，就是小天使，他看起來很像在拖車停車場走動的中年小天使。他穿著印有老虎圖案的夏威夷衫，看起來很適合加入蓋柏的撲克牌俱樂部，而且感覺上連我繼父都可以贏過他。

「那是戴先生。」格羅佛小聲的對我說：「他是混血營營長，要對他有禮貌。這個女孩叫安娜貝斯．雀斯，她是學員，不過她待在這裡的時間比其他學員來得久，還有，你已經認識奇戎了……」

他指著背對著我的那個人。

首先，我看到他坐在輪椅上，然後，我認出了他的花呢夾克、稀疏的棕色頭髮，還有那亂亂的鬍子。

「布魯納老師！」我大叫。

我的拉丁文老師轉頭對我微笑，他的眼中閃露調皮的神色，這樣的神情在課堂上也曾出現過，就是當他毫無預警來個隨堂測驗，還把所有複選題答案都設成B的時候。

「啊，波西，很好。」他說：「現在我們有四個人，可以玩皮納克爾⓬撲克牌了。」

他拉開戴先生右邊的椅子給我坐，此時戴先生用那充滿血絲的眼睛看著我，並且嘆了一大口氣。「喔，坐吧，我想我應該說『歡迎來到混血營』，但別以為我真的很高興看到你。」

「嗯，謝謝。」我趕緊從他身邊挪開一點。在與蓋柏共同生活的過程中，如果我有從他身

⓬ 皮納克爾（pinochle），一種撲克牌遊戲，盛行於北美洲，玩法很多種。通常需用兩副牌，而且只取用九點至A的牌，每種兩張，共四十八張。採輪流抓牌組合計分的方式。

上學到什麼事，那就是學會分辨一個人有沒有碰過酒。假如戴先生是個滴酒不沾的人，那我就是個羊男了。

「安娜貝斯？」布魯納老師叫金髮女孩。

她走過來，布魯納老師介紹我們認識。「波西，是這位小姐負責照顧你，讓你恢復健康的。親愛的安娜貝斯，去確定一下波西的床位好嗎？我們現在安排他住十一號小木屋。」

安娜貝斯說：「好的。」

她的年齡大概和我差不多，可能比我高五公分，看起來很有運動細胞。她有曬黑的皮膚和金色的捲髮，和我印象中的加州女孩一模一樣。不過她的眼睛就打破了這個印象，她的眼睛是讓人看了會嚇一跳的灰色，很像暴風雨的烏雲，雖然美麗卻很嚇人，看起來就像她已經完全掌握在戰鬥中一舉制伏我的最佳方法。

她瞥了一眼我手上那個彌諾陶的角，然後背對著我，我想像她會對我說些「你殺了彌諾陶！」或是「哇，你好厲害！」之類的話。

不過，她說的卻是：「你睡覺時會流口水。」

然後她快速跑下樓到草坪上，金髮在她身後飄舞著。

「所以，」我趕緊轉移話題：「嗯，布魯納老師，你在這裡工作嗎？」

「不是布魯納老師。」這位不是布魯納老師的人說：「那其實是假名，你可以叫我奇戎。」

「好吧。」我完全搞糊塗了，我看著營長說：「那戴先生……代表什麼意思？」

戴先生停止洗牌，抬頭看著我，好像我剛剛打了個很大聲的嗝似的。「小子，名字是有力量的，你不應該隨口就說，任意使用。」

「喔，好的，抱歉。」

「波西，我得告訴你，」這位奇戎布魯納插嘴說：「我很高興看到你活著，我為潛力學員出診的時間已經很久了，我討厭自己浪費時間的感覺。」

「出診？」

「我到楊西學校教了你一年。其實我們在大部分學校都安排了羊男，當然是為了守護的工作，不過，格羅佛在遇到你之後通知我說，他覺得你很特殊，所以我決定到紐約州北部去。我相信原來的拉丁文老師是去……嗯，休假去了。」

我努力回憶這學年剛開始的時候，但那好像是很久以前的事了，對於在楊西第一週時的拉丁文老師，我只有些許模糊的記憶。後來他就消失了，沒有任何解釋，而布魯納老師隨後出現教這堂課。

「你去楊西只是為了要教我？」我問。

奇戎點點頭。「老實說，一開始我不確定你是不是，我們去找你媽媽，讓她知道我們正在照顧你，等你做好來混血營的準備，但是在此之前你要學習的事情很多。然而你做到了，你活著到達這裡，這是第一個試驗。」

「格羅佛，」戴先生不耐煩的說：「你到底要不要玩？」

「是！長官！」格羅佛發抖著說，他趕緊拉開第四張椅子，我不明白爲什麼他這麼怕這個穿老虎圖案夏威夷衫的矮胖男人。

「你會玩皮納克爾撲克牌嗎？」戴先生懷疑的瞄著我。

「恐怕不會。」我說。

「恐怕不會，『長官』。」他說。

「長官。」我重複一次，我對這位營長的觀感愈來愈差了。

「是這樣子的，」他告訴我：「這是在劍術格鬥和小精靈電玩之外，人類所發明最偉大的遊戲了，我希望所有『文明的』年輕人都明白遊戲規則。」

「我確定這孩子學得來。」奇戎說。

「拜託，」我說：「這到底是什麼地方？我在這裡做什麼？布魯……奇戎，爲什麼你只是爲了教我就去楊西學校？」

戴先生輕蔑的說：「我也問過同樣的問題。」

營長開始發牌，每當撲克牌丟到格羅佛面前時，格羅佛就會縮一下。

奇戎疼惜的對我笑了笑，和在拉丁文課時一樣，好像要讓我知道不論我成績高低，都是他心目中的明星學生，他預期我會說出正確的答案。

「波西，」他說：「你媽媽沒有告訴你什麼嗎？」

「她說……」我記起她看著大海的悲傷神情，「她告訴我，她很怕把我送到這裡，即使我爸爸想要她這樣做。她說一旦我到這裡，可能就不能再離開，她想要把我留在身邊。」

「很典型，」戴先生說：「他們常常因此被殺。年輕人，你叫牌了沒？」

「什麼？」我問。

他不耐煩的解釋在皮納克爾中要怎麼叫牌，然後我照做。

「我想該講的實在太多了，說不完。」奇戎說：「恐怕我們一般的介紹影片是不夠的。」

「影片？」我問。

「用不著那個。」奇戎決定了。「波西，你知道你的朋友格羅佛是一個牧神羊男，」他指著鞋盒中的角，「你殺了彌諾陶，那不是雕蟲小技。孩子，也許你自己不明白，但這偉大的力量會在你一生中持續運作。天神，也就是你說的希臘天神，他們的力量非常真實活躍。」

我睜大眼睛看著桌子旁其他的人。

我在等著會有某個人喊說：「不對！」可是我只聽到戴先生大吼：「喔，K加Q，一組王室婚禮牌，騙到了！騙到了！」他一邊清點自己的分數，一邊咯咯笑著。

「戴先生，」格羅佛膽小的問：「假如你不吃的話，我可以拿走你的健怡可樂罐嗎？」

「咦？喔，好。」

格羅佛咬下一大片空鋁罐，不太起勁的咀嚼著。

「等等，」我對奇戎說：「你是在告訴我像上帝之類的神是存在的。」

「這麼說吧，」奇戎說：「上帝和天神完全是不同的事，我們不處理形而上學。」

「形而上學？可是你剛剛說……」

「喔，天神有很多位，這些偉大而不朽的奧林帕斯天神們，同時掌握著自然的力量與人類的努力。但這不太重要。」

「不太重要？」

「是的，不重要。我們在拉丁文課堂上有討論過天神。」

「宙斯，」我說：「希拉[13]、阿波羅[14]，你說的是他們。」

突然再次發生了……明明是無雲的天空，遠方竟然出現雷聲。

「年輕人，」戴先生說：「假如我是你，我眞的會減少隨便將那些名字丟出口的次數。」

「可是他們只是故事，」我說：「他們是……神話，用來解釋閃電、季節等現象，因爲科學還沒出現，人們才會這樣想。」

「科學！」戴先生嘲笑著說：「那你告訴我，柏修斯[15]．傑克森，」當他說出我的本名時，我縮了一下，但這件事我沒有告訴任何人。戴先生繼續說：「兩千年後的人類會怎麼想你們所謂的『科學』？怎麼想啊？他們將會說科學是原始的迷信，就是這樣。喔，我愛凡人，他們絕對沒有這樣的見識，他們認爲自己現在已經找到解答了，是吧？奇戎，看看這男孩，告訴我答案。」

我非常不喜歡戴先生，不過他說我是凡人的語氣裡，好像有什麼別的意思，好像……他不這麼認爲。但他說的話讓我啞口無言，我明白格羅佛爲什麼這麼畢恭畢敬的全力玩牌、啃著汽水罐，還將嘴巴閉得緊緊的。

「波西，」奇戎說：「你可以選擇信或不信，不過事實只有一個：天神就是天神，天神永遠存在。你可以花點時間想像一下，他們永遠不死、永遠不老，像你現在這樣活著的狀態是永恆不變的。」

我本來要脫口說出，聽起來不錯嘛，可是奇戎的聲調讓我遲疑了。

「你是說，不管人們相信不相信……」我說。

「沒錯，」奇戎同意，「假如你是天神，你會喜歡被說成是神話或只是用來解釋閃電的遠古傳說嗎？柏修斯·傑克森，假如我說有一天人們會說你的存在只是一個神話，只是用來解釋小男孩如何克服失去媽媽的痛苦，你會怎麼想？」

我的心砰砰跳，不知道爲什麼，他想讓我生氣，不過我不會順他的意。我說：「雖然我不喜歡這樣，可是我不相信天神的事。」

「喔，最好是這樣，」戴先生喃喃自語：「等你被其中一個天神燒成灰再相信吧。」

格羅佛說：「拜……拜託，長官，他剛失去母親，他被嚇壞了。」

「也很幸運哪，」戴先生開始玩起手中的一張牌，一邊咕噥著：「我被派來做這痛苦的差

⓭ 希拉（Hera），希臘天神之后，是宙斯的姊姊也是妻子。她是掌管婚姻的女神。

⓮ 阿波羅（Apollo），太陽神，也是射箭、預言與藝術之神。他的形象瀟灑且多才多藝，還創造了音樂。

⓯ 柏修斯（Perseus）是波西（Percy）的本名，與希臘神話中的英雄人物柏修斯同名。

事才叫糟透了，還要和這些不相信的小男孩一起工作！」

他揮揮手，一個高腳杯出現在桌上，陽光好像突然彎曲，交織著空氣注入玻璃杯中，高腳杯裡自動裝滿了紅酒。

我張大嘴，不過奇戎沒有察覺。

「戴先生，」奇戎警告說：「別忘了你的禁酒令。」

戴先生看著紅酒，假裝很驚訝。

「哎呀，」他看著天空大喊：「老習慣了！對不起呀！」

更多的雷聲響起。

戴先生又揮揮手，酒杯變成一罐健怡可樂。他不開心的嘆口氣，啪一聲拉開拉環，回到他的撲克牌遊戲中。

奇戎對我使個眼色。「戴先生之前觸怒了他父親，因爲他愛上一個不該愛的森林精靈。」

「森林精靈。」我重複著，眼睛仍然盯著健怡可樂，好像那是外太空來的東西。

「是的，」戴先生承認，「父親喜歡懲罰我，第一次禁令眞是糟透了，超級恐怖的十年！第二次，唔，她眞的非常美麗，我眞的沒辦法離開。也就是第二次，他送我到這裡來，就是這裡，混血之丘，爲你這種小鬼辦夏令營。他這樣告訴我：『發揮一些好的能力，和年輕人一起工作總比撕裂他們好多了。』哈！眞不公平。」

戴先生很像個只有六歲、嘟著嘴使性子的小小孩。

「那……」我結結巴巴的說：「你父親是……」

「天神哪！」戴先生說：「奇戎，我以爲你教過他初級課程了，我爸爸當然是宙斯。」

我從希臘神話中搜尋跟戴有關的名字，嗯，他愛紅酒、穿虎皮紋，還有羊男都在這裡工作，加上格羅佛很怕他，好像戴先生是他主人一樣。

「你是戴歐尼修斯[16]。」我說：「酒神。」

戴先生翻了個白眼。「格羅佛，這段時間，他們都怎麼說來著？這些孩子是用『廢話』這個詞嗎？」

「是……是的，戴先生。」

「波西．傑克森！廢話！難道你以爲我是阿芙蘿黛蒂[17]嗎？」

「你是天神。」

「是的，孩子。」

「天神，你是天神。」

他立刻轉頭直視我，眼中透著紫色的火焰，從這火焰中我看到一個暗示，暗示著這位愛發牢騷的矮胖男人，現在只不過露出極些微的一點本性。我在他眼中所看到的景象是：不相

[16] 戴歐尼修斯（Dionysus），希臘神話中的酒神，發明了釀酒法，常因喝醉而喪失理性，惹出災禍。

[17] 阿芙蘿黛蒂（Aphrodite），希臘神話中的愛與美之神，即羅馬神話中的維納斯（Venus）。

信天神存在的人被葡萄藤勒死；酒醉的戰士為渴求戰爭而瘋狂；水手慘叫著，因為他們的手變成蛙蹼，而臉拉長成海豚的口鼻部。我知道如果我繼續刺激戴先生，他會讓我體驗更糟的事，他會將疾病植入我的大腦，讓我被關進橡膠房間中，穿著約束衣度過餘生。

「想要試試嗎，孩子？」他輕輕的說。

「不，長官，不用了。」

火稍微熄了一點，他轉頭回到撲克牌。「我想我贏了。」

「戴先生，不見得喔，」奇戎說著，他放下五張順牌，計算點數後說：「這一局歸我。」

我以為戴先生會讓奇戎從輪椅上蒸發掉，不過他只是從鼻孔裡噴氣，好像他已經習慣被拉丁文老師打敗了。他站起來，格羅佛也起身。

「我累了，」戴先生說：「我想，在帶動唱晚會以前，我會去午睡一下。不過在此之前，格羅佛，我們必須再談談關於你在這趟任務中錯誤百出的表現。」

格羅佛的臉上有成串的汗珠。「是……是的，長官。」

戴先生轉頭對我說：「十一號小木屋，波西．傑克森，注意你的禮貌。」

他猛然走進屋內，格羅佛一臉悲慘的跟進去。

「格羅佛不會有事吧？」我問奇戎。

奇戎點點頭，雖然他看起來有點憂慮。「老戴歐尼修斯不是真的發瘋，他只是很討厭他的工作，這對他來說已經是……嗯，死性難改吧，我想你會這樣說，而且他不能忍受還要再多等一個世紀，才被允許重回奧林帕斯。」

「奧林帕斯山，」我說：「你是說，那個地方眞的有一座宮殿嗎？」

「嗯，這樣說好了，現在的希臘有一座奧林帕斯山，當時那裡的確是諸神的居所，也是諸神力量的匯聚地，由於對遠古天神的尊敬，現在那裡仍然被稱爲奧林帕斯山。可是，波西，宮殿搬家了，天神也一樣。」

「你是說希臘天神在這裡？在……美國？」

「的確如此，天神搬到西方文明的中心了。」

「中……中什麼？」

「波西，好好想一想，大家口中的『西方文明』，你以爲那只是抽象的概念嗎？不，那是活生生的眞實力量，是一種集體的覺醒，照亮了數千年的歷史。天神參與其中，你甚至可以說，天神是源頭，至少他們與此緊緊相繫，以致於不可能脫身，若他們離去，整個西方文明將被一舉抹滅。聖火開始於希臘，後來，就像你熟知的，應該說是我希望你知道的，因爲我的課你是及格的，聖火的核心移到羅馬，天神也是。喔，只是換了不同的名字，像是宙斯變成朱彼得，阿芙蘿黛蒂變成維納斯……等等，可是，是同樣的力量，同樣的天神。」

「後來他們被遺忘了。」

「被遺忘？沒有。難道西方文明被遺忘了嗎？天神只是遷移到德國、法國、西班牙等地短暫停留，文明的光輝最耀眼的地方，就是天神所在，比如他們在英國就待了幾個世紀。你只需要去看看建築就知道了，人們並沒有忘記天神，在最近的三千年中，只要是他們統治過的地方，他們都會出現在繪畫、雕像，還有最重要的建築上。波西，是的，他們現在當然是在你的美國，你看看美國的象徵是宙斯的老鷹，看看洛克斐勒中心的普羅米修斯雕像，還有你們華盛頓政府建築的希臘式門面。我倒想問問你能不能找到美國有哪座城市沒有展現任何奧林帕斯天神的特色。不論你喜不喜歡，美國現在的確是聖火的核心，還有，相信我，很多人也不太喜歡羅馬。美國是西方的偉大力量，所以奧林帕斯在這裡，我們也在這裡。」

這負荷太沈重，特別是我似乎也被包含在奇戎的「我們」裡面，好像我是這個俱樂部的成員一樣。

「奇戎，你是誰？我……我又是誰？」

奇戎微笑，他移動了身體的重心，好像要從輪椅上站起身一樣，可是我知道那是不可能的，他腰部以下是癱瘓的。

「你是誰？」他若有所思的說：「嗯，這個問題我們都很想回答，不是嗎？不過眼前我們該做的是把你帶到十一號小木屋的床位去，那裡會有新朋友。明天有很多課要上，還有，今晚的營火晚會有巧克力棉花糖夾心餅喔，我超愛巧克力的。」

這時，他真的從輪椅上起身，不過他起來的方式有點怪異。他的毛毯從腿上掉下去，可是腿卻沒有移動，而是腰身超過腰帶的位置繼續往上長。一開始，我以為他是穿著一件很長的白色天鵝絨內衣，可是當他上升到超出椅子，比其他人都還高的時候，我明白天鵝絨內衣並不是內衣，那是某種動物的正面，肌肉和肌腱被白色粗毛所覆蓋。那張輪椅也不是椅子，是一種容器，一個巨大的、有輪子的箱子，而且上面一定施了魔法，若非如此，不可能裝得下他全部的身體。他的一隻腳從箱子伸出來，長長的、膝蓋上有節，還有光滑的蹄，接著是另一隻前腳，然後是臀部和後腳，最後箱子空空如也，只剩金屬外殼掛著兩隻人類的假腳。

我瞪大眼睛看著馬從輪椅上躍起，一匹白色駿馬，不過脖子以上應該還是我認識的拉丁文老師，穩穩的種在馬的軀體上。

「輕鬆多了，」這位半人馬[18]說：「關在那裡面太久，關節都睡著了。好啦，波西．傑克森，來吧，我們去認識其他學員。」

---

[18] 半人馬族（Centaurs）是希臘神話中的半人半馬怪，個性多半粗野暴力。其中只有奇戎（Chiron）異於同類，他個性溫和，充滿智慧，會教導人類草藥知識，並以醫藥、音樂及射箭術的專長聞名。

6 浴室天王

一旦我能接受拉丁文老師是一匹馬的事實，我們一路上就相處得很愉快了，然而我還是很小心不要走在他後面。我曾在梅西百貨的感恩節遊行時，擔任過幾次馬糞清潔隊員，所以囉，我要很抱歉的說，我對於奇戎「後面」的信任度，不像對他的前面那麼高。

我們穿過排球場，幾個學員用手肘推來推去，其中一個人指著我手上拿的彌諾陶牛角，另一個人說：「是他。」

大部分學員都比我年長，他們的羊男朋友也都比格羅佛大。羊男們穿橙色混血營T恤，繞著球場慢跑，長滿粗毛的臀部和後腿大剌剌的裸露在外沒有遮掩。我平常不是容易害羞的人，可是他們盯著我瞧的方式讓我覺得很不舒服，我覺得他們好像在期待我會來個前後空翻之類的表演。

我回頭看農莊，那房子比我想的大多了。四層樓高，天藍色爲底，點綴著白色的裝飾，像是海邊的高級度假別墅。我正在看山牆頂部的銅鷹風向標時，有個東西吸引了我的注意。在閣樓山牆的高窗裡有個黑影在撥窗簾，突然間，我很確定自己正被注視著。

「那裡是做什麼的？」我問奇戎。

他往我指著的方向看過去，笑容頓時僵住。「只是閣樓。」

「有人住在那裡嗎？」

「沒有，」他堅決的說：「沒有半點活著的東西。」

我覺得他說的是實話，可是我也確定有東西在撥動窗簾。

「走吧，波西。」奇戎說，他原來帶著輕微威脅感的聲調現在有一點強迫的味道，「還有很多要了解的呢。」

我們穿過草莓園，學員們採了好多好多草莓，還有羊男用蘆笛吹奏著曲子。

奇戎告訴我，營區的作物品質很好，可以供應奧林帕斯山和紐約的餐廳。「這提供了我們經費來源。」他解釋：「草莓呢，幾乎不用照顧就能收成。」

他說戴先生會對果園的植物產生影響，當他在附近時，植物會瘋狂的生長，長得最好的是製酒用的葡萄，可是戴先生被禁止種植，於是這影響力就發生在草莓身上。

我看著一個羊男吹笛子，他的音樂使一條條的蟲往四面八方散開，遠離了草莓的斑點表面，蟲子看起來很像逃離火災現場的災民。我懷疑格羅佛能不能吹奏出這樣的魔法，不知道他是不是仍然在農莊裡，正被戴先生罵到臭頭。

「格羅佛不會有麻煩吧？」我問奇戎，「我是說……他是個很好的守護者，真的。」

奇戎嘆了一口氣，他脫下花呢外套掛在自己的馬背上，看起來像馬鞍一樣。「波西，格羅佛有一個偉大的夢想，也許大到超越常理的程度。爲了達到他的目標，他必須先成功的成爲守護者，來證明他有足夠的勇氣，也就是說，他必須找到一個新學員，而且要安全的帶他到達混血之丘。」

「可是他做到啦！」

「我可能會同意你的話，」奇戎說：「可是這不是由我來評斷，羊男長老會和戴歐尼修斯會做出決定，但恐怕他們不認爲這次的任務是成功的。畢竟，他在紐約把你弄丟了，然後又發生了你母親的，嗯……不幸事件。而且，當你把格羅佛拖上來越過分界線時，他是在不省人事的狀態。這樣的話，長老們可能會質疑格羅佛的勇氣。」

我很想抗議，這其中沒有一件事是格羅佛的錯。對此我也深感罪惡，假如我當時在巴士站沒有溜走，他可能不會惹上麻煩。

「他會有第二次的機會吧？」

奇戎臉上的肌肉抽搐了一下。「波西，這恐怕已經是格羅佛的第二次機會了，自從五年前他第一次任務出事後，長老們本來就不急著給他另一次機會。奧林帕斯的天神都知道，我曾勸他等久一點再試一次，畢竟他年紀還小……」

「他今年幾歲？」

「喔，他二十八歲。」

「什麼？他卻唸六年級？」

「波西啊，羊男的成熟度是人類的一半，在過去六年，格羅佛和中學生的程度差不多。」

「眞可怕。」

「的確，」奇戎同意，「無論如何，格羅佛是個晚熟的，還沒發揮潛力的孩子，即使以羊男的標準來看，他連森林魔法都還沒有學好。唉，他太渴望去追求夢想了，或許他現在得去找別的工作……」

「那不公平。」我說：「他第一次發生了什麼事？眞的有那麼糟嗎？」

奇戎很快的將目光移開說：「我們去繞一繞，走吧？」

我並沒有準備好要轉移這個話題，這時，有個想法突然在腦中湧現，當奇戎說到媽媽的不幸時，似乎刻意避開「死」這個字。這個想法在我腦中萌芽，原本是一點微弱的、希望的火光，然後逐漸成形。

「奇戎，」我說：「假如天神和奧林帕斯，還有這一切都是眞的……」

「是的，然後呢？」

「那表示冥界也是眞的囉？」

奇戎的臉色一沈。

「是的，孩子。」他停頓一下，好像在謹慎的選擇遣詞用字，「有一個地方是死後靈魂會去的地方，不過現在……在我們知道更多之前……我勸你將這件事趕出你的腦子。」

「『在我們知道更多之前』是什麼意思？」

「波西，走吧，我們去森林看看。」

接近森林後，我才了解森林有多大，至少佔了山谷四分之一的面積。這裡的樹木如此高大繁茂，想像一下，這景象就像是從印地安人之後就沒有人類在這裡生活過。

奇戎說：「這個森林裡藏了些東西，假如你想試試運氣，記得要帶武器防身。」

「藏著什麼？」我問：「武器要防什麼？」

「你會明白的。星期五晚上是奪旗大賽之夜，你有自己的劍和盾牌嗎？」

「自己的？」

奇戎說：「啊，你應該沒有。我想五號大小或許可以，等一下我會去兵工廠一趟。」

我想問他，哪種夏令營會有兵工廠啊？不過實在還有太多事情要想，所以我沒打斷他。

我們繼續走著，看了射箭場、獨木舟湖、馬廄（奇戎似乎不太喜歡這裡）、擲標槍場、帶動唱圓形露天劇場，還有圓形競技場，奇戎說他們在這裡舉行劍與長槍的競技。

「競技？」我問。

「以小屋成員為單位，組成隊伍互相挑戰。」他解釋：「這通常不會有生命危險。喔，當然，我們也有餐廳。」

奇戎指著一個露天涼亭，是由白色希臘圓柱構成主要結構，位於山丘上。從涼亭還可以俯視大海，裡面有十二個石製的野餐桌。這個涼亭沒有屋頂，也沒有牆壁。

「下雨時怎麼辦？」我問。

奇戎看著我，好像這問題有點怪。「我們還是得吃東西，不是嗎？」我決定轉移話題。

最後，他帶我去看小屋，一共有十二棟，坐落在湖邊森林中。小屋排列成U字型，兩棟在U型底部，兩邊各有一排，每排都有五棟。這些小屋，無疑是我有生以來所看過最奇特的建築群了。

每個門上面都有一個大大的黃銅號碼牌，奇數小屋在左邊，偶數小屋在右邊，除了這點之外，這些屋子沒有其他共同點。九號有支煙囪，像一間小工廠；四號的牆上爬著蕃茄藤，屋頂鋪著眞的草皮；七號看起來似乎是純金打造的，在陽光下金光閃閃，幾乎無法直視。所有的屋子都面向一個足球場那麼大的廣場，其間散佈著希臘雕像、噴水池、花壇和一對籃球框（這使我不自覺的加快腳步）。

在廣場中央是一個由石條框起的巨大火爐，即使現在是溫暖的下午，爐火仍然悶燒著。一個大約九歲的女孩正在照料爐火，用棍子戳著爐裡的煤炭。

廣場最前端的一對小屋，一號和二號，看起來很像是一對夫妻的陵墓，那巨大的白色大理石箱前面還有沈重的圓柱。一號是十二間小屋中最龐大、最厚重的一間，光滑的青銅大門就像雷射立體圖一樣閃閃發光，彷彿來自不同角度的閃電在門上留下了光的痕跡。相較之下，二號小屋就顯得優雅些，搭配著較細的圓柱，圓柱上環繞著石榴和花朵組成的花環，牆壁上則是孔雀的雕飾。

「宙斯和希拉？」我猜。

「答對了。」奇戎說。

「他們的小屋看起來是空的。」

「沒錯，有幾棟小屋是空的，其中有一、兩間根本從來沒有人住過。」

我懂了，每間小屋都有專屬的天神，十二棟小屋就有十二位奧林帕斯天神[19]。可是爲什麼有些小屋是空的呢？

我在左邊第一棟小屋前停下腳步，是三號。

這棟屋子沒有一號那麼高大，是比較細長低矮的立方體。外牆是粗糙的灰色石材，上面裝飾著一片片的貝殼和珊瑚，好像厚石板是直接從海床挖起來的一樣。我從開著的門偷偷望進去，奇戎說：「喔，我要是你，就不會這麼做！」

在他將我拉回來前，我聞到裡面傳來鹽的鹹味，像是蒙淘克海邊吹的風。內牆散發著珍珠光澤，裡面有六個床位，上面鋪著絲質床單，但完全不像有人睡過的樣子。這地方的氣氛如此哀傷寂寞，所以當奇戎將手放在我肩上時，我很高興聽到他說：「波西，走吧。」

其他大部分的小屋都擠滿了學員。

五號小屋是鮮紅色，那棟屋子的油漆工眞是亂七八糟，就像直接將桶子裡的油漆潑上去一樣。屋頂上有成排帶著鉤刺的線，有顆野豬頭的標本掛在門廊上，牠的眼睛似乎跟著我轉。我往裡面看，是一群看起來很叛逆的小孩，有男有女。刺耳的搖滾樂響著，他們在比腕力、吵嘴。最大聲的是一個女孩，看起來大約十三、十四歲，她在迷彩夾克裡面穿著特特特大號的混血營T恤。她給了我一個邪惡的冷笑，這讓我想起了南西．波波菲，不過這個女孩更高大，看起來更粗暴，而且她是棕色的長直髮，不是紅髮。

我繼續走，小心避開奇戎的蹄。「我們沒看到別的半人馬。」我觀察到這件事。

「的確沒有，」奇戎難過的說：「我的親戚通常個性比較粗野，你可能會在野外或重要的運動賽事中遇見他們，不過絕不會在這裡看到。」

「你說你的名字是奇戎，你真的是……」

他低頭對我笑了笑，「故事裡的奇戎嗎？是海克力士[20]的馴馬師或其他傳說中的奇戎嗎？是的，波西，我的確是。」

「可是你不是已經死了嗎？」

奇戎停了下來，好像這個問題讓他感到困惑。「老實說，我不知道我應該會怎樣，但事實上，我不會死。萬古之前，天神同意實現我的願望，讓我可以繼續我最喜愛的工作，只要人類需要我，我可以一直當人類英雄的老師。因爲這個願望我獲得了許多……但也放棄了許

⑲ 住在奧林帕斯山的天神中，有十二位位階最高，被尊稱為十二主神，他們分別是宙斯、希拉、波塞頓、狄蜜特、阿瑞斯、雅典娜、阿波羅、阿蒂蜜絲、赫菲斯托斯、阿芙蘿黛蒂、荷米斯以及戴歐尼修斯。

⑳ 海克力士（Hercules），宙斯與底比斯王后所生的兒子，是希臘神話中的大力士，曾完成十二項不可能的危險任務。天后希拉曾派兩條毒蛇去毒殺他，但毒蛇卻被當時還是嬰兒的他給活活捏死。

多。不過，既然我還在這裡，我就覺得我仍然是被需要的。」

想一想當了三千年老師的滋味，這絕對不會被我列入志願清單的前十名。

「難道你從不覺得厭煩嗎？」

「從來沒有，」他說：「偶爾會覺得非常灰心，不過從不曾覺得煩。」

「為什麼會灰心？」

奇戎似乎完全不想再聽到這件事。

「喔，你看，」他說：「安娜貝斯正在等我們。」

我在主屋遇到的金髮女孩正在看書，就在左邊最後一棟編號十一的小屋前。

當我們走到她面前時，她用一種挑剔的眼神看著我，好像還在想我流了多少口水一樣。

我想要看她正在讀什麼書，可是卻看不懂標題，我想是閱讀障礙的問題。後來我發現這個標題根本不是英文，看起來很像希臘文的字母，沒錯，就是希臘文。書裡有廟、雕像和各種圓柱的圖片，很像建築書裡會出現的那些東西。

奇戎說：「安娜貝斯，下午我有一堂射箭菁英課程，你可以帶波西過去嗎？」

「好的，老師。」

「這是十一號小屋。」奇戎告訴我，手比向門廊。「把這裡當自己家吧。」

在所有小屋中，十一號最像正常的老舊夏令營小屋，我特別強調「老舊」這兩個字，是因為門檻已經磨損，褐色油漆斑駁。在門廊上方有一個醫生的象徵標識：一支有翅膀的竿子上纏繞著兩隻蛇。這叫什麼來著……？對了，雙蛇杖。

室內塞滿了人，男生女生都有，看樣子人數比床位數量還多，因為地板上到處都是攤開的睡袋，看起來很像紅十字會臨時用來安置難民的體育館。

奇戎沒有進來，門對他來說太矮了，不過學員看到他都十分尊敬的站起來鞠躬。

奇戎說：「那麼，波西，祝你好運囉，晚餐時見。」

他往射箭場方向疾速奔去。

我站在門廊看著屋裡的小孩，他們不再鞠躬了，所有人都盯著我、打量著我。我很了解這種慣例，我已經在夠多的學校裡經歷過了。

「喂，」安娜貝斯催著我說：「進去吧。」

我進門時很自然的跌了一下，讓自己完全像是一個笨蛋。學員中傳來一陣竊笑聲，不過沒有人開口說話。

安娜貝斯宣佈：「這位是波西．傑克森，剛到十一號報到。」

「他是確定的，還是不確定的？」某人問。

我不知道該說什麼，不過安娜貝斯接口說：「不確定。」

大家開始吱吱喳喳交頭接耳。

一個比其他人年長點的人往前走出來說：「注意，各位學員，這是我們聚集在這裡的原因。波西，歡迎你，你的位子在地板上的那個地方，就在那裡。」

這個人大約十九歲，看起來很酷。他個子很高、肌肉發達，黃棕色的頭髮剪得短短的，帶著親切的笑容。他穿著橘色寬條紋背心、褲管剪短的褲子和羅馬式的綁帶涼鞋。他的外表只有一個地方讓人有點不安，從他的右眼下方到下巴有一道粗粗的白色疤痕，像是曾被一把舊匕首劃過。

「這是路克。」安娜貝斯說著，她的聲音聽起來有點怪怪的，我瞥了她一眼。我發誓她臉紅了，她發現我在看她，馬上回復嚴肅冷酷的表情。「他現在是你的指導員。」

「現在？」我問。

「你現在還是不確定的，」路克耐心解釋：「他們不知道該把你放在哪間小屋，所以先讓你到這裡來。十一號小屋是給像我們這些新生或是訪客住的地方。我們的守護神是荷米斯㉑，旅行之神。」

看著他們分配給我的那一小塊地板，我沒有什麼東西可以放在那裡標示我的床位。我沒有行李、衣服或是睡袋，只有這支彌諾陶的角。本來我想把角放下，可是我馬上想起荷米斯也是偷竊之神。

我環顧著學員的臉，有些人看起來陰沈而多疑，有些人呆呆傻笑，還有些人看著我的樣子，好像在等待機會從我口袋裡撈錢。

「我會在這裡待多久？」我問。

「問得好，」路克說：「待到你被確定爲止。」

「這會花多少時間？」

學員全部哄堂大笑。

「來吧，」安娜貝斯對我說：「我帶你去看排球場。」

「我剛剛看過了。」

「走啦。」

她拉著我的手腕把我拖出去，我聽到背後傳來十一號小屋裡的笑聲。

當我們走出去幾公尺後，安娜貝斯說：「傑克森，你必須表現得好一點才行。」

「什麼？」

她翻了個白眼，喃喃自語說：「眞不敢相信，我竟然以爲你就是那個人。」

「你有什麼問題啊？」我開始生氣了，「我只知道我殺了某個公牛男……」

「不要用這種口氣說話！」安娜貝斯對我說：「你知道這個營裡面有多少小孩希望獲得和你一樣的機會嗎？」

㉑荷米斯（Hermes），商業、旅行、偷竊及醫藥之神。他掌管所有使用道路及貿易的相關事宜，也是奧林帕斯天神的使者，穿著有翅膀的飛鞋為眾神傳遞物件與信息。

「被殺的機會嗎？」

「和彌諾陶戰鬥的機會！不然你以爲我們爲什麼要接受訓練？」

我搖搖頭。「你聽好，如果我打敗的那個東西眞的是彌諾陶，是故事裡的那個怪物……」

「就是他。」

「那麼怪物只有一個。」

「是的。」

「如果是這樣的話，他早就已經死了啊，幾百萬年前就死了不是嗎？是鐵修斯[22]在迷宮裡殺了他，所以……」

「波西，彌諾陶不會死，他們可以被殺掉，但是他們不會死。」

「喔，謝謝你喔，你說得可眞清楚。」

「他們並不像你或我，他們沒有靈魂。幸運的話，你可以除掉他們一陣子，這陣子或許可以像你的一生那麼長。可是，他們是原始的力量，奇戎稱他們爲『原型』，因爲最後他們還是會重生。」

我想起了道斯老師。「你是說，假如我用一把劍殺了一個……」

「你說的是復……嗯，你的數學老師？沒錯，她仍然在某處活動，你只是讓她非常非常非常火大而已。」

「你怎麼知道道斯老師的事？」

「你睡覺時說夢話。」

「你剛剛差點叫她……復仇女神[23]嗎？他們是冥王黑帝斯[24]的施刑者，對吧？」

安娜貝斯緊張的看著地上，好像地面會裂開來吞噬她一般。「你不應該叫她們的名字，即使在這裡也不行。眞的需要提到她們的話，我們都稱她們是仁慈女神。」

「那到底有什麼能說出口但不會出現雷聲？」我像在對自己發牢騷，不過其實我不在乎這件事。「先不管那些，爲什麼我必須待在十一號小屋？爲什麼大家要擠在一起？那裡明明還有很多空床啊。」

我指著前幾間小屋，安娜貝斯的臉色變得慘白。「波西，這不單純是選擇小屋的問題，這還要看你的父母是誰才能決定，應該說……你的父母之一。」

她凝視著我，等我自己想通。

「我媽是莎莉．傑克森，」我說：「她在中央車站的糖果店工作，應該說她曾經在那邊工作過。」

---

[22] 鐵修斯（Theseus），希臘神話中的雅典英雄，雅典國王愛琴士之子。他有勇有謀，為人正義，很受雅典人愛戴。為了解救雅典被進貢到克里特國給彌諾陶吃掉的少男少女們，他自告奮勇進入迷宮中解決彌諾陶。

[23] 復仇女神（Furies）共有三位，皆長有蝙蝠翅膀，帶著火鞭。她們是冥界裡刑罰的監督者。後來也被稱為仁慈女神（Kindly Ones）。

[24] 黑帝斯（Hades），冥界之王，掌管整個地底世界，是宙斯與海神波塞頓的哥哥。

「波西，你媽媽的事情我覺得很遺憾，不過我指的不是她，而是另一位，你的爸爸。」

「他死了，我對他一無所知。」

安娜貝斯嘆了口氣，看來她得在其他小孩不在場時趕快把這件事說完。「你的爸爸沒有死，波西。」

「你說什麼？你認識他嗎？」

「當然不認識。」

「那你怎麼能說……」

「因爲我知道你這個人，假如你不是我們的一份子，你就不會出現在這裡。」

「你並不知道我的事。」

「是嗎？」她挑起一邊的眉毛說：「我敢打賭你換過一間又一間學校，而且還被很多學校開除過。」

「你怎麼會……」

「你被診斷出有閱讀障礙，可能還有注意力不足過動症。」

眞想把我一臉糗相呑下肚。「這些事又有什麼關係？」

「將這些事兜在一起，就是一個明顯的徵兆。當你閱讀的時候，書頁上的字母在飄動，對吧？那是因爲你的腦袋被古希臘文緊緊的綁住了。至於你的過動症嘛，你很好動，不能好好坐在教室裡，那其實是你戰鬥力的本能反應，這在眞正的戰鬥中會讓你存活下來。你的注意力不集中是因爲知道太多，不是因爲知道太少。此外，你的感官能力也比普通人好。當然，很多老師會想用藥物治療你，但他們大部分都是怪物，而且不想讓你知道他們是誰。」

「聽起來，你……好像也經歷過同樣的事情？」

「這裡大部分的小孩都經歷過，假如你和我們不一樣，像你這樣只吃了一點點神食和神飲，不可能在彌諾陶手中活下來。」

「神食和神飲？」

「就是那些讓你好起來的食物和飲料。那些天神的食物足以殺死一個普通孩子，它會讓普通人類的血液變成火焰、骨頭化爲沙塵而死去。所以，面對現實吧，你是個混血人。」

混血人。

我被許多的問題糾纏著，卻不知道該從何問起。

一個嘶啞的聲音大喊：「哇！新來的！」

我看了看四周，一個粗壯的女孩從那間醜陋的紅色小屋朝我們慢步走來，三個女孩跟在她後面，全都和她一樣粗壯、醜陋、刻薄的樣子，四個人都穿著迷彩夾克。

「克蕾莎，」安娜貝斯嘆口氣說：「爲什麼你不去擦亮你的長槍或做點別的事？」

「當然要囉，親愛的公主，」粗壯的女孩說：「這樣星期五晚上我就可以用那把長槍刺穿你的身體啊。」

「Erre es korakas!」安娜貝斯說。據我所知，那是希臘文的「下地獄去吧！」不過我覺得這句話好像有比字面上更嚴厲的詛咒意味。「你想都別想！」

「我們會徹底摧毀你們。」克蕾莎說，不過她的眼皮抽搐著，也許她不確定自己是否能辦得到。她轉向我說：「這矮冬瓜是誰？」

「波西．傑克森。」安娜貝斯說：「這位是克蕾莎，她是阿瑞斯[25]的女兒。」

我驚訝的眨著眼，「是那個……戰神？」

克蕾莎輕蔑的冷笑著說：「有什麼問題嗎？」

「沒有。」我恢復冷靜。「怪不得有股難聞的味道。」

克蕾莎開始咆哮：「我們有一個新生入會儀式，匹西。」

「是波西。」

「什麼西都一樣啦！來吧，我帶你去。」

「克蕾莎……」安娜貝斯想說些什麼。

「在外面等，聰明的女孩。」

安娜貝斯看起來很苦惱，不過她真的乖乖待在外面，我也真的不需要她幫忙。我是新來的，必須靠自己闖出一片天。

我把彌諾陶的角交給安娜貝斯，準備好要打架，可是在我還沒搞清楚狀況時就被克蕾莎勾住脖子，一把拖進一個煤渣磚塊砌成的房子裡。我立刻會意過來，這是間浴室。

我拳打腳踢，雖然以前有很多打架經驗，可是這個粗壯的克蕾莎有鋼鐵般的手，把我直拖進女生浴室。浴室一邊是一整排廁所，另一邊是整排淋浴間，聞起來和其他公共浴室的味道差不多。在克蕾莎扯著我頭髮的同時，我竟然還能這樣想：如果這地方屬於天神的話，他們應該用得起更漂亮的洗手間才對。

克蕾莎的朋友都在大笑，我嘗試找出和彌諾陶對戰時的力氣，不過那股力氣不存在。

「好像他是『三大神』那塊料一樣。」克蕾莎邊說邊把我推向一間廁所，「對啦，彌諾陶當時可能是笑到跌倒，他看起來笨死了。」

她朋友在偷笑。

安娜貝斯站在角落，從指縫中看著這一幕。

克蕾莎硬壓著我，讓我雙膝跪地，然後把我的頭往馬桶裡推。那裡有水管生鏽的濃厚臭味，再加上，嗯，會到馬桶裡去的東西的味道。我拼命把頭拉起來，看著髒水想著：我不要進去，不要。

這時，有件事發生了，我感到身體裡有一股強大的拉力，而且聽到抽水馬桶發出轟隆轟隆的聲音，連水管也在震動。克蕾莎緊抓我頭髮的手鬆開了。一道水柱從馬桶射出，在我頭上形成一道弧線，接下來，我只知道我癱坐在浴室地磚上，而我身後的克蕾莎正在慘叫。

㉕ 阿瑞斯（Ares），希臘神話中的戰神，統管所有戰爭相關的事項，是野蠻、戰爭與屠殺的代表。他是宙斯與天后希拉的兒子，生來孔武有力，擁有高超的武藝，但粗暴的個性極不受天神喜愛。

當水再次從馬桶裡噴出時，我轉頭看。水直接打在克蕾莎的臉上，力量之大讓她一屁股摔在地上，而水柱像是從消防軟管噴出一樣持續射向她，將她往後推到淋浴間。

她掙扎著，氣喘吁吁，她的朋友開始朝她那裡跑去。這時其他馬桶也爆發了，又多了六道水柱將她們擊退。連淋浴間也開始動了起來，所有的設備一起噴水，將這些迷彩女孩噴出浴室。水柱讓她們的身體旋轉著，很像正被水沖走的垃圾。

當她們都被沖出門外時，我感覺到身體裡的力量頓時消退，而水關掉的速度和開始的速度一樣快。

整個浴室都淹水了，安娜貝斯也躲不過，一身溼淋淋的，不過她並沒有被噴出門外。她站在原地睜大眼睛，驚訝的瞪著我。

我低頭看，原來我坐在整間浴室唯一乾燥的地方，有一圈乾的地板圍著我，衣服上沒沾到一滴水，完全沒有。

我站起來，腳在發抖。

安娜貝斯說：「你是怎麼……」

「我不知道。」

我們往門的方向走去。門外面，克蕾莎和她的朋友在泥濘中四肢攤開躺平，一堆學員圍在旁邊，個個目瞪口呆。克蕾莎的頭髮披散在臉上，迷彩夾克溼透了，整個人散發出大便的臭味。她狠狠的瞪我一眼，眼神裡充滿仇恨。「你死定了，新來的，我要讓你死個徹底。」

或許我應該就此作罷，可是我卻開口說：「克蕾莎，你還想要來點馬桶水漱口嗎？不想的話，就閉上你的嘴。」

她的朋友把她按住，將她拖回五號小屋，其他學員紛紛避開她拖行過的地方。

安娜貝斯瞪大眼看著我，我分辨不出她是覺得我有點討厭，還是在氣我害她全身溼透。

「怎樣？」我問：「你在想什麼？」

「我在想，」她說：「我希望你加入我這一隊，一起參加奪旗大賽。」

7 天神的晚餐

浴室事件馬上被傳開，不論走到何處，學員總對我指指點點，小聲說著馬桶水什麼的，也或許他們只是盯著安娜貝斯看，因爲她還是全身溼透的狼狽模樣。

她帶我去看幾個地方。打鐵舖裡，幾個小孩正在打造自己的劍；藝術與工藝坊中，羊男們正對著一個巨大的大理石羊男雕像噴砂；攀岩場裡，兩面像眞的山一樣的牆劇烈搖晃著，石塊掉落、熔岩噴發，假如你爬到山頂的速度不夠快，就會被擊中。

最後我們回到獨木舟湖，那裡有一條小路可以通到小屋去。

「我要去上訓練的課程，」安娜貝斯的語調很平淡，「晚餐時間是七點半，到時你就跟同屋的學員到餐廳去。」

「安娜貝斯，廁所的事情我很抱歉。」

「無所謂。」

「那不是我做的。」

她懷疑的看著我，我這才知道那的確是我做的，是我讓浴室設備射出水柱。雖不明白到底是怎麼做到的，但廁所的確有回應我。在大家眼中，我跟抽水馬桶分不開了。

「你需要去求個神諭。」安娜貝斯說。

「什麼？」

「不是『什麼』，是神諭。我會去問奇戎。」

我盯著湖裡面，眞希望有人能一次直接回答我。

但我沒料到眞的有人從六公尺深的湖底回看我，所以當我看到兩個少女蹺腳坐在水底的碼頭基座時，心臟猛然跳了一下。她們穿著藍色牛仔褲和閃閃發光的綠T恤，棕色的長髮披在肩上，隨水流漂動著，還有小魚在髮間穿梭。她們對我微笑，向我揮揮手，好像我是久未見面的老朋友一般。

我不知道該怎麼做，於是也向她們揮揮手。

「別鼓勵她們，」安娜貝斯警告我：「水精靈老是亂放電。」

「水精靈。」我重複一次，感覺自己完全崩潰。「夠了，我現在想回家。」

安娜貝斯皺起眉頭說：「波西，你還沒抓到重點吧？你現在就是在家裡，對我們這樣的小孩來說，這裡是地球上唯一安全的地方。」

「你是指精神錯亂的小孩嗎？」

「我說的不是人類的小孩，應該說，不完全是人類的小孩，是混血人。」

「一半是人類，那另一半呢？」

「我想你知道。」

我不願意承認，但恐怕我得點頭。我感到四肢一陣震顫，有時候當媽媽提到爸爸時，也會這樣。

「天神。」我說：「一半是天神，混血的天神。」

安娜貝斯點點頭。「波西，你爸爸沒有死，他是奧林帕斯眾神之一。」

「這……太瘋狂了。」

「很瘋狂嗎？想想神話裡的天神最常做的事情是什麼？他們跑到凡間和人類墜入愛河，然後生下孩子。你以為他們最近幾千年會改變這個習慣嗎？」

「可是那只是……」我幾乎將「神話」兩字說出口，但我想起奇戎的警告，他說兩千年後的人可能也會把我當成神話。「可是如果這裡所有的孩子都是混血的天神……」

「半神半人。」安娜貝斯說：「這是正式用語，或者也可以叫混血人。」

「那你爸爸是誰？」

她的手緊緊握住碼頭的欄杆，我的問題一定踩到地雷了。

「我爸爸是西點軍校的教授。」她說：「從我很小的時候就沒再見過他了，他教美國史。」

「他是人類。」

「拜託，你以為一定是男天神跑去找有魅力的女人嗎？你根本歧視女性嘛！」

「那你媽媽是誰？」

「六號小屋。」

「誰啊？」

安娜貝斯直接講了：「雅典娜㉖，智慧與戰技之神。」

好吧，我想著，有何不可呢？

「那我爸爸是？」

「不確定。」安娜貝斯說：「就像我之前跟你說的那樣，沒人知道。」

「除了我媽以外，她知道。」

「波西，或許她也不知道。天神不常顯示出他們的身分。」

「我爸會的，他愛我媽。」

安娜貝斯的表情很謹慎，她不想讓我幻想破滅。「也許你是對的，也許他會留下記號，這是唯一能確認你身分的方法。你爸爸必須留個記號給你，宣示你是他兒子。有時候會這樣。」

「但有時候不會？」

安娜貝斯抓著欄杆的手掌開始來回轉動。「天神很忙，他們有很多小孩，所以不一定每次……嗯……有時候他們並不在乎我們。波西，他們會不管我們。」

我想起荷米斯小屋中的小孩，那些陰鬱消沈的青少年，像是在等一通從沒打來的電話。

㉖雅典娜（Athena），智慧與戰技的女神，也是農業與園藝、法律和秩序的保護神，代表了智慧、理性與純潔。她是由宙斯的頭蹦出來的女神，也是最受宙斯寵愛的孩子。

我在楊西學校也認識這樣的小孩，富有的爸媽把他們推給寄宿學校，因爲太忙而沒時間理他們。可是，天神應該要表現得好一點吧。

「所以，我被困在這裡了。」我說：「就這樣嗎？我要在此度過餘生嗎？」

「不一定。」安娜貝斯說：「有些人只有暑假待在這裡，假如你是阿芙蘿黛蒂或狄蜜特[27]的孩子，你可能沒有戰鬥力，所以怪物或許會放過你，這樣的話，你就可以只在這裡接受幾個月的暑期訓練，其他時間住在凡人的世界。不過，我們之中有些人一離開這裡就會非常危險，所以整年都住在這裡。在凡人世界中，我們會吸引怪物前來，怪物能感覺到我們，向我們挑戰。很多時候他們會在我們長大到足以引起麻煩時才出現，大約是十歲到十一歲時。過了這個年齡，大部分半神半人不是到這裡來，就是被殺了，只有少數幾個在外面世界成功存活下來，而且變成有名的人。相信我，如果我說出他們的名字，你一定知道是誰。他們有些人甚至不知道自己是半神半人，不過這種例子非常非常少。」

「怪物不能進來這裡？」

安娜貝斯搖搖頭。「不能，除非他們是故意被放入森林，或是被營裡面的人召喚進來。」

「爲什麼會有人想召喚怪物？」

「練習打鬥，或是惡作劇。」

「惡作劇？」

「重點是，分界線把凡人和怪物隔絕在外。從外面往這裡看，凡人只會看到山谷，不會發現不尋常的景象，他們只會看到一個草莓園而已。」

「所以……你是整年都住在這裡的人？」

安娜貝斯點點頭，她從T恤的領口裡拉出一條皮項鍊，上面有五顆不同顏色的珠子，很像路克的項鍊，不過安娜貝斯的還串著一只很大的金戒指，看起來很像大學紀念戒指。

「我從七歲起就在這裡了。」她說：「每年八月暑期課程的最後一天，我就會得到一顆珠子，代表我又多活了一年。我在這裡的時間比大部分指導員還久，他們都已經上大學了。」

「爲什麼你那麼小就來這裡？」

她搓搓項鍊上的戒指，「不關你的事。」

「喔。」在尷尬的沈默中，我呆站了約一分鐘。「所以……我也可以馬上走出這裡，假如我想這樣做的話，是嗎？」

「那是自殺的行爲，不過如果戴先生或奇戎允許的話就可以。話說回來，他們在暑期課程結束之前是不會允許的，除非……」

「除非？」

「除非你被指派尋找任務，可是這很少見，最後一次的……」

她聲音變小了，從她的語調中，我知道最後一次的狀況一定不太好。

㉗狄蜜特（Demeter），希臘神話中的農業女神，掌管大地農作物的豐收。她是宙斯的姊姊。

「話說回來，在病房中，」我說：「當你餵我那個什麼東西……」

「那是神食。」

「嗯，那時你有問到夏至的事。」

安娜貝斯的肩膀緊繃起來。「你真的知道些什麼嗎？」

「嗯……不是，以前我在那間學校時，無意間聽到格羅佛和奇戎講到這個。格羅佛有說到夏至，還說什麼我們時間不多了、期限快到了。那到底是什麼意思？」

她握緊拳頭說：「我也很想知道。奇戎和羊男知道，可是他們不告訴我。奧林帕斯有了麻煩，而且非常嚴重。但上次我去那裡時，看起來都很正常。」

「你去過奧林帕斯？」

「我們這樣整年長住的人，比如路克、克蕾莎、我，還有少數幾個人，會在冬至時去那裡校外教學，那也是天神召開年度會議的時候。」

「可是……你怎麼去呢？」

「當然是坐長島鐵路，在賓州車站下車，然後到帝國大廈搭乘特殊電梯到六百樓。」她看著我，像是很確定我早就知道了。「你真的是紐約客吧？」

「喔，當然。」據我所知，帝國大廈只有一百零二層，可是我決定不要說出來。

「就在我們去參觀之後，」安娜貝斯繼續說：「天氣變得很怪異，好像天神開始打鬥一樣。從那次到現在，有兩次我偷聽到羊男的對話，我能解讀出來的只有某個重要的東西被偷了，如果夏至前沒歸還的話就會有麻煩事發生。你來的時候我原本希望……我是說，除了阿瑞斯以外，雅典娜和誰都能和睦相處，不過她也曾和波塞頓互相競爭。可是我的意思是說，撇開那些不談，我想我們可以一起工作，所以我猜你應該知道一些事。」

我搖搖頭，希望能幫上她的忙，可是這時真的又餓又累，精神不堪負荷，沒辦法再問更多問題了。

「我必須獲得尋找任務，」安娜貝斯喃喃自語：「我已經夠大了，假如他們能夠把問題告訴我……」

我聞到附近傳來烤肉的香味，安娜貝斯一定聽到我的肚子咕嚕咕嚕叫，她叫我繼續走，說晚一點再來找我。我讓她一個人留在碼頭，她的手指著欄杆的另一邊，像在策畫一個作戰計畫一樣。

回到十一號小屋，每個人都在講話、起鬨、等待晚餐時間到來。這是我第一次注意到很多學員的五官很相像：尖尖的鼻子、上揚的眉毛、調皮的笑容，他們是那種會被老師牢牢貼上問題學生標籤的小孩。謝天謝地，當我走到我在地板上的床位，還把彌諾陶的角砰一聲掉在地上時，並沒有引起什麼注意。

指導員路克走過來，他也有荷米斯家族的外貌特徵，雖然右臉的傷疤影響了他的樣貌，但他的笑容仍完美無缺。

「我幫你找了一個睡袋。」他說：「還有這個，我從營隊商店偷了些盥洗用品給你。」

我無法分辨他說偷東西時是不是開玩笑。

我說：「謝謝。」

「不客氣。」路克坐在我旁邊，背靠著牆壁。「第一天很難熬吧？」

「我不屬於這裡，」我說：「我甚至不相信天神的存在。」

「嗯，」他說：「我們剛開始時都是這樣，可是一旦你開始相信了他們，事情也不會變得比較簡單。」

他聲音中的苦澀讓我很驚訝，因爲路克看起來似乎是個很隨和的人，不論什麼事情都能處理好的樣子。

「那你爸爸是荷米斯？」我問。

他從背後的口袋拉出一把彈簧刀，這一瞬間我還以爲他要挖出我的內臟，不過他只是把自己涼鞋上的泥巴刮掉而已。「是啊，荷米斯。」

「腳上有翅膀的信差。」

「就是他，信差、醫生、旅人、商人、小偷，其實就是所有使用道路的人。這也是你待在這裡的原因，好好享受十一號小屋的好客與熱情吧，荷米斯對於他守護的是誰並不挑剔。」

我明白路克並不是沒把我放在眼裡，只是腦子裡塞滿太多事情。

「你有看過你爸爸嗎？」我問。

「看過一次。」

我等著，想看他是否願意告訴我，顯然他不想說。我猜這故事和他臉上的疤可能有關。路克抬頭擠出一個笑容。「別擔心，波西。這裡的學員絕大多數是好人，畢竟我們是個大家族，大家都互相照顧。」

他似乎了解我的失落感，而我也很感激他，即使他是我的指導員。像他這樣比我年長的學長，大可以用高高在上的態度指導我這個乳臭未乾的小學弟，可是路克卻歡迎我加入這小屋，還偷盥洗用品給我。這一整天下來，對我最好的就是他了。

我決定問他最後一個大疑問，這問題已經困擾了我一下午。「阿瑞斯那邊的克蕾莎嘲笑我是什麼『三大神』的料。後來，安娜貝斯說了兩次……她說我可能是『那個人』，還說我應該去求個神諭。這些話到底是什麼意思？」

路克折起刀子說：「我討厭神諭的預言。」

「你的意思是？」

他臉上傷疤旁的肌肉抽搐著。「我只能說是我搞砸了大家的事。過去兩年，自從我那趟令大家失望的赫斯珀里德斯㉘果園之旅後，奇戎再也沒有指派我新的尋找任務。安娜貝斯非常想去外面的凡人世界，她死纏著奇戎，最後奇戎告訴她，他從神諭的預言中知道她的命運。他

㉘赫斯珀里德斯（Hesperides），守護天后希拉的嫁妝金蘋果園的女神們，有著優美動人的嗓音。

沒有說出全部的事情，不過他說安娜貝斯命中注定還不能參加尋找任務，她必須等到……某個特別的人來到營裡面。」

「某個特別的人？」

「別擔心這個。」路克說：「安娜貝斯把每個新來的學員都想成她在等待的那個預言。現在走吧，晚餐時間到了。」

他說話的同時，遠方號角響起，不知為何，雖然我沒聽過這種聲音，卻知道那是海螺。

路克大喊：「十一號，排隊！」

我們這個小屋大約有二十個人，排成縱隊往餐廳前進。我們依據年資來排先後順序，所以我當然是最後一個。別間小屋的學員也出來了，除了最尾端那三間以及八號小屋。那間白天看起來很普通的八號小屋，在太陽下山後竟開始閃耀著銀色光芒。

我們往山丘上走，到涼亭餐廳裡去。羊男從草地走過來加入我們，水精靈從獨木舟湖中浮出水面。幾個女孩從樹林中出現，我說的出現是指「直接」從樹裡面跑出來。我看到一個大約九或十歲的女孩，從楓樹樹身慢慢浮出來，又蹦蹦跳跳跑上山丘。

這裡大約有一百個學員，幾十個羊男，十幾個森林精靈和水精靈。

涼亭的大理石圓柱周圍有點燃的火炬，中央那浴缸般大小的青銅火爐裡有熊熊燃燒的火焰。每間小屋都有專屬的桌子，覆蓋著紫色鑲邊的白桌巾。有四張桌子是空的，但我們這桌卻擠滿了人。我在長椅一端擠出一小個位子，但屁股的另一半仍懸在椅子外面。

我看到格羅佛坐在十二號桌，同桌的還有戴先生、幾個羊男、兩個胖嘟嘟的金髮男孩，看起來和戴先生很像。奇戎站在旁邊，因爲這野餐桌對半人馬而言實在太小了。

安娜貝斯坐在六號桌，和一群表情嚴肅、運動員型的小孩坐在一起，所有的小孩都和她一樣有著灰色的眼睛和金黃色的頭髮。

克蕾莎坐在我後面的阿瑞斯那桌。她顯然已經克服被水柱痛擊的陰影，因爲她正對著朋友大笑、打嗝。

終於，奇戎的蹄重重踏在涼亭的大理石地板上，蹄聲使得在場每個人頓時安靜下來。他舉起玻璃杯說：「敬天神！」

大家都舉起玻璃杯說：「敬天神！」

森林精靈往前走，手中托著一大盤食物：葡萄、蘋果、草莓、起司、新鮮麵包，還有這個，烤肉！我的玻璃杯已經空了，不過路克說：「說吧，你想要什麼都可以，除了酒以外。」

我說：「櫻桃可口可樂。」

玻璃杯裡裝滿了焦糖色的氣泡飲料。

這時我想到一個主意。「藍色櫻桃可口可樂。」

汽水變成深深的藍色。

我小心的啜飲一小口，十分完美。

這一杯敬我的媽媽。

我告訴自己，她並沒有離開。這不是永遠的，她現在只是在冥界，假如那是個眞實存在的地方，總有一天……

「波西，這是你的。」路克說。他遞給我一盤燻雞肉。

我接過盤子，正張大口準備咬下食物時，卻看到每個人都站起來，拿起手中的盤子走向涼亭中央的爐火，我以爲他們要去那裡拿個點心。

「來吧。」路克對我說。

走近之後，我看到每個人都把盤中一部分食物丟進火中，有最成熟甜美的草莓、最鮮嫩多汁的牛排、熱呼呼的奶油捲。

路克在我耳邊小聲說：「這是獻給天神的祭品，他們喜歡這種味道。」

「你在開玩笑。」

他的眼神警告我，不要輕蔑以對，可是我忍不住懷疑：爲什麼不死的天神、擁有萬能力量者會喜歡食物燃燒的味道。

路克靠近火焰，鞠躬，將一串碩大的紅葡萄丟進去說：「荷米斯。」

我是下一個。

眞希望我知道該說哪個天神的名字。

最後，我做了一個沈默的懇求：不論你是誰，請告訴我。

我丟了一大片燻雞肉到火裡去。

當我聞到一點點煙的味道時，我張大了嘴合不起來。那味道一點都不像食物燃燒的味道，而是熱巧克力、現烤的布朗尼蛋糕、火烤漢堡、野花，還有上百種美好的味道。這些味道不可能完美的融合在一起，可是事實卻是如此，我差點相信天神沒有這陣煙會活不下去。

在每個人都回到位子並吃完餐點後，奇戎的蹄又重重踩著，喚起大家的注意。

戴先生邊大聲嘆氣邊起身說：「好的，我想我最好跟你們這些小鬼頭打聲招呼，嗯，大家好。我們的活動主任奇戎說，下一次的奪旗大賽就在星期五，目前領先的是五號小屋。」

一陣討人厭的歡呼聲從阿瑞斯那一桌傳出來。

「我個人哪，」戴先生繼續說：「可是一點也不在乎，不過還是恭喜你們。還有，我應該告訴你們，我們今天有一個新學員加入，彼得．強森。」

奇戎小聲說了些話。

「呃，波西．傑克森。」戴先生更正，「對啦對啦，就這樣，現在快到你們愚蠢的營火晚會會場去吧。」

大家一起歡呼，然後往圓形露天劇場走去。阿波羅小屋的學員在那裡帶領大家唱歌，我們唱著和天神有關的營隊之歌，吃著烤棉花糖夾心餅，說說笑笑。最有趣的是，我不再覺得每個人都盯著我看，我覺得我回到家了。

夜深了，營火的烈焰被捲進夜空化爲點點星光，海螺號角再次響起，於是我們排隊回到小屋。當我倒在借來的睡袋上時，才知道我眞的累壞了。

我的手指環繞著彌諾陶的角，想著媽媽，腦中浮現的都是美好的回憶：她的笑容、孩提時代的床邊故事時間，還有她教我不被床上蟲子咬的方法。

一閉上眼睛，我馬上睡著。

這是我在混血營的第一天。

眞希望此時我已經了解到，在新家享受的時光竟然如此短暫。

8 奪旗大賽

接下來幾天，我適應了這裡的作息，如果不管授課老師是羊男、精靈和半人馬的話，這些課程近乎正常。

每天早上，安娜貝斯教我古希臘文，我們會用現在式談論天神們，但用現在式實在有點怪。安娜貝斯對我閱讀障礙的解釋是對的，因爲我讀古希臘文並沒有那麼難，至少比英文簡單。上了兩個上午的課之後，我可以不太流利的唸出幾行荷馬的詩，而且不會覺得頭痛。

上完希臘文後，接著上戶外課，並嘗試找出我擅長的運動。奇戎教我射箭，但很快就發現我對弓箭完全不在行。儘管奇戎得把我不小心射在他尾巴上那支箭拔掉，他也毫無怨言。賽跑呢？也完全不行。森林精靈教練把我遠遠拋在她們揚起的灰塵後。她們叫我別擔心，說她們是爲了逃離得到相思病的天神[29]追逐，練了好幾世紀才能有這種速度。不過，跑得比一棵樹還慢，還挺丟臉的。

[29] 傳說太陽神阿波羅（Apollo）愛上河神的女兒達芙妮（Daphne），但卻被拒絕。阿波羅並不死心，繼續不斷糾纏追逐，不堪其擾的達芙妮只好請求河神父親幫忙，把她變成一棵月桂樹。這裡說的「得到相思病的天神」指的就是阿波羅，而月桂樹也成為阿波羅的象徵之一。

那摔角呢？別提了。每當我站上摔角墊，克蕾莎就會徹底擊倒我。

「我還沒使出全力呢，笨蛋。」她在我耳邊低聲說。

我唯一擅長的是划獨木舟，而這個項目呢，絕對不是大家所期待那個打倒彌諾陶的英雄應有的技能。

我知道資深的學員和指導員都在觀察我，想確定我的爸爸是誰，可是這並不容易。我沒有阿瑞斯的小孩那麼強壯，也不像阿波羅的孩子那麼擅長射箭。我沒有赫菲斯托斯[30]的打鐵技術，也沒有戴歐尼修斯讓葡萄藤生長的本事。路克說我可能是荷米斯的小孩，沒有特別厲害的項目，各行各業都適用。不過，我覺得他只是想讓我好過一點，他實在也搞不清楚我到底是誰的孩子。

撇開這件事不談，我還是很喜歡這個營隊。我習慣了早晨海邊的霧氣，以及在午後高溫下草莓園所散發的熱氣，甚至是夜晚森林中迴盪的詭異怪物吼聲。我和十一號小屋學員一起吃晚餐，切下一些食物丟進火中，然後嘗試去感受和我親生父親的連結。可惜完全連結不到。一直以來，我只擁有一種溫暖的感覺，那彷彿是記憶中他的笑容所帶給我的溫暖。我努力不去想媽媽的事，可是仍一直抱持著這樣的懷疑：假如天神和怪物是真的，假如魔法是存在的，一定有什麼方法可以救她，可以將她帶回來……

我開始了解路克的苦澀，還有他對父親荷米斯的怨恨。好吧，或許天神有重要的事情要辦，可是他們難道不能偶爾來打個招呼，甚至打個雷或什麼別的表示也行啊。戴歐尼修斯可以將稀薄的空氣變成健怡可樂，那麼我的爸爸，不管他是誰，爲什麼不能打個電話來？

星期四下午是我到混血營的第四天，這天我第一次上劍術課。十一號小屋全體學員都來到圓形競技場集合，路克是我們的教練。

我們開始做基本的刺和砍的動作，對著穿上希臘式盔甲的麥桿假人練習。我猜我表現的還算不錯，至少我了解該做些什麼動作，而且我反應還挺快的。

唯一的困擾是找不到合手的劍，不是太重就是太輕，要不然就是太長。路克努力幫我找適合的劍，結果他也同意沒有一把合我用。

我們進展到雙人決鬥練習，路克宣佈他會和我對打，因爲這是我第一次練習。

「祝你好運。」其中一個學員告訴我：「路克是近三百年來最好的劍手。」

「或許他會對我放水。」我說。

這個學員不屑的哼了一聲。

路克示範伸手、撥擋、盾牌格擋等招式，每揮擊一次，我身上就多了些瘀血和銼傷。「波西，防守。」他說完立刻用劍身的平面痛擊我的肋骨。「不對，太上面了！」啊！「長刺！」

㉚赫菲斯托斯（Hephaestus），希臘神話中的火神與工匠之神。在以美麗外表聞名的天神中，僅他是長相醜陋且跛足，但卻是天神界的工匠與鐵匠，手藝超群。

啊！「後退！快！」啊！

到他喊休息的時候，我已經滿身大汗，大家都擠到冷飲機那邊去。路克把冰水倒頭上，這方法看起來很棒，我也照做。

過一會兒，我覺得好多了，力量湧入我的手臂，劍好像也沒這麼難控制了。

「好了，大家圍成一圈。」路克下令：「假如波西不介意，我想找你做幾個示範動作。」

很好，我想，大家一起來看波西被痛宰吧！

荷米斯的小孩過來集合，他們都忍著笑意。我明白他們以前一定有和我一樣的經驗，而他們現在等不及要看路克把我當成拳擊沙包打。他告訴大家，他要示範一種讓敵人自動繳械的技巧：用劍的平面去纏繞敵人的劍身，逼使敵人別無選擇只能棄劍投降。

「這很困難，」他強調：「我要波西用這個技術來和我對打。注意，不可以嘲笑波西，大部分劍手都必須修習多年才能練成這一招。」

他對我用慢動作示範攻擊招式，一如預期，匡噹一聲，劍從我手中脫出。

「這次來真的。」在我重新拿好劍之後，他說：「我們一直對打到其中一人的劍脫手。波西，準備好了嗎？」

我點點頭，路克緊接著開始。我一直閃避，以免被他擊中劍柄。此時我突然開竅，一看到他攻擊上來，就立刻加以回擊。我將腳步往前，試著做出伸手的動作。路克身體一偏，輕鬆躲開，不過他的表情變了一下。他瞇起眼睛，開始使出更大的力氣往下壓。

我手中的劍變重了，而且還失去平衡。我知道只要再幾秒鐘，路克就會把我撂倒。我心想：搞什麼嘛？

我開始試著使出那招讓敵人繳械的技巧。

我用劍身撞擊路克的劍底端，旋轉纏繞，將全部的重量灌注在往下突刺的動作中。

匡噹。

路克的劍撞在石頭上，而我的劍尖距離他毫無防護的胸部只有三公分。

所有學員都鴉雀無聲。

我垂下劍說：「嗯，對不起。」

此時路克目瞪口呆，無法言語。

「對不起？」他的刀疤臉露出了笑容，「波西，看在天神的份上，幹嘛說對不起，再做一次給我看！」

我不想做，這短暫的爆發力完全棄我而去，可是路克堅持。

這次我毫無招架能力。當兩把劍相碰時，路克擊中我的劍柄，把我的武器打飛出去，還在地上滑行。

在一陣長長的安靜後，一個學員說：「剛剛那只是新手的好運吧？」

路克抹掉額頭的汗，用一種全新的觀點來評價我。「或許吧，」他說：「不過，我倒很好奇如果波西的劍沒有失去平衡的話……」

星期五下午，在快累死的攀岩體驗之後，我和格羅佛一起坐在湖邊休息。格羅佛像隻山羊蹦蹦跳跳躍上頂端，而我卻幾乎快被火山熔岩吞沒。我的衣服上有幾個冒著煙的洞，手臂上還有幾根燒焦的頭髮。

我們坐在碼頭邊，悠閒的看著水底的水精靈編竹籃。我忍不住要挑起緊張氣氛，問了格羅佛他和戴先生談些什麼。

他的臉變成黯淡的土黃色。

「很好，」他說：「就是很好。」

「所以你的工作仍然正常運作？」

他緊張的瞥了我一眼說：「奇戎有告……告訴你我想要得到探查者執照嗎？」

「嗯……沒有。」我完全搞不清楚探查者執照是什麼，不過現在似乎不是問這個的時候。

「他只說你有個偉大的計畫……還有你必須完成守護者任務來取得信任。你完成了嗎？」

格羅佛低頭看著水精靈。「戴先生暫緩做出判定，他說我在保護你的這趟任務上沒有失敗也沒有成功，所以我們的命運仍然連在一起。假如你被指派尋找任務，而我去保護你，然後我們都活著回來，這樣或許他就會認爲工作完成了。」

我精神一振。「那，事情不算太糟，對吧？」

「咩——咩！他還是可能會把我調去清理馬廄，如果你有被指派尋找任務的機會……或是眞的得到任務，你怎麼會想要找我一起去？」

「我當然想找你一起去。」

格羅佛悶悶不樂的看著水裡。「會編竹籃啊……擁有一項有用的技能眞好。」

我想要讓他放心，我告訴他其實他很有才華，不過他看起來反而更加痛苦。我們改變話題，聊了一下划獨木舟和劍術的事，然後討論不同天神的正反兩面，最後，我問他那四棟空著的小屋是怎麼回事。

「八號，就是銀色那棟，屬於阿蒂蜜絲[31]。」他說：「她發誓要永遠當處女，所以當然沒有小孩，小屋其實是……一種榮耀，假如她沒有小屋的話，她會生氣。」

「喔，原來是這樣。那其他三棟呢？就是『三大神』的嗎？」

格羅佛緊張起來，這表示我們接近敏感話題了。「不是，二號那一棟是天后希拉的。」他說：「那是另一棟象徵榮耀的小屋，她是已婚的女神，所以當然不能四處遊走，和凡人發生戀情，這是她丈夫會做的事。我們所說的三大神是指三位威力強大的兄弟檔，也就是克羅諾斯的三個兒子。」

「宙斯、波塞頓[32]和黑帝斯。」

「答對了。你也知道，在和泰坦巨神大戰之後，他們打敗克羅諾斯贏得了全世界，並以抽

---

[31] 阿蒂蜜絲（Artemis），希臘神話中的月亮女神，也是狩獵女神，傳說森林中的各種動物都是他創造的。她也是宙斯的女兒，是太陽神阿波羅的孿生妹妹。

[32] 波塞頓（Poseidon），海神，掌管整個海域，也是馬的製造者及守護神，力量象徵物是三叉戟。

籤決定誰得到哪一部分。」

「宙斯得到天，」這我記得。「波塞頓得到海洋，而黑帝斯得到冥界。」

「嗯嗯。」

「可是黑帝斯在這裡並沒有小屋。」

「他沒有，他在奧林帕斯也沒有王座，他有點像是在冥界做自己的事。假如他在這裡有小屋的話……」格羅佛開始發抖，「嗯，這不會是件令人愉快的事，別再說這個了。」

「可是宙斯和波塞頓在神話中都有數不清的小孩，為什麼他們的小屋是空的？」

格羅佛不自在的轉著他的蹄。「大約六十年前，二次世界大戰後，三大神決定他們都不再成為任何混血英雄的父親，因為他們的小孩力量太強大了，對人類大事的影響太深，引起太多大屠殺。像二次世界大戰，基本上就是宙斯和波塞頓的孩子在同一陣線，去對抗黑帝斯孩子的戰爭。贏的一方是宙斯和波塞頓，他們逼著黑帝斯和他們一起在冥河上發下重誓，不再和凡人女子戀愛。」

雷聲隆隆。

我說：「那是史上最嚴重的誓言了。」

格羅佛點點頭。

「那三兄弟有遵守誓言，不再有孩子嗎？」

格羅佛的臉一沈。「十七年前，宙斯脫隊了。有一個沒有名氣的電視女星，留著一頭八〇年代蓬鬆的髮型，讓宙斯神魂顛倒，無法控制自己。他們的小孩出生了，是個名叫泰麗雅的小女孩。嗯，冥河對這個承諾嚴肅以對，雖然宙斯因爲是天神而逃過了懲罰，可是卻給女兒帶來了悲慘的命運。」

「這太不公平了！根本不是那女孩的錯。」

格羅佛遲疑了一下說：「波西，三大神的孩子所擁有的力量遠超過其他混血人，他們氣味強烈，會吸引怪物前來。當黑帝斯發現那個女孩時，他對於宙斯打破誓言非常惱怒，於是放出塔耳塔洛斯最兇猛的怪物去糾纏泰麗雅。在她十二歲時，一個羊男被指派去當她的守護者，可是卻幫不上忙。他試著護送她和她的兩個混血人朋友到這裡來，他們想盡辦法到達山頂，只差一點點就到了。」

他指著山谷另一端的松樹，那是我和彌諾陶打鬥的地方。「三個仁慈女神全都出動追著他們，再加上一群地獄犬。在他們快被追上時，泰麗雅要羊男保護另外兩個朋友安全到達，她自己留下來拖延怪物。她當時受了傷又非常疲憊，而且不想一直像個獵物般活下去。羊男不想離開她，卻無法改變她的心意，而且他必須保護其他兩個人。所以，泰麗雅最終獨自一人站在山頂。她死後，宙斯憐憫她，將她變成那棵松樹，她的靈魂仍然繼續保護山谷的邊界，這也是那個山丘之所以叫做『混血之丘』的原因。」

我望著遠方那棵松樹。

這故事讓我感到茫然與愧疚。一個和我同年的女孩爲了救朋友而犧牲自己，她面對的是怪物大軍。與她相比，我打敗彌諾陶的勝利似乎不算什麼。我忍不住想，假如當時採取不同的行動，我是不是能救出媽媽？

「格羅佛，」我說：「英雄眞的會前往冥界進行尋找任務嗎？」

「有時候會，」他說：「像是奧菲斯、海克力士、胡迪尼[33]。」

「那他們有沒有讓人起死回生過？」

「沒有，從來沒有，奧菲斯差一點點……波西，你該不會是認眞的……」

「沒有啦，」我說謊，「我只是好奇而已，那麼……羊男一定會被指派去保護混血人嗎？」

格羅佛仔細的打量我，他不相信我拋開了闖入冥界的念頭。「不一定，我們潛伏在很多學校，試著發掘出有潛力成爲偉大英雄的混血人。假如我們找到氣味強烈的混血人，例如三大神的小孩，就會去通知奇戎。他會緊盯著他們，因爲他們會引發眞正的大問題。」

「而你找到我，奇戎說你認爲我可能是特別的人。」

格羅佛看著我的表情，好像我剛剛挖了一個陷阱讓他跳下去。「我沒有……喔，你聽好，事情不是你想的那樣。假如你是……總之，你就不會被允許進行尋找任務，那我就無法拿到執照。你有可能是荷米斯的小孩，或是哪個位階較低的天神的小孩，好比涅梅西絲[34]之類的天神。所以別擔心了，好嗎？」

我覺得，他在說服自己的成分，遠超過說服我。

在晚餐之後，這一夜比平常要刺激得多。

終於到了奪旗大賽的時刻。

盤子收走後，海螺號角響起，我們全都站在桌子旁邊。

當安娜貝斯和她的兩個兄弟姊妹舉著一面絲質隊旗跑進涼亭時，所有學員高聲吶喊、歡呼。旗幟大約三公尺長，閃著灰色的光澤，上面的圖案是橄欖樹上立著一隻倉鴞。涼亭的另一邊，克蕾莎和她的夥伴帶著另一面隊旗跑進場，旗子大小相同，不過是俗氣的紅色，上面畫著血淋淋的長槍和野豬的頭。

在一片吵雜聲中，我轉頭對著路克大喊：「就是要奪那兩面旗子嗎？」

「對。」

「阿瑞斯和雅典娜每次都是領隊？」

「不是每次，」他說：「但經常是。」

㉝奧菲斯（Orpheus）與海克力士都是希臘神話中的英雄。奧菲斯是謬思女神卡莉歐碧（Calliope）之子，為了救回被毒蛇咬死的妻子而闖入冥界。而海克力士被指派的十二項任務中的最後一件，就是要到冥界打敗冥界三頭犬。胡迪尼（Houdini）則是二十世紀初的知名魔術師，以表演驚人的死亡脫逃術而成為國際聞名的魔術大師，也曾與妻子嘗試過接觸死亡的靈學實驗。

㉞涅梅西絲（Nemesis），希臘神話中的報應女神，代表著憤怒、懲罰與天神的復仇。是黑夜女神妮克斯（Nyx）的女兒。她不屬於十二天神之列，位階較低。她聽命於天后希拉。

「如果由其他小屋領隊奪得旗子，會怎樣呢？重畫一面新的旗子嗎？」

他笑了出來。「到時你就明白了，首先，我們必須奪得旗子才行。」

「我們是哪一邊？」

他用神祕的眼神看了我一眼，好像他知道些我不知道的事。臉上的傷疤讓他在火炬的光線下看起來有點邪惡。「我們暫時和雅典娜聯盟。今晚，我們要從阿瑞斯那裡奪下旗子，你要一起來幫忙。」

小隊的組合方式宣佈了，雅典娜和阿波羅、荷米斯這兩個人數最多的小屋聯盟，幾個小屋間顯然會根據這回的功勞多寡來分配洗澡次數、打雜班表和活動的最佳座位等等。

阿瑞斯和剩下的其他小屋結盟，包括戴歐尼修斯、狄蜜特、阿芙蘿黛蒂、赫菲斯托斯。在我看來，戴歐尼修斯的孩子是非常棒的運動員，不過他們只有兩個人。狄蜜特的孩子擁有野外技能的優勢，不過他們不太有衝勁。至於阿芙蘿黛蒂的兒女們不用太擔心，因爲他們幾乎每個活動都只是坐在一旁，對著湖面照看他們的容貌、梳頭髮、閒聊。赫菲斯托斯的孩子長得不很漂亮，只有四個人，但因爲整天在打鐵舖工作，個個體型粗壯，可能會是阻礙。當然，最後還有阿瑞斯小屋那十二個全長島，不，是全地球最粗壯、最醜怪、最刻薄的小孩。

奇戎用蹄敲擊大理石。

「英雄們！」他宣佈：「大家都知道規則，小河是界線，整個森林都是比賽的場地，各種寶物的使用都是被允許的。旗子必須明顯展示出來，而且守旗者不能超過兩個人。可以讓俘虜繳械，但不能綁住俘虜或塞住他們的嘴，也不准殺人或害人殘廢。由我來擔任裁判和戰地醫生。現在，開始武裝！」

他攤開手，桌子上突然出現滿滿的武器裝備，有頭盔、青銅劍、長槍，還有包覆著金屬的牛皮盾牌。

「哇！」我說：「我們眞的要用這些東西？」

路克看著我，好像我已經瘋了。他說：「除非你很想被五號小屋的朋友叉起來，不然就快拿去用吧！來，這個，奇戎認爲這些應該適合你。你這次擔任邊界巡邏的工作。」

我的盾牌和一個NBA籃板的大小差不多，中間有個很大的雙蛇杖圖案。這大概有一百萬斤那麼重，要我好好拿穩這塊滑雪板沒問題，但我希望沒有人會認眞的要求我跑很快。我的頭盔和其他雅典娜隊的人一樣，頂部裝飾著藍色的馬鬃，而阿瑞斯的聯盟則是紅色的。

安娜貝斯大喊：「藍隊，前進！」

我們高聲歡呼，揮舞著手中的劍，跟在她後面往南方森林前進。紅隊邊嘲笑我們，邊向北方進攻。

我設法趕上安娜貝斯，還要小心不被我的裝備絆倒。「喂！」我叫她。

她繼續前進。

「你的計畫是什麼？」我問：「可以借我什麼魔法寶物嗎？」

她的手移到口袋的位置，好像怕我偷了什麼一樣。

「你只要注意克蕾莎的長槍就可以了。」她說：「其他沒什麼好擔心的，我們一定會奪得阿瑞斯的旗子。路克有分配工作給你嗎？」

「邊界巡邏，不知道是什麼意思。」

「簡單，在小河旁戒備，把紅隊的人趕走，其他的就交給我吧，雅典娜總會有計畫。」

她往前推進，把我留在揚起的沙塵中。

「好吧。」我喃喃自語：「很高興你要我加入你這一隊。」

這是個溫暖潮溼的夜晚，黑暗的森林中只有螢火蟲的閃光一明一滅。安娜貝斯將我部署在小溪邊，溪水在岩石上汩汩流著，這時她和其他隊友分散在樹林中。

獨自站在這裡，戴著笨重藍毛頭盔，拿著超大盾牌，我覺得自己像個白痴。手中的青銅劍仍然不怎麼合手，皮製的劍柄握在手中像顆保齡球。

不可能有什麼人真的來攻擊我吧？我是說，奧林帕斯一定有責任問題的規定吧？

遠方，海螺號角吹起，我聽到森林中傳出吶喊聲、金屬相碰的鏗鏘聲，學員們正在打鬥。一個藍毛的阿波羅盟友像鹿一樣從我身邊跑過，跳過小溪，消失在敵軍的陣營裡。

很好，我想，跟平常一樣，我將錯過所有好玩的事。

這時，我聽到一個聲音，讓我背脊發寒，是一種低沈的狗嚎聲，正向我接近中。

我本能的舉起盾牌，感覺有東西悄悄接近。

接著，狗嚎聲停止，我覺得鬼怪走了。

接著，小河另一邊的灌木叢傳來爆炸聲，五個阿瑞斯戰士在黑暗中大喊、尖叫。

「擊敗那些笨蛋！」克蕾莎大吼。

她那醜怪的豬眼從頭盔縫隙中怒目瞪視。她揮舞著一百五十公分的長槍，尖端附的金屬鉤閃著紅光。她的兄弟姊妹只有一般的青銅劍，沒有長槍，不過這樣也沒有好到哪裡去。

他們越過小溪進攻，眼前沒有什麼人能幫忙我。我可以選擇逃跑，或是獨自對抗阿瑞斯小屋一半的成員。

我設法向旁邊閃，躲開第一個小孩揮來的劍，不過這些傢伙不像彌諾陶那麼笨。他們包圍我，克蕾莎舉起長槍往我刺過來。我用盾牌抵擋，槍尖偏斜了，但卻感到一陣震動引起全身疼痛。我毛髮直豎，拿著盾牌的手臂逐漸麻木，空氣灼熱。

是電，她那支超蠢的長槍有帶電，我回過神來。

另一個阿瑞斯小子用劍柄重擊我的胸部，我倒在地上。

他們可以把我踢成一團爛果凍，但他們這時正忙著大笑。

「剪他的頭髮。」克蕾莎說：「抓住他的頭髮。」

我費力站了起來，舉起劍，卻被克蕾莎用長槍猛力打到一邊，登時火花四濺。現在我兩隻手臂都麻掉了。

「喔哦。」克蕾莎說：「我好怕這小子，真的好怕喔。」

「旗子在那邊。」我想轉移她的注意，還裝出憤怒的聲音，但好像沒有什麼效果。

「是啊。」她的一個夥伴說：「可是呢，我們不在意那面旗子，我們比較在意有個傢伙害我們像笨蛋一樣。」

「就算沒有我，你們也夠笨啦。」我說。這樣回話可能不是聰明的決定。

他們之中的兩個人靠近我，我站了起來，一邊往小溪後退，一邊舉起盾牌，不過，克蕾莎速度飛快，她的長槍直直撞擊我的肋骨，假如沒穿盔甲的話，我現在已經變成烤肉串了。在此同時，帶電長槍的撞擊，幾乎把我的牙齒震出嘴外，他們小屋的一個同夥用劍劃過我的手臂，留下一道明顯的傷口。

看到自己的血讓我感到一陣暈眩，溫暖和寒冷的感覺同時襲來。

「禁止傷害別人。」我勉強說。

「喔。」那傢伙說：「我想頂多被罰不能吃點心吧。」

他把我推進小溪，我掉下去時濺起一片水花。他們大笑著。我知道當他們的娛樂時間一結束，就是我的死期到了。不過，這時奇妙的事發生了。水似乎喚醒了我的能量，好像剛吃下一袋媽媽拿的雙倍濃縮咖啡軟糖。

克蕾莎和她的同夥追進小溪裡，我起身迎敵。我知道該做些什麼。我揮動手中的劍，用劍身的平面攻擊第一個傢伙的頭，把他的頭盔敲出去，然後我用力撞他，當他跌到溪裡時，我看到他眼角在抽動。

醜怪二號和三號朝我而來。我正面迎擊，用盾牌猛敲一個，再用劍削去另一個傢伙頭上的馬鬃裝飾，他們兩個快速起身後退。醜怪四號看起來不太想攻擊，只有克蕾莎還是繼續接近，她的槍尖帶有能量，劈啪作響。當她向我刺過來時，我用盾牌和劍緣卡住她的槍柄，然後把長槍當小樹枝般啪的一聲折斷。

「啊！」她大吼：「你這白痴！你這吸血蟲！」

她可能還想繼續罵更難聽的話，可是終究沒罵出口，因爲我用劍柄往她鼻樑敲下去，送給她一個四腳朝天。她掉進溪裡面。

這時，我聽到吶喊聲和興奮的尖叫聲，路克高舉著紅隊的旗子跑向分界線。兩個荷米斯小子在他兩側護衛，掩護他撤退，幾個阿波羅小子在他們後面，打退赫菲斯托斯的人馬。阿瑞斯那夥人站起來，克蕾莎嘴裡繼續吐出一連串的咒罵。

「詭計！」她大喊：「奸詐的詭計！」

他們搖搖晃晃的去追路克，可是已經太遲了。每個人都聚集到河邊，當路克跑過邊界，進入我方的領土時，我們這邊爆出一陣歡呼。紅色的旗子閃閃發光，然後變成銀色，野豬和長槍的圖案被一支巨大的雙蛇杖取代了，這是十一號小屋的象徵。藍隊的夥伴舉起路克，將他往空中拋。奇戎從樹林中慢跑而出，吹起海螺號角。

比賽結束，我們贏了。

我也要過去加入慶祝活動，這時安娜貝斯的聲音從我附近的溪中出現，她說：「不錯喔，英雄。」

我往那邊看，可是她不在那裡。

「你是從哪裡搞出那種怪招？」她問。空中出現一點閃光，然後她突然現身了，手裡拿著一頂洋基棒球帽，好像剛從頭上脫掉帽子一樣。

我生氣了，連她剛剛隱形的事都顯得不重要，我說：「你擺了我一道，故意把我放在這個位置，因爲你知道克蕾莎會來追我，然後你要路克繞過這裡。這一切都在你的掌握中。」

安娜貝斯聳聳肩說：「我告訴過你了，雅典娜總會有計畫。」

「你的計畫就是要害死我。」

「我盡全力趕過來了，我本來要加入的，可是……」她聳聳肩說：「你根本不需要幫忙。」

這時她注意到我手臂上的傷口，「怎麼弄的？」

「是劍傷。」我說：「你說呢？」

「不對，應該說，曾經是劍傷，你看。」

鮮血不見了，原來裂開的大傷口變成一條細長的白色擦傷，而且顏色正在逐漸變淡，在我眼前化爲一個小小的疤痕，然後消失無蹤。

「我……我不明白。」我說。

安娜貝斯努力的思考，幾乎可以看到她腦子裡的齒輪在轉動。她低頭看我的腳，然後望向克蕾莎斷掉的長槍，說：「波西，走出水中。」

「什麼……」

「照做就是了。」

我離開小溪後立刻感到全身筋骨酸痛，手臂又開始麻木，腎上腺素迅速流失。我差點摔倒，還好安娜貝斯過來扶我一把。

「喔，冥河。」她咒罵著：「這不好，我不想……我原本猜是宙斯……」

在我還來不及開口問她是什麼意思之前，又聽到狗的嚎叫聲，不過這次比上次近得多。一聲嚎叫劃破森林的夜空。

學員興奮的歡呼聲立刻沈寂下來，奇戎用古希臘語大喊，這我應該聽得懂，才一會兒的工夫，我完全解讀出來了。他說：「準備好！我的弓！」

安娜貝斯拔劍。

就在我們上方的岩石，出現了一隻犀牛般大小的獵犬。牠的雙眼如熔岩般火紅，尖牙像匕首般銳利。

牠直視著我。

沒有人在動，除了安娜貝斯以外，她大喊：「波西，快跑！」

她試圖跑到我前面，但獵犬實在太快了。一個龐大的、帶著尖牙的影子躍過她，直接撞在我身上，當我向後仰倒時，感覺牠剃刀般的利爪撕裂了我的盔甲。此時，出現了一連串咻咻聲。獵犬的脖子上被射了一堆箭，這怪物就死在我腳旁。

眞是奇蹟，我仍然活著。我根本不想看我那碎盔甲下的身體究竟怎麼了，我只感覺胸口湮湮熱熱，應該是受傷嚴重吧。只要再一秒鐘，我想怪物就會把我變成一盤美味的熟肉。

奇戎快步跑到我們旁邊，他手上仍握著弓，面色凝重。

「天神啊！」安娜貝斯說：「那是從冥界刑獄來的地獄犬，他們……他們該不會是……」

「有人召喚牠前來。」奇戎說：「某個在營裡的人。」

路克從遠處跑過來，他手中的旗子已經被眾人遺忘，他的光榮時刻已然遠去。

克蕾莎大吼：「都是波西！是波西將牠召來的！」

「安靜，孩子。」奇戎對她說。

我們看著地獄犬的軀體融化成黑影，被土地吸收，直至消失無蹤。

「你受傷了。」安娜貝斯對我說：「波西，快，到水裡去。」

「我沒事。」

「才怪，你有事。」她說：「奇戎，你看他啦！」

我太累了，不想跟她爭辯，我走入小溪中，整個營隊的學員都圍著我。

馬上就好多了。我感覺胸部的傷口正在癒合，這時有些學員倒吸了一口氣。

「我……我不知道是什麼原因。」我想跟大家道歉，「我很抱歉……」

但他們並不是在看我癒合的傷口，而是瞪大眼睛盯著我頭上的東西。

「波西，」安娜貝斯邊說邊指著，「那是……」

我往上看，這個記號正在消失，不過我仍然清楚看到有個綠色雷射光點組成的圖案正閃閃發光的旋轉著，那是有著三個尖頭的長槍，是一支三叉戟。

「你爸爸是……」安娜貝斯喃喃自語：「這樣真的不太好。」

「確定了。」奇戎宣佈。

圍繞著我的學員開始跪了下來，連阿瑞斯小屋那些人也一樣，雖然他們不太情願。

「我爸爸？」我完全被搞糊塗了。

「波塞頓，」奇戎說：「撼動大地者、呼風喚雨者、駿馬之主。啊！柏修斯・傑克森，海神之子。」

9 尋找任務

第二天早上，奇戎將我移到三號小屋。

我不必再和別人搶空間，現在有很大的位置可以放行李。我的行李總計有彌諾陶的角、一套換洗衣服和一袋盥洗包。晚餐時間我可以坐在專屬的餐桌，自由挑選想做的活動，只要我想就可以喊「關燈」，完全不用配合別人。

但我陷入完全的迷惑中。

當我正開始接受十一號小屋是我的家，而我應該只是一個普通的小孩，應該說，只是普通的混血人時，我卻被隔離了，好像得到什麼罕見疾病一樣。

沒有人提起地獄犬的事，可是我覺得他們都在背後討論著。這次的攻擊嚇到每個人，而且顯示出兩個訊息：第一，我是海神之子；第二，怪物絕不會停止追殺我，而且牠們甚至能入侵一直被認爲是安全無虞的營地。

其他學員盡量離我遠遠的，因爲看到我在森林裡對阿瑞斯那批傢伙的舉動，讓十一號小屋的人很緊張，不敢和我一起上劍術課。所以現在變成我和路克一對一上課，他對我的要求比以前嚴格許多，而且一點都不怕在過程中弄傷我。

「你需要全套的訓練，你做得到的。」在我們揮劍練習，並點燃火炬的時候，他這樣保證著，「現在我們再試試斬蛇擊，練習五十次。」

每天早上安娜貝斯仍然教我古希臘文，可是她似乎有點苦惱。每次我講了幾句之後，她就會苦著一張臉，好像我剛才在她臉上打了一拳。

上完課後，她會一邊離開，一邊自言自語的說：「尋找任務……波塞頓？……爛透了……我得計畫一下……」

甚至連克蕾莎都對我保持距離，雖然她那惡毒的眼神仍清楚傳達出想殺了我，因爲我弄壞了她的魔法長槍。我多麼希望她對我大吼大叫或用力揍我一頓，我寧願每天跟她打架也不要被忽略。

我知道營裡面有人對我很不滿，因爲有天晚上我走進小屋時，發現一張外面世界的報紙掉在門廊上，是《紐約日報》的影印本，攤開的這面是地鐵版。這篇文章花了我幾乎一小時才讀完，因爲我愈生氣，就有愈多的字在紙上飄舞著。

離奇車禍至今
男孩和母親依舊行蹤成謎

（艾琳・史密森／報導）

莎莉・傑克森和她的兒子波西在神祕消失一星期後，至今仍然行蹤不明。兩人所駕駛的一九七八年份的卡麥隆汽車嚴重燒毀。上星期六，這輛汽車在長島北部的公路被發現時，車頂裂開且前輪軸斷裂，整台車在爆炸前曾翻倒滑行約一百多公尺。

這對母子預定在蒙淘克度過週末假期，不過他們基於不明原因而匆忙離開。車內和事故現場附近都發現少量血跡，除此之外並無任何失蹤的傑克森母子所留下的線索。農莊的居民表示，在意外發生時並沒有看到什麼異常的事情。

傑克森女士的先生蓋柏・亞力安諾宣稱，他的繼子波西・傑克森是一個問題學生，曾被許多寄宿學校開除過，而且有暴力傾向。

警方並未表示波西是他母親失蹤事件的嫌犯，但並不排除他犯案的可能。以下是莎莉・傑克森和波西的照片。警方希望民眾若有任何相關消息，請立刻撥打以下犯罪終結免付費專線。

電話號碼用黑色奇異筆圈了起來。

我將報紙揉成一團丟掉，然後倒在空寂小屋中央的床上。

「關燈。」我痛苦的對自己說。

那晚，我做了有史以來最糟的惡夢。

暴風雨中，我沿著海灘奔跑。夢中有一個城市在我身後，但不是紐約。這城市的組成不一樣，建築物相隔較遠，遠方有棕櫚樹和低矮的山丘。

從距離海岸大約一百公尺的海浪上，有兩個男子正在打架。他們蓄著鬍子，留長髮，看起來很像電視上的摔角選手和肌肉猛男。他們都穿著飄逸的希臘長袍，一個人的裝扮是藍色的，另一個是綠色。他們扭打在一起，摔角、互踢、用頭猛撞，每次他們扭打在一起時，閃電就會落下，天空變得更黑，還颳起大風。

我必須阻止他們，但不知道爲什麼，愈是使力跑，風就吹得我愈後退，當我終於停下來時，腳跟卻在沙地上無意義的挖著。

在暴風雨的怒吼中，我聽到藍袍人對著綠袍人大吼：「還我！還我！」很像兩個幼稚園小孩爲了搶玩具在打架。

浪愈來愈大，猛力拍打著海岸，濺起的浪花打到我臉上，有鹽的鹹味。

我大喊：「停！別打了！」

大地震動，笑聲從地底的某處傳上來。接著有個聲音，如此的深沈且邪惡，讓我的血液頓時凍結。

「下來吧，小英雄。」聲音低吟著：「下來吧！」

沙灘在我腳下裂開，出現一道直通地心的裂口，我失足滑了一跤，黑暗就此吞噬了我。

我醒了過來，向下墜落的感覺很眞實。

我還躺在三號小屋的床上，生理時鐘告訴我現在是早上了，可是外面仍然一片漆黑，雷聲隆隆迴盪在山間。一場暴風雨正在醞釀，我不是在做夢。

我聽到門口有一陣蹄聲，有一隻蹄正在敲著門檻。

「請進？」

格羅佛快步跑進來，滿臉憂心。「戴先生找你。」

「爲什麼？」

「他想殺了……我是說，最好讓他自己告訴你。」

我很緊張的穿好衣服跟他走，我一定惹上大麻煩了。

這幾天，我心裡有點期望被主屋召喚。我現在被宣佈是波塞頓的兒子，而他是三大神之一，被認定不應該有混血小孩。我明白我就算只是活著都是罪惡，其他天神可能都在討論懲罰我存在的最好方式，而現在戴先生正準備要宣佈他們的判決。

在長島海峽上方，天空像快煮沸的墨汁一樣攪動著，濛濛的雨水朝我們這方向打過來，我問格羅佛需不需要帶把傘出門。

「不用，」他說：「這裡不會下雨，除非我們想要雨水。」

我指著暴風雨的雲層。「那麼，那個是什麼啊？」

他心神不寧的瞥了一下天空。「那會跳過我們，壞天氣一向如此。」

我知道他是對的。待在此地的這個星期，從來沒有半朵烏雲飄過這裡的天空，我只看過一點點烏雲從山谷邊緣繞過去。

但是這次的暴風雨……看起來很猛烈。

排球場上，阿波羅小屋的孩子正和羊男進行一場球賽；戴歐尼修斯的雙胞胎在草莓園裡散步，讓植物生長。每個人都在進行平常的工作，可是大家都面露緊張神色，眼睛全盯著暴風雨的雲層。

格羅佛和我上樓到主屋前的陽台，戴歐尼修斯坐在撲克牌桌前，穿著虎紋夏威夷衫，拿著健怡可樂，和我第一天來的時候一樣。奇戎坐在桌子對面的假輪椅上。他們在和兩個隱形的對手玩牌，有兩組牌停在半空中。

「哎呀呀！」戴先生說著，但沒有抬頭看我，「我們的小名人哪。」

我等著。

「你可以靠近一點嘛，」戴先生說：「凡人哪，別以爲你老爸是那個藤壺大鬍子，我就會向你磕頭。」

閃電的強光交織成網狀穿透過雲層，雷聲隆隆搖撼著主屋的窗戶。

「廢話，廢話，廢話！」戴歐尼修斯說。

奇戎假裝專心看著自己的牌，格羅佛身體縮了一下，靠緊欄杆，他的蹄來回踱著。

「照我的做法啊，」戴歐尼修斯說：「我應該讓你的細胞自己噴出火來，然後把灰燼清乾淨，這樣就可以免除一切麻煩。可是呢，奇戎好像覺得這違反我在這該死營隊裡的任務，就是要保護你們這些小搗蛋不受傷害。」

「戴先生，自燃也算是一種傷害。」奇戎插嘴。

「胡扯，」戴歐尼修斯說：「小男生不會當一回事，不過，我也同意要控制自己一下，這樣好了，我把你變成海豚，送你回你爸爸身邊去吧。」

「戴先生——」奇戎警告他。

「好啦，好啦。」戴先生的語氣和緩多了。「沒別的選擇啦，不過這樣眞是超級愚蠢。」

戴歐尼修斯起身，隱形玩家的牌掉到桌上。「我要去奧林帕斯開緊急會議，假如我回來時，這個小子還在的話，我會把他變成大西洋的瓶鼻海豚，懂嗎？還有，柏修斯·傑克森，假如你還有點腦袋，你就會知道比起去做奇戎等會兒交代的事，不如選擇當隻海豚還比較聰明些。」

戴歐尼修斯拿起一張牌，扭一扭，撲克牌變成一張長方形塑膠卡片。是信用卡嗎？不，是張通行證。

他彈彈手指。

周圍的空氣似乎變形、彎曲了，然後他變成一團雷射光點，一陣風出現，他離開了，空氣中只留下鮮榨葡萄的氣味。

奇戎對我微笑，不過他看起來很疲憊，而且壓力沈重。「波西，請坐，格羅佛也坐下。」

我們坐了下來。

奇戎把手上的牌放在桌上，他剛剛沒有亮出這組贏牌。

「波西，告訴我。」他說：「你對地獄犬做了什麼？」

光聽到這名字就讓我發抖。

奇戎可能想聽到我說：「什麼嘛，那沒什麼，地獄犬被我當成早餐吃下肚了。」可是我不想說謊。

「我很怕牠，」我說：「假如你沒有射死牠，我早就死了。」

「波西，在你完成任務之前，你會遇到更厲害的，更難對付的怪物。」

「完成什麼任務？」

「當然是尋找任務，你願意接受嗎？」

我瞪著格羅佛，他手指交疊。

「嗯，老師。」我說：「你還沒告訴我是什麼事？」

奇戎扮了個鬼臉，「喔，最難說明的就是細節的部分了。」

雷聲隆隆穿過山谷，暴風雨的烏雲現在飄到海岸邊，放眼望去，天空和海水同時滾沸了起來。

「波塞頓和宙斯，」我說：「他們爲了某個重要的東西在爭吵……而那個東西被偷了，是這樣嗎？」

奇戎和格羅佛交換眼神。

奇戎坐在輪椅上，身子往前傾，「你怎麼知道的？」

我的臉發熱，眞希望剛才沒有這麼大嘴巴。「從耶誕節以來，天氣變得很詭異，很像大海和天空在打架，後來我和安娜貝斯聊天時，她說無意間聽到偷竊的事，還有……我也做了這樣的夢。」

「我就知道。」格羅佛說。

「噓，羊男。」奇戎下令。

「可是，這是他的尋找任務！」格羅佛很興奮，雙眼發亮，「一定是！」

「只好請求神諭來確定此事。」奇戎順了一下他的馬鬃。「話說回來，波西，你是對的，你父親和宙斯正陷入幾世紀以來最嚴重的爭執，他們爲了某件重要的東西被偷而爭吵，挑明了說，就是爲了閃電火。」

我笑了出來。「什麼？」

「認眞點，」奇戎警告我：「我說的不是在二流舞台表演中那種包著錫箔紙的閃電形道具。那是一個六十公分高的圓筒，用最高級的天神青銅所鑄成，兩端裝滿了天神級的炸藥。」

「喔。」

「天神宙斯的閃電火，」奇戎愈說愈激動，「是他的權力象徵，也是所有閃電的原形。爲了與泰坦巨神作戰，獨眼巨人[35]幫宙斯鑄成的第一件武器就是閃電火，當時閃電火離開了埃特納火山頂，猛力投向克羅諾斯，才能將他從王座上趕下來。和閃電火所裝載的威力相比，凡人的氫彈就像個小鞭炮。」

「它不見了嗎？」

「被偷走了。」奇戎說。

「被偷走誰？」

「是『被誰偷走』。」奇戎糾正我的語法錯誤，他可眞是一日爲師，終身爲師啊。他說：「被你偷走了。」

我驚訝到合不攏嘴。

「至少，」奇戎舉起一隻手說：「宙斯是這麼想的。在冬至那天，就是最近一次的天神會議，宙斯和波塞頓吵了起來，一開始只是像平常那樣鬥嘴而已，說些瑞雅㊱媽媽總是最喜歡你、空難比海難壯觀這類無聊的話。後來宙斯發現他的閃電火不見了，而且是明目張膽的從王座廳中被偷走，他立刻怪到波塞頓頭上。其實，自古以來天神法律就禁止天神親手盜取另一位天神的權力象徵，所以宙斯認爲你父親派出了混血人去偷。」

「可是我沒有……」

㉟獨眼巨人（Cyclopes），只有一隻眼睛長在前額中央的三位巨人，分別具有打造雷、電與光的力量。他們是天空之父烏拉諾斯與大地之母蓋婭所生的三兄弟，在埃特納火山（Mt. Etna）為眾神煉造各種工具或武器，後來成為火神赫菲斯托斯的助手。

㊱瑞雅（Rhea）是三大神的母親，克羅諾斯的妻子，也是泰坦巨神之一。她為了不讓克羅諾斯把所有孩子都吃掉，偷偷將宙斯藏了起來扶養長大。

「耐心聽我說完，孩子。」奇戎說：「宙斯會懷疑你爸爸的理由很充分。獨眼巨人的打鐵爐在海底，這使得波塞頓對幫宙斯製造閃電火的獨眼巨人有些影響力。宙斯相信波塞頓拿走了閃電火，並祕密指使獨眼巨人建立一個非法仿造的兵工廠，想用來竄奪宙斯的王位。宙斯唯一不能確定的是，波塞頓到底找了哪個混血人去偷。而現在波塞頓公開宣佈你是他兒子，你整個寒假又都在紐約，可以輕易的溜到奧林帕斯。於是宙斯相信他找到小偷了。」

「可是我從來沒去過奧林帕斯！宙斯瘋了！」

奇戎和格羅佛緊張的看著天空，圍繞著我們的雲並沒有像格羅佛說的那樣消散，而是直接湧進山谷，像棺材蓋一樣把我們封在裡面。

「呃，波西……？」格羅佛說：「我們不會用『瘋』這個字來說天神。」

「或許可以說是偏執吧。」奇戎說：「我們繼續。波塞頓以前曾試圖逼宙斯退位，我確定這一段是你期末考的第三十八題……」他看著我，好像眞的希望我記得第三十八題的題目。

怎麼會有人指控我偷了天神的武器？我連從蓋柏的撲克牌派對上偷一片披薩都會被抓到耶。奇戎正在等我的答案。

「你指的是有關金網的事？」我猜。「波塞頓和希拉，還有其他幾個天神……他們好像曾設陷阱抓住宙斯，要他答應做一個更好的統治者，否則不放他出來，對嗎？」

「正確。」奇戎說：「從此，宙斯不再相信波塞頓。當然，波塞頓否認偷走閃電火，因爲這等於是指控他犯了重罪。這兩位來來回回吵了好幾個月，互相威脅要發動戰爭。而這時，你出現了，正是俗話所說的最後一根稻草。」

「可是，我只不過是個小孩！」

「波西，」格羅佛插嘴：「假如你是宙斯，而且就在你認爲哥哥密謀要推翻你時，他突然承認自己打破二次大戰後所發的誓，聲明自己是個混血人的父親，而這個混血人可能會被他當作武器來對付你……要是你，你會不會誤會你哥哥？」

「可是我什麼都沒做。波塞頓……我爸爸，他沒有眞的偷走閃電火吧？沒有吧？」

奇戎嘆了口氣說：「大部分理智的旁觀者都會同意，偷竊的確不是波塞頓的風格。可是海神太自負了，他不想向宙斯解釋。宙斯要求波塞頓在夏至前歸還閃電火，也就是六月二十一日，距離現在還有十天。波塞頓也要求宙斯在同一天爲誣賴他是小偷而道歉。我希望和平的外交方式可以奏效，希拉、狄蜜特、荷絲提雅[37]都願意出面幫助這兩個兄弟恢復理智，可是你的出現卻讓宙斯的火氣整個爆發。現在這兩位天神都無意退讓，除非有誰可以介入調停，或者在夏至之前將閃電火找回來還給宙斯，否則的話，戰爭不可避免。波西，你知道完全戰爭是什麼情形嗎？」

「很糟嗎？」我猜。

「想像一下世界完全陷入混亂，自然界本身發生戰爭，奧林帕斯眾神被迫在宙斯和波塞頓

---

[37] 荷絲提雅（Hestia），爐灶女神，是宙斯的姊姊。宙斯曾賜予他掌管一切祭典儀式的權力。

之間選邊站。毀滅、屠殺、數百萬人死亡，西方文明世界變成戰場，戰爭規模之大，將使特洛伊戰爭就像丟水球一般微不足道。」

「那眞的很糟。」我說。

「而你，波西．傑克森，會是第一個遭到宙斯報復的人。」

開始下雨了，排球場的球員停止玩球，目瞪口呆，靜靜的盯著天空。

我將這場暴風雨帶到混血之丘來。因爲我，宙斯要懲罰整個營隊。我怒不可遏。

「所以我的任務是去找出那愚蠢的閃電火，」我說：「然後還給宙斯。」

「由波塞頓的兒子歸還宙斯財產，還有什麼比這方式更和平呢？」奇戎說。

「如果波塞頓沒有拿，這東西會在哪裡？」

「我確定我知道。」奇戎的表情變得很嚴肅，「我在幾年前得到一個預言……嗯，我從中取得一些合理的線索。不過在我告訴你之前，你必須正式接受這個尋找任務，你必須去請求神諭的忠告。」

「爲什麼你不能先告訴我閃電火在哪裡？」

「我怕一旦說出來，你會因爲太害怕而拒絕接受挑戰。」

我吞了一口口水。「眞是個好理由。」

「那麼，你答應了？」

我看看格羅佛，他點點頭鼓勵我。

對他來說可輕鬆了，我才是宙斯要殺的那個人。

「好吧。」我說：「總比被變成海豚來得好。」

「那麼，現在是你請求神諭的時刻了。」奇戎說：「波西．傑克森，上樓吧，到閣樓去。假使你下樓後仍然神智清楚的話，我們再來談。」

往上走了四段樓梯，盡頭是一道綠色活板門。

我拉了繩子，門往下打開，一座木梯匡噹一聲就位。

溫暖的空氣從上面流出，聞起來像是發霉的爛木頭，還有另一種味道……我記得在生物課時有聞過。是爬蟲類，蛇的味道。

我憋住呼吸爬上梯子。

閣樓裡堆滿希臘英雄的破舊裝備：立著的盔甲覆滿蜘蛛網，曾經發亮的盾牌長滿鐵鏽，一只老舊的皮製行李箱上面貼著以薩卡、賽西住的小島、亞馬遜之地[38]的標籤。有張長桌上堆著玻璃罐，罐子裡裝滿了浸泡物：切下來的毛茸茸腳爪、巨大的黃色眼睛，還有怪物的其他部位。牆上掛著一件滿是灰塵的戰利品，看起來像是巨蛇的頭，但是卻長了角，而且有著鯊

---

[38] 以薩卡（Ithaka），希臘神話英雄奧德修斯（Odysseus）的故鄉。賽西（Circe）是奧德修斯途經埃厄島（Aeaea）時所遇到的女巫。亞馬遜（Amazon）是希臘神話中由女性戰士組成的種族，居住在遙遠的國度，希臘英雄海克力士曾前往征服過她們的領土。

魚的利齒。說明牌上寫著：許德拉[39]的頭，一號，伍斯塔克，紐約，一九六九年。

窗戶邊，坐在木頭三腳凳上的是最可怕的古物——木乃伊。這不是有布條纏在外面的那種埃及木乃伊，而是一個女人的身體，乾枯皺縮成一個皮囊。她穿著一件紮染的背心裙，脖子上戴著好幾串珠鍊，一條頭巾覆蓋在她長長的黑髮上。她臉部的皮很薄而有韌性，貼覆在頭骨上；眼睛則是光滑的白色縫隙，好像是原來的眼睛換成大理石了。她一定很久很久以前就死了。

看著她，我的背脊感到陣陣寒意。突然，她坐直身子，打開了嘴巴。一陣綠色的煙霧從木乃伊嘴裡傾瀉而下，在地板上似厚厚的捲髮般盤捲著，瞬間嘶聲大作，彷彿兩萬條蛇一同發出聲音。我跌跌撞撞，好不容易到了活板門那裡，門卻「碰」的一聲關上了。有個聲音從我一邊的耳朵滑入頭顱，迴盪在整個腦中：「我是德爾菲[40]的神靈，阿波羅的預言家，殺死巨蛇匹松的兇手。靠過來，尋找的人，問吧。」

我很想回說：「不，謝了，我走錯房間了，其實我是在找洗手間。」可是不行，我強迫自己做個深呼吸。

木乃伊沒有活過來，她是某種陰森力量的容器，現在那個力量在綠色煙霧中圍繞著我旋轉。但是這力量感覺並不邪惡，不像是惡魔數學老師道斯，也不像彌諾陶。比較像是大馬路旁水果攤鉤毛線的命運三女神，遠古而具有力量，確定不是人類。而這股力量對於殺死我這檔事，似乎不怎麼感興趣。

我鼓起勇氣問：「我的命運是什麼？」

霧愈轉愈厚，聚集在我面前以及放著醃怪物罐的桌子周圍。剎那間，出現四個男人圍著桌子坐著，正在玩撲克牌。他們的臉龐愈來愈清楚，是臭蓋柏和他的狐群狗黨。

我的拳頭緊握著，雖然明知道撲克牌局不是真的，是幻覺，是霧製造出來的。

蓋柏轉過頭來，用刺耳的聲音說出神諭：「你將往西走，面對變身的天神。」

他右邊的傢伙抬起頭，用同樣的聲音說：「你將找到被偷的東西，看著它安全歸還。」

左邊那人丟出兩張撲克牌，然後說：「你將被一個稱你爲朋友的人背叛。」

最後，我們那棟房子的管理員艾迪，傳遞出最糟的一條：「而且最後，你會失敗，救不出最重要的。」

人形開始溶解。一開始我因爲太吃驚而說不出話，後來，霧收捲成一隻綠色的巨蛇，鑽進木乃伊的嘴裡時，我回過神大喊：「等等！什麼意思？什麼朋友？什麼會失敗？」

霧蛇的尾巴消失在木乃伊的嘴裡，她的身體向後一癱，斜倚在牆上。她的嘴緊閉著，彷佛一百年沒有張口過。閣樓再度陷入寂靜，被眾人遺忘，除了整屋的古物外，再沒別的。

我覺得，就算我在這裡站到我全身長滿蜘蛛網，也不可能再多知道一點點。

㊴ 許德拉（Hydra），希臘神話中的九頭蛇怪物。

㊵ 德爾菲（Delphi），希臘古鎮，是阿波羅神殿所在地，即阿波羅神諭的發佈地點。

請求神諭這件事結束了。

「怎麼樣？」奇戎問我。

我跌坐在牌桌前的椅子裡。「她說我會取回被偷的東西。」

格羅佛往前坐，興奮的嚼著剩下的健怡可樂罐。「太棒了！」

「神諭的完整說法是什麼？」奇戎強調：「這很重要。」

我的耳朵仍然被那隻爬蟲的聲音振動著。「她……她說我將往西走，面對變身的天神，而且我將取回被偷的東西，看著它安全歸還。」

「我就知道。」格羅佛說。

奇戎看來不甚滿意的說：「還有別的嗎？」

我不想告訴他。

哪個朋友會背叛我？我沒有很多朋友。

還有最後一項，我會失敗，救不出最重要的。這是什麼神諭啊，指派給我任務，然後跟我說：「喔，順便說一下，你會失敗。」

我怎麼說得出口呢？

「沒有。」我說：「就這樣了。」

他仔細審視我的表情。「波西，非常好，不過你要知道，神諭的用詞通常有雙重意義，別想太多。在事情眞正發生前，眞相總是不太清楚。」

我想他知道我隱瞞了一些壞消息，所以試著讓我好過一點。

「好吧，」我急著轉移話題，「所以我該去哪裡？這個西方的神是誰？」

「啊，波西，你想想，」奇戎說：「如果宙斯和波塞頓在戰爭中消耗掉彼此的力量，誰從中得利？」

「想要取而代之的神嗎？」我猜測。

「十分正確。那個神心懷怨懟，那個神從萬古之前劃分世界時就對自己的運氣感到不悅，那個神的王國會隨著數百萬人死亡而權力大增，那個神恨他的兄弟強迫他發誓不再生混血小孩，但兩個兄弟卻都毀了誓言。」

我想到我的夢，那個邪惡的聲音從地底冒出來。我說：「黑帝斯。」

奇戎點點頭說：「冥王黑帝斯是唯一的可能。」

有些鋁罐碎片從格羅佛嘴裡掉出來。「哇，等等，什……什麼？」

「有一個復仇女神跟著波西。」奇戎提醒他，「她觀察這個小男生，確定他的身分後就動手要殺掉他。復仇女神只聽一個天神的命令，就是黑帝斯。」

「是這樣沒錯，但是……或許是因爲黑帝斯討厭所有的英雄。」格羅佛爭辯：「尤其在他發現波西是波塞頓的兒子之後……」

「地獄犬進到森林裡，」奇戎繼續說：「但那東西只能從冥界的刑獄召喚出來，而且必須由營裡的人發出召喚，所以黑帝斯一定在這裡安排了一個間諜。黑帝斯必定假設波塞頓會讓波西幫他洗清名譽，所以他非常想在這個小混血人進行尋找任務之前殺掉他。」

「太好了。」我喃喃自語：「有兩個大神想殺掉我。」

「可是要去……」格羅佛嚥了一口口水，「我是說，閃電火不會在緬因州之類的地方嗎？這個季節的緬因州非常棒耶。」

「黑帝斯派他的爪牙偷走閃電火，」奇戎堅持他的看法，「他把閃電火藏在冥界，而且完全料中宙斯會責怪波塞頓。我不敢說我能完全猜中冥王的動機，也不知道他爲什麼選這個時機挑起戰爭。可是有一件事是確定的，波西必須前往冥界找出閃電火，並且揭開眞相。」

一把奇特的火焰在我的身體裡燃燒著。最詭異的是，那不是恐懼的感覺，而是期盼、渴望報仇。黑帝斯至今已經試圖殺我三次，派出了復仇女神、彌諾陶和地獄犬前來；他害我媽媽消逝在光點中，現在又要誣陷我和爸爸是賊。事實上我們根本就沒做過那件壞事。

我準備好了，要與他正面交鋒。

此外，假如媽媽在冥界的話……

我腦中還有一個小小的地方是清醒的，它告訴我說：「哇，小子，你只是個小孩，黑帝斯是天神呢。」

格羅佛嚇得發抖，他開始吃起撲克牌，像在吃洋芋片一樣。

這可憐的孩子必須跟我一起完成尋找任務，這樣他才能拿到探查者執照。不管那是什麼執照，我怎能要求他出這次任務，尤其是神諭已經告訴我注定會失敗。這是在自殺。

「那麼，既然我們已經知道是黑帝斯幹的，」我對奇戎說：「為什麼我們不去告訴其他天神就好了？宙斯或是波塞頓可以到冥界去逮捕那幾個頭頭啊。」

「懷疑和確定是兩回事。」奇戎說：「此外，就算其他天神包括波塞頓都懷疑是黑帝斯所為，他們也不能自己取回閃電火。因為除非受到邀請，否則天神不能跨到其他天神的領域，這是另一條遠古的法律。但是，混血英雄就擁有一定的特權，他們可以到任何地方，挑戰任何天神，只要他們夠大膽、夠強壯。天神不需要為混血英雄的行為負責。你為什麼會認為天神總是透過人類操控世界呢？」

「是你說我被利用了。」

「我的意思是，現在波塞頓會這樣要求你並不令人意外。這是一趟困難重重的冒險沒錯，可是他身處險境，他需要你。」

我爸爸需要我。

種種情緒在我身體裡翻攪，像是萬花筒裡滾動的玻璃碎片。我不知該怨恨，還是感激；該快樂，或是生氣。波塞頓不理我十二年了，現在他卻突然需要我。

我看著奇戎。「你從一開始就知道我是波塞頓的兒子，是不是？」

「我是有懷疑，就像我說的……我也是請求神諭才知道的。」

我有個感覺，他隱藏了很多他聽到的預言，但我決定現在不去煩惱那些，畢竟，我也隱瞞了一些訊息。

「所以，讓我把事情搞清楚，」我說：「我要去冥界迎戰冥王。」

「沒錯。」奇戎說。

「要找到宇宙間最強的武器。」

「沒錯。」

「然後在夏至之前把它帶回奧林帕斯，就這十天內。」

「正確。」

我看著格羅佛，他正狼吞虎嚥的吃下紅心A。

「我剛剛有沒有提到這個季節的緬因州非常棒？」他有氣無力的問。

「你不必去。」我告訴他：「我不能要求你去。」

「喔……」他的蹄在地上轉來轉去，「不是的……只是羊男和冥界……」

他做了個深呼吸，站起身，拍掉T恤上的撲克牌和鋁罐碎片。「波西，你救了我一命。如果……如果你眞的要我跟隨，我不會讓你失望。」

我覺得很感動，很想放聲大哭，雖然我不認爲這樣很有英雄氣概。格羅佛是我曾經擁有的朋友中，唯一交往超過幾個月的。我不確定在和冥王對抗時，羊男會有什麼幫助，不過知道他願意和我一起，讓我覺得好多了。

「那麼，指揮官，」我轉向奇戎，「所以我們要去哪裡？神諭只說往西。」

「冥界的入口一直在西方，跟奧林帕斯一樣，每個時代都在搬家。現在當然也在美國。」

「在哪裡？」

奇戎看來很驚訝，「我覺得這已經夠明顯了，冥界的入口在洛杉磯啊。」

「喔，當然。」我說：「所以我們只要坐上飛機……」

「不行！」格羅佛尖叫：「波西，你在想什麼？你這輩子有搭過飛機嗎？」

我搖搖頭，我覺得很糗。媽媽從來沒有帶我搭過飛機，她總是說我們沒有錢，還有，因爲她的父母死於空難。

「波西，你想想，」奇戎說：「你是海神之子，你爸爸的死對頭是宙斯，天空之王。你媽媽知道最好別讓你坐進飛機裡，一旦讓你進入宙斯的領空，你不可能活著下飛機。」

我們頭上突然閃電大作，雷聲隆隆。

「好，」我決定不要理會那些暴風雨，「所以我們要走陸路。」

「正確。」奇戎說：「你可以有兩個同伴和你一起去，格羅佛是其中一個，另一個已經有自願者了，如果你願意接受她協助的話。」

「咦，」我假裝很驚訝的說：「還有誰會笨到自願參加這種尋找任務？」

奇戎後面的空中發出閃光。

安娜貝斯現形了，她把洋基棒球帽塞到背後的口袋。

「我等這個尋找任務很久了，海藻腦袋。」她說：「雅典娜雖然不希罕波塞頓，可是假使你要去拯救世界，我是幫助你別把事情搞砸的最佳人選。」

「既然你敢這樣說，」我說：「我猜你已經計畫好了吧，聰明的女孩？」

她的臉頰漲紅著說：「你到底要不要我幫忙？」

事實是，我要，我需要所有可能的幫助。

「三人組。」我說：「可行。」

「很好。」奇戎說：「今天下午會有人帶你們去曼哈頓車站，之後就要靠你們自己了。」

閃電大作，傾盆大雨潑灑在草地上，這是出人意料的惡劣天氣。

「不能再浪費時間。」奇戎說：「我想你們應該去打包了。」

10 復仇女神

我沒有花很多時間打包。我決定把彌諾陶的角留在小屋裡，所以只要將一套換洗衣服和一支牙刷塞進背包就完成了，這背包是格羅佛找給我的。

營隊商店借給我凡人的一百美元和二十個古希臘金幣。這些金幣和女童軍餅乾一樣大，一面印著希臘天神像，另一面是帝國大廈。奇戎說，凡人的古希臘幣是銀製的，但奧林帕斯天神不使用價值低於純金的錢幣。他還說這些金幣到時可以用在非凡人的交易上。這什麼意思？先不管了。他給安娜貝斯和我每人一壺神飲，和一袋裝滿了方形神食的密封袋，但這些只能在緊急情況使用，例如受重傷時。奇戎提醒我們，這是天神的食物，幾乎所有的傷都能治，但對凡人來說會致命，而混血人吃太多會全身發燙，甚至起火燃燒，一點都不誇張。

安娜貝斯帶著她的魔法洋基帽，她說那是十二歲時媽媽送她的禮物。她帶了一本古希臘知名建築的書，無聊的時候就可以看一下；還有一把長長的青銅匕首，藏在她的袖子裡，我很確定這把刀會讓我們一經過金屬探測器，就馬上被逮捕。

格羅佛穿著假腳和長褲偽裝成一般人。他戴著一頂牙買加風格的綠帽子，避免下雨時捲髮貼在頭上會露出出羊角尖。他的鮮橙色背包裝滿金屬碎片和蘋果，那是他的零嘴。他的口袋裡還有支蘆笛，那是他山羊爸爸親手製作的，不過他只會吹兩首曲子：莫札特的《第十二號鋼琴協奏曲》和希拉蕊．朵芙的《愛情過去式》，這兩首曲子用蘆笛吹起來都很難聽。

我們向其他的學員揮手道別，最後再看一眼草莓園、大海和主屋，然後登上混血之丘，來到以前是宙斯女兒泰麗雅的那棵大松樹。

奇戎坐在輪椅上等我們，站在他旁邊的是一個衝浪手裝扮的人，我在病房時看過他。照格羅佛的說法，這個人是營隊的警衛隊長，據說他全身都長了眼睛，所以從來不會被嚇到。不過他今天穿著一身司機的制服，所以我只能看到他手上、臉上和脖子上的眼睛。

「這是阿古士[41]。」奇戎對我說：「他會開車送你們到市區，而且，嗯，會用眼睛隨時注意四周情況。」

我聽到我們後面的腳步聲。

路克跑上山丘，拿著一雙籃球鞋。

「嘿！」他氣喘吁吁，「還好我趕上了。」

安娜貝斯的臉紅了起來，只要路克出現時，她都會這樣。

「只是來跟你說聲祝你好運。」路克對我說：「而且我想……嗯，或許你會用得到。」

他把球鞋遞給我，看起來很普通，連聞起來都很普通。

路克說：「瑪亞！」

鞋後跟長出了白鳥的翅膀，我嚇了一跳，鞋子從手中掉落。鞋子拍動著翅膀緩緩降落在地上，翅膀在折疊收起後消失。

「太棒了！」格羅佛說。

路克微笑著說：「在我的尋找任務中，這幫了我很大的忙，是我爸爸給我的禮物。當然，這些日子我沒怎麼用到……」他的表情轉爲悲傷。

我不知道該說什麼，路克道別的方式眞是太酷了。我原本很怕他會怨我，因爲過去這幾天我搶了太多鋒頭，可是他現在送我這個魔法禮物……我整個臉漲紅，和安娜貝斯差不多。

「嘿，好傢伙。」我說：「謝啦！」

「波西，你聽好……」路克看起來不太自在。「我們將很多希望都放在你身上，所以……幫我多殺幾隻怪物，好嗎？」

我們握握手。路克還輕拍了格羅佛兩角之間的頭，然後擁抱安娜貝斯道別。安娜貝斯看起來快要昏倒了。

路克離開後，我告訴她：「你呼吸很急促喔。」

「才沒有！」

「是你讓他代替你奪旗的吧？」

「喔……波西，早知道就不要跟著你到處跑了。」

㊶阿古士（Argus），希臘神話中的百眼巨人，曾被天后希拉派去看守被變成母牛的宙斯情人愛歐（Io）。

她用力踱著腳，往山丘另一邊走下去，那裡有部白色休旅車停在路肩。阿古士走上前去，車鑰匙發出叮叮噹噹聲。

我拿起飛鞋，突然湧起一個不好的感覺。我看著奇戎問說：「我不能用這個吧？」

他搖搖頭說：「波西，路克是一片好意，不過飛到空中……對你而言可能不太聰明。」

我點點頭，有點失望，不過這時我有了個主意。「嘿！格羅佛！你想要魔法寶物嗎？」

他的眼睛亮起來。「我嗎？」

我們飛快將運動鞋綁在他假腳上，接著，全世界第一位飛天羊男準備升空。

「瑪亞！」他大喊著。

離地沒有問題，不過接下來就歪向一邊，整個背包還在草地上拖行。這雙長了翅膀的鞋子上下亂衝，像匹迷你小野馬。

「練習，」奇戎跟在後面叫：「你只需要多加練習！」

「啊啊啊！」格羅佛歪著飛下山丘，像一部瘋狂割草機往休旅車衝去。

在我跟上之前，奇戎抓住我的手臂說：「波西，我應該把你訓練得更厲害些，」他說：「要是有更多時間就好了，像海克力士和傑生[42]，他們都受過更多訓練。」

「沒關係，我只希望……」

我停住了，因為再講下去會很像任性的小孩。其實我只希望爸爸能送我一個很酷的魔法寶物，可以在尋找任務中幫助我，就像路克的飛鞋或安娜貝斯的隱形帽那樣。

「啊，我這個笨蛋，」奇戎大叫：「怎麼可以忘了讓你帶這個。」

他從外套口袋拿出一枝筆交給我。那是一枝普通的黑色原子筆，不能換筆芯的那種，還有個筆蓋，一枝大約三十分錢吧。

「哇。」我說：「謝謝。」

「波西，那是你爸爸的禮物。我保管它很多年了，這些年我不知道你正是我等待的那個人，不過當年我聽到的預言如今已成真，你就是那個人。」

我想起到大都會博物館校外教學時，我將道斯老師蒸發掉那一次，奇戎曾丟給我的一枝會變成劍的筆。難道……？

我拿下筆蓋，筆在我手中逐漸變長、變重。半秒鐘後，我手中拿的是一把有著雙面劍刃和皮質握柄的青銅劍，平滑的劍柄上釘著金飾釘。這是第一個讓我覺得合手的武器。

「這把劍有著長遠而悲慘的歷史，這我就不多說了。」奇戎告訴我說：「它的名字叫做Anaklusmos。」

「波濤。」我翻譯出來，想不到古希臘文這麼簡單。

「只有緊急時才能使用它。」奇戎說：「而且只能對付怪物。除非絕對必要，否則不能傷

㊷傑生（Jason）是希臘神話中的英雄人物，他是伊奧科斯國（Iolcos）的王子。在國家被叔叔奪竄後，傑生被送給奇戎撫養長大。後來叔叔答應他只要找到金羊毛，就將國家還給他，他歷經艱難終於完成任務。

害凡人，雖然這把劍其實也傷不到他們。」

我看著銳利無比的劍刃。「你說不會傷到凡人，怎麼可能？」

「這把劍的劍身是由天神的青銅所製成，是獨眼巨人在埃特納火山鍛造出來後，再放進勒特河[43]冷卻。它可以讓你在怪物和冥界生物下手之前，先一步取他們性命。不過，這把劍穿過凡人的身體時，會像幻影一樣，對這把劍而言，凡人無關緊要，用不著它出手。另外要警告你，身爲半神半人，神界和凡間的武器同時都可以殺害你，所以你受傷的可能性是兩倍大。」

「謝謝你提醒我。」

「現在，把筆蓋回去。」

我把筆蓋放到劍尖上，波濤劍快速縮小回原子筆的樣子。我把它塞進口袋，心裡有點緊張，因爲我在學校時，是以一天到晚把筆弄丟而聞名。

「別擔心。」奇戎說。

「擔心什麼？」

「會弄丟這枝筆。」他說：「它被施了魔法，會一直回到你的口袋，試試看。」

我有點膽顫心驚，不過還是使出全力把筆往山丘下丟，看著它消失在草地中。

「可能要花一點點時間。」奇戎對我說：「好，檢查一下你的口袋。」

筆確確實實躺在裡面。

「好棒，這很酷。」我承認。「可是如果有凡人看到我拔出這支劍怎麼辦？」

奇戎微笑著說：「波西，霧是很有力的東西。」

「霧？」

「是的，去讀讀《伊里亞德》㊹，裡面有很多可以參考。每當天神、怪物和凡人的世界混在一起時，霧就會模糊人類所見的景象。做爲一個混血人，你看到的是他們原本的樣子，可是人類的解釋卻大不相同，人類會將這段期間看到的事物解釋成他們以爲眞實的版本。」

我將波濤劍放回口袋。

這是第一次，我感覺到尋找任務是眞實存在。我眞的要離開混血之丘朝西方去，沒有大人監護，沒有備用計畫，甚至連一支手機都沒有（奇戎說怪物能追蹤手機，用手機比用閃光信號還糟）。除了一把劍，我沒有什麼強有力的武器可以擊退怪物，好到達死神的領土。

「奇戎……」我說：「你說過天神不會死……所以在天神之前還有其他時代嗎？」

「正確來說，在他們之前還有四個時代。泰坦巨神是第四時代，有時被稱爲黃金時代，不過這完全是錯誤的名稱。而現在這個西方文明時代是由宙斯統治的第五時代。」

「那麼，在天神之前……是什麼樣子？」

奇戎抿一抿嘴。「孩子啊，即使是我也沒老到知道答案，不過我知道對凡人來說，那是個

㊸勒特河（River Lethe），希臘神話中的遺忘之河，河水能讓人忘記過去，是位在冥界的河川之一。

㊹《伊里亞德》（*Iliad*），古希臘吟遊詩人荷馬的知名長篇敘事詩，描寫特洛伊圍城等故事。也是現傳許多希臘神話故事的來源之一。

野蠻的黑暗時代。泰坦巨神之王克羅諾斯自稱他統治的是黃金時代，他說那時的人類純眞自由的生活著，但那只是他的宣傳手法而已。除非想吊吊胃口或是找點廉價娛樂，否則泰坦之王根本不重視人類。到了宙斯王統治的早期，有位仁慈的泰坦巨神普羅米修斯[45]爲人類帶來火之後，人類才開始進步。也因如此，當時普羅米修斯甚至被醜化成思想偏激份子，你應該記得，宙斯曾嚴厲的懲罰他。當然，最終天神仍然讓人類得到溫暖，西方文明因而誕生。」

「不過，現在的天神是不會死的吧？我是說，只要西方文明還存在，他們就會活著。所以……即使我失敗也不會讓一切都變得亂糟糟吧？」

奇戎給我一個苦笑。「波西，沒人知道西方文明的時代會持續多久。天神的確不死，但別忘了，泰坦巨神也一樣，他們仍然存在，被分別關在不同的牢獄裡，被強迫忍受無止盡的痛苦和懲罰。他們力量雖弱，但生命力仍在。或許是命運女神阻止了天神去承受那樣的厄運，或者說讓我們不必回到黑暗與混亂的過去。孩子，我們能做的只是聽從命運的安排。」

「聽從命運啊……如果我們知道自己命運的話……」

「放輕鬆，」奇戎告訴我：「保持頭腦清醒。記住，你可能將阻止史上最大一場戰爭。」

「放輕鬆？」我說：「我已經放鬆到不行了。」

走到山腳時，我回頭看，在那棵原是宙斯之女泰麗雅的松樹下，奇戎以半人馬的完整形象佇立著，高舉著弓向我們致意。眞是經典的半人馬，經典的夏令營送別式。

阿古士載著我們穿過農村，進入長島西部。重新回到公路的感覺很怪，安娜貝斯和格羅佛坐在我旁邊，好像我們只是普通的共乘乘客。經過兩星期的混血營生活後，眞實的世界反而像幻境一樣。我察覺自己正盯著每間麥當勞、每個坐在爸媽車子後座的小孩、每面廣告看板和每間購物中心。

「到目前爲止一切順利。」我對安娜貝斯說：「十幾公里下來，沒半隻怪物。」

她火大的看我一眼，「你這海藻腦袋，那樣說會帶來惡運的。」

「這倒提醒了我，你爲什麼這麼討厭我？」

「我沒有討厭你。」

「你可以繼續說謊啊。」

她將隱形帽收好。「聽我說……我們本來就無法和平相處好嗎？我們的爸媽是敵人。」

「爲什麼？」

她嘆口氣說：「到底要怎麼說你才會停止問爲什麼？有一次，我媽媽在雅典娜神殿抓到波塞頓和他的女朋友在幽會，那對我媽眞是大不敬。還有一次，雅典娜和波塞頓爲了要成爲雅典城的守護神而互相競爭，你爸爸創造了愚蠢的海水噴泉當禮物，而我媽媽創造的是橄欖

㊺普羅米修斯（Prometheus）是泰坦巨神之一。他瞞著宙斯將火送給人類，幫助人類開啟文明，也因此觸怒了宙斯。宙斯將他囚禁在山上，後來是海克力士與奇戎救了他。

樹。雅典人認為我媽媽送的禮物比較好，所以用她的名字為那個城市命名。」

「他們一定很喜歡橄欖。」

「喔，別再說了。」

「如果她發明披薩的話，我就完全可以理解了。」

「我說，別再說了！」

前座的阿古士在微笑，他沒說半個字，不過他後頸的一隻藍眼睛對我眨了一下。

皇后區的交通讓我們的速度減慢，到達曼哈頓時已經是黃昏，而且開始下起雨來。

阿古士放我們在上東區的灰狗巴士車站下車，離媽媽和蓋柏的房子不很遠。郵筒上貼著一張溼掉的傳單，上面有我的照片，還寫著一排字：看過這個男孩嗎？

在安娜貝斯和格羅佛看到之前，我把傳單撕掉。

阿古士卸下我們的行李，確定我們都拿到車票後才開車離去。當他駛出停車場時，他手背的眼睛睜開來看著我們。

沒想到我和老家竟是如此接近。平常這個時候，媽媽已經從糖果店回家，而臭蓋柏一定在那裡玩撲克牌，但也絕對不會讓媽媽好過。

格羅佛把背包背好，順著我的視線往街的那頭望過去。「波西，你想知道她為什麼要和你繼父結婚吧？」

我睜大眼看他。「你會讀心術嗎？」

「只能讀出你的情緒。」他聳聳肩，「我應該是忘了告訴你，羊男有這個能力。你正在想你媽媽和繼父的事，對吧？」

我點點頭，有點懷疑格羅佛是不是還忘了告訴我什麼。

「你媽媽和蓋柏結婚，是爲了你。」格羅佛對我說：「你不是都叫他『臭』蓋柏嗎？但你卻沒想到，這個人的氣味……很噁心，我從這裡就能聞到了，我還能從你身上聞到他，雖然你已經兩個星期沒有接近他了。」

「多謝了。」我說：「最近的浴室在哪裡？」

「波西，你應該心懷感激，你繼父的味道這麼可怕，他可以掩護任何一個半神半人的存在。我只要在他車裡吸口氣就知道了。這些年來，是蓋柏掩蓋了你的味道。假如你每年暑假沒有和他一起住，你可能早就被怪物發現了。你媽媽和他在一起是爲了保護你。她是一位聰明的女士，她一定非常非常愛你，才能忍受那個傢伙。不知道這樣有沒有讓你好過一點。」

沒有，可是我強迫自己不要表現出來。我會再見到媽媽，我這樣想著，她並沒有離去。

如果我將各種情緒都混在一起的話，不知道格羅佛是否還能讀得出來。我很高興他和安娜貝斯都在我身邊，不過卻深感愧疚，因爲我對他們不夠坦白。我沒有告訴他們我答應接受這瘋狂任務的眞正原因。

眞相是，我並不在乎取回宙斯的閃電火、拯救世界，或是幫我爸爸解決麻煩這些事。我愈想到這點，就愈是怨恨波塞頓從沒來看過我、從沒幫助過媽媽，甚至從沒寄給我一張高額支票好支付我的扶養費。他只是要求我，因爲他需要完成那件事。

我唯一關心的只有媽媽。黑帝斯用不正當的手段抓走她，那麼黑帝斯就該放她回來。

「你將被一個稱你爲朋友的人背叛。」神諭在我的腦海中低語。「最後，你會失敗，救不出最重要的。」

閉嘴，我說。

雨繼續下著。

我們等巴士等得很煩，決定把格羅佛的蘋果拿來玩。安娜貝斯眞是太不可思議了，不論是膝蓋、手肘、肩膀……任何部位都可以讓蘋果彈起來，而我也還不算差。

在我將蘋果丟向格羅佛，卻落在他嘴巴附近時，這遊戲結束了。山羊的超級大嘴一咬，我們的玩具消失，連蘋果核、蘋果梗、整個蘋果，通通不見。

格羅佛臉紅了起來，他想要道歉，可是安娜貝斯和我已經笑得東倒西歪。

巴士終於來了，我們排隊等上車時，格羅佛開始東張西望，嗅著空氣裡的味道，很像在聞他最愛的學生餐廳美味佳餚——烤玉米捲餅。

「怎麼了？」我問。

「不知道。」他緊張的說：「或許沒事。」

聽得出來絕對有事，我也開始東看西看。

終於上了車，我們在巴士後面找到一整排位子後，才放下心來。我們把背包放在行李廂內。安娜貝斯還是很緊張，一直用洋基棒球帽輕拍她的大腿。

最後一批乘客上車時，安娜貝斯用手掐我的膝蓋說：「波西。」

一位老太太剛上車，她穿著一件皺皺的天鵝絨洋裝，戴著蕾絲手套，頭上戴了頂形狀不對稱的橘色編織帽，帽沿的陰影遮住她的臉，手上還提著一個大大的草履蟲紋手提包。當她抬起頭，將頭歪向一邊時，露出了閃閃發光的黑眼睛。這時我的心臟猛然跳了一下。

那是道斯老師，但是更老、更乾瘦，不過那張邪惡的臉一模一樣，確實是她。

我往下縮進位子裡。

在她後面又有兩個老太太上車。一個戴綠帽子，一個戴紫帽子，除此之外，她們看起來和道斯老師一模一樣，同樣長滿小肉瘤的手，草履蟲紋手提包，皺皺的天鵝絨洋裝。她們是三胞胎惡魔老奶奶。

她們坐在第一排，就在司機後面。坐在走道邊的那兩個伸出腳跨在走道上，形成一個X形，這未免太巧了吧。她們的出現傳遞出一個清楚的訊息：誰都不准走。

巴士駛出車站，我們往整齊的曼哈頓街道前進。「她沒有死很久嘛，」我努力使聲音不要發抖。「我以爲你說在我這一輩子中，她們都會處於消失的狀態。」

「我是說，假如你夠幸運的話。」安娜貝斯說：「很顯然你沒有那個命。」

「三個全到齊了。」格羅佛嗚咽著說：「天神啊！」

「沒事的，」安娜貝斯顯然在努力想辦法。「復仇三女神，冥界裡最壞的怪物。沒問題，沒問題，我們只要溜出窗外就行了。」

「窗子不能開。」格羅佛呻吟。

「從後門呢？」她提議。

沒有後門，就算有也沒用。這時，我們在第九大道，正往林肯隧道前進。

「他們不會在有目擊者的地方攻擊我們吧。」我說：「會嗎？」

「凡人的眼力不好。」安娜貝斯提醒我：「他們的腦子只能處理他們透過霧看到的東西。」

「他們會看到三個老太太殺了我們，不是嗎？」

她想了一下，「很難說，但我們不能依賴凡人幫忙，或許緊急出口在車頂……？」

我們進了林肯隧道，除了腳下的走道燈還亮著之外，巴士裡陷入黑暗，雨聲消失，車子裡只有駭人的安靜。

道斯老師起身，發出像是排演過的單調聲音，對全巴士的人宣佈：「我要去上一下廁所。」

「我也要。」第二個姊妹說。

「我也要。」第三個姊妹說。

她們同時起身到走道上。

「有了，」安娜貝斯說：「波西，拿著我的帽子。」

「什麼？」

「你才是她們要找的人，你隱形之後到走道上，讓她們從你旁邊過去，然後你就可以走到最前面下車離開。」

「可是你們……」

「她們不太會注意我們，」安娜貝斯說：「你是『三大神』之一的兒子，你氣味很強。」

「我不能丟下你們。」

「別擔心我們。」格羅佛說：「快走！」

我的雙手發抖。我覺得自己是個膽小鬼，可是還是拿了洋基帽戴上去。

這時我往下看，發現身體已經不見了。

我躡手躡腳到走道上，努力走到前十排，然後在復仇女神經過時，找了個空位將頭低下。

道斯老師停下來聞著，直視著我，害我的心臟怦怦狂跳。

顯然她沒看到什麼東西，她和姊妹們繼續走。

我自由了，繼續走到最前面，現在車子快穿過林肯隧道了。我伸出手要壓下緊急停車按鈕，這時卻聽到後排傳來恐怖的哀嚎聲。

老太太不再是老太太。她們的臉還是一樣，那種臉已經沒辦法更醜了，可是她們的身體皺縮成棕色毛皮的女巫身軀，長出蝙蝠翅膀，手腳看起來像舊建築上吐水怪的腳爪，手提包則變成燃燒的鞭子。

復仇女神圍住格羅佛和安娜貝斯，抽著鞭子嘶吼：「那個在哪裡？在哪裡？」

車上其他人大聲尖叫，縮在位子上發抖，他們也看到了。

「他不在這裡！」安娜貝斯大叫：「他走了！」

復仇女神舉起鞭子。

安娜貝斯抽出青銅匕首，格羅佛則從零食包裡抓起鋁罐，準備朝她們丟過去。

接下來，我的行爲很衝動，而且很危險。我應該要被封爲本年度經典閱讀障礙與注意力不足過動兒才對。

巴士司機分心了，努力看後照鏡，想知道發生什麼事。

我保持隱形，從他手中抓過方向盤，用力的往左轉。車上的人被拋向右邊時發出一陣慘叫，同時我也聽到最想聽到的聲音——復仇女神被重重撞在窗子上。

「嘿！」司機大喊：「嘿！哇喔！」

我們互搶方向盤，巴士擦撞著隧道壁滑行而出，壁面與車身金屬摩擦出嘰嘎聲，在我們車子後方擦出超過一公里長的火花。

我們從林肯隧道裡斜斜衝出，回到暴雨中。人類和怪物在巴士裡被拋上拋下，旁邊的車則像保齡球瓶被撞得東倒西歪。

不知怎麼的，司機找到一條叉路，我們衝離高速公路，穿過六個紅綠燈，在一條紐澤西的鄉村小路上放慢速度。你絕不會相信出紐約市後只穿過一條河，眼前景象竟然變得如此荒涼，一棟房子也沒有。森林在我們的左邊，哈德遜河在我們右邊，而司機似乎是想將巴士往河那邊開過去。

另一個好主意湧現，我啓動緊急煞車。

巴士發出尖銳的聲音，在溼滑的柏油路上三百六十度打轉，然後撞進樹林裡。緊急燈號亮起，門打開了。司機是第一個衝出去的人，乘客們邊大叫邊跟在他後面。我走到司機的位子上讓乘客順利通過。

復仇女神重新站穩，她們對著安娜貝斯甩出鞭子。安娜貝斯揮舞著匕首，口中大喊古希臘語，要她們退後離去。格羅佛則丟出了鋁罐。

我看著敞開的前門。其實我可以任意離去，但我不能丟下我的朋友。我脫下隱形帽，大叫：「嘿！」

復仇女神轉身，對我露出黃色尖牙，這時從出口逃走突然又變成很棒的點子。道斯老師昂首闊步沿著走道前進，就像她在課堂上一樣，要過來送給我一個F，正是我的數學成績。每當她輕抽一下鞭子，紅紅的火花就在帶刺的鞭子周圍跳動著。

她那兩個醜惡的姊妹，一人一邊，在她兩旁的座位上方移動，緩慢往我這裡爬過來，像是兩隻噁心的大蜥蜴。

「柏修斯．傑克森，」道斯老師說，我確定她的口音是喬治亞州以南某地的腔調。「你觸怒了天神，你必須死。」

「我比較喜歡你當數學老師的時候。」我告訴她。

她咆哮著。

安娜貝斯和格羅佛小心的移動到復仇女神後面尋找出口。

我從口袋裡拿出原子筆，把筆蓋拿下來，伸長成一支閃閃發亮的雙刃劍。

復仇女神遲疑了一下。

道斯老師曾經嘗過波濤劍的威力，顯然她不想再看到它。

「屈服吧，」她嘶嘶低吼：「這樣你就不會遭受永恆的痛苦。」

「說得好。」我對她說。

「波西，小心！」安娜貝斯大喊。

道斯老師揮動鞭子纏住我持劍的手，在她兩邊的復仇女神也同時直撲而來。

我的手像是被熔化的鉛固定住，但我努力穩住不讓波濤劍掉下。我用劍柄刺向左邊的復仇女神，她向後倒進座位中；接著，我轉身劈開右邊的復仇女神，當劍刃接觸到她的脖子時，她尖叫著，身體爆開化成灰。安娜貝斯像摔角手一樣從背後抓住道斯老師，猛力將她往後拉，這時格羅佛扯掉她手上的鞭子。

「噢！」他大叫：「哇！好燙！燙！」

方才我用劍柄猛擊的那個復仇女神又起身朝我而來。她伸出爪子，我揮起波濤劍，而她像被擊中的陶罐一樣爆碎開。

道斯老師努力想將背上的安娜貝斯甩下來。她又踢又抓，嘶吼亂咬，不過安娜貝斯仍然緊抓不放，這時格羅佛將道斯老師的腳用她自己的鞭子綁起來。最後，他們兩個用力從她背後一拉，將她拉倒在走道上。道斯老師想要爬起來，但她沒有足夠空間展開蝙蝠翅膀，只能繼續倒在地上。

「宙斯將毀滅你！」她詛咒著：「黑帝斯將抓走你的靈魂！」

「Braccas meas vescimini!」我大喊。

我不知道這句拉丁話是哪裡蹦出來的。我猜這句話的意思是：「吃我的褲子吧！」

閃電搖撼著巴士，我脖子後的汗毛直豎。

「快出去！」安娜貝斯對我大吼。「馬上！」這不用她說我也知道。

我們衝出巴士，發現有的乘客恍惚的走來走去，有的在和司機吵架，有的繞著圈圈邊跑邊喊：「我們快死了！」還有一個穿夏威夷衫的旅客，在我還來不及將筆蓋蓋回劍上時，對著我拍了張照片。

「我們的包包！」格羅佛突然回神，「我們留在……」

轟！巴士的車窗爆裂，乘客四散奔逃尋找掩蔽。閃電將車頂轟出一個大洞。此時車內傳出憤怒的哀嚎聲，那表示道斯老師還沒有死。

「快跑！」安娜貝斯說：「她在召喚救兵！我們必須離開這裡！」

我們跳進森林中，大雨滂沱而下，巴士在身後熊熊燃燒。往前行去，只有一片黑暗。

11 小矮人藝品店

就某方面來說，知道有希臘天神存在其實不錯，因爲只要出了狀況就可以怪到他們頭上。比如說，當你步行離開巴士，而那部巴士剛遭受女巫怪物攻擊，又被閃電打爆，現在還下著雨害你被淋個一身溼等等。大部分的人可能會認爲是自己運氣太差，可是當你是混血人時，你就會明白有些神的力量，眞的可以把你的日子搞得一團糟。

安娜貝斯、格羅佛和我，沿著紐澤西的河岸步行穿過森林。紐約市的燈光使我們身後的夜空一片暈黃，而哈德遜河的味道一直灌進我們的鼻子裡。

格羅佛發抖著，他大大的眼珠縮成一條瞳孔縫，看起來充滿了恐懼。他用驢叫般粗啞聲音說：「三個仁慈女神，一次三個，全都來了。」

我心裡很震撼，巴士車窗的爆裂聲還在耳中響著，不過安娜貝斯仍繼續拉著我們前進。她說：「走吧！走得愈遠愈好。」

「我們所有的錢都留在車上，」我提醒她說：「我們的食物、衣服、所有的東西。」

「喂，假如你沒有決定跳進來打鬥……」

「那你要我怎麼做？看著你們被殺嗎？」

「波西，你不需要保護我，我會好好的。」

「對啊，像潛艇堡一樣被切一刀，」格羅佛插嘴：「但還是好好的。」

「閉嘴，臭山羊。」安娜貝斯說。

格羅佛消沈的發出驢叫聲。「鋁罐……我塞滿鋁罐的完美包包。」

我們踩過爛泥地，穿過噁心的怪樹，那聞起來像臭酸的髒衣服。

幾分鐘後，安娜貝斯過來和我並排走。她說：「喂，我……」她的聲音顫抖。「很感謝你為了我們回來，你眞的很勇敢。」

「我們是夥伴啊，對吧？」

她沈默的走了幾步。「只是，如果你死掉了……撇開這樣對你來說實在很爛之外，也等於結束了這次的尋找任務。這或許是我見到眞實世界的唯一一次機會。」

大雷雨終於停了，我們後方的城市燈光逐漸消失，使我們幾乎身處全然的黑暗中。我幾乎看不到安娜貝斯，除了她金髮上的一點點閃光。

「你七歲之後就沒有離開過混血營了嗎？」我問她。

「沒有……只有短暫的校外教學而已。我爸爸……」

「史學教授。」

「嗯，我不想一直被綁在家裡，我是說，混血營是我的家，」她焦急的將話吐出來，好像深怕有人會阻止她。「在營裡面，你一次又一次受訓練，那些事都很酷，可是眞實世界才是有怪物存在的地方。在眞實世界中，你才能知道自己學得好不好。」

她的聲音聽起來有點缺乏信心，可是我知道她的能力如何。

「你眞的很會用那個匕首啊。」我說。

「你這麼覺得嗎？」

「可以騎在復仇女神肩上駕駛她的人，都會讓我這麼覺得。」

我看不清楚，但我想她可能在微笑。

「跟你說，」她說：「也許我該告訴你……在巴士後面有件事很好笑……」

不論她想說什麼，都被刺耳的「嘟！嘟！嘟！嘟！」聲打斷了，這聲音聽起來很像是貓頭鷹遭到嚴刑拷打的慘叫聲。

「嘿，別忘了我的蘆笛仍然有用！」格羅佛大叫：「如果我記得《找對路》這首歌，我們就能走出森林了！」

他吹了一陣音符，可是這旋律聽起來仍然很像希拉蕊．朵芙的歌。

我們不但沒有找到路，我還重重的撞上一棵樹，頭上腫了個大包。

我要把這項加入「我所沒有的超能力」清單中：紅外線夜視。

在跌倒、咒罵和一堆不幸感覺的伴隨下，我們又走了差不多一公里半的路，我開始看到前面有燈光，是霓虹燈的顏色。我聞到食物的香味，是油炸的、肥美的、超棒的食物。自從到混血之丘後，我沒吃過任何不健康的東西，我們吃的是葡萄、麵包、起司，還有精靈準備的去油脂烤肉。而現在，這個男孩需要來一份雙層起司漢堡。

我們繼續走著，直到看見一條穿過樹林的兩線道公路，路上完全沒有人，也沒有車。路的對面有間倒閉的加油站，以及一九九〇年代的電影看板，還有一間營業中的商店，那就是霓虹燈和食物香味的來源。

那不是我想要的速食店，而是那種在公路邊會出現的怪怪藝品店，賣些草編紅鶴、印地安人木雕、水泥灰熊雕刻品之類的東西。主建築是一間長條型的低矮倉庫，周圍擺著很多雕像。我不可能讀出入口上方的霓虹燈招牌寫些什麼，如果要說有什麼比標準英文字體更能引發我閱讀障礙的話，那一定是紅色霓虹燈上的藝術字了。

「這上面寫什麼鬼？」我問。

「我不知道。」安娜貝斯說。

她這麼熱愛閱讀，讓我完全忘記她也有閱讀障礙。

格羅佛翻譯著：「米耶阿姨的花園小矮人藝品店。」

就像招牌上寫的，入口兩側的確立著兩個水泥做的花園小矮人，留著醜醜的鬍子。他們正在微笑、揮手，好像有人要幫他們拍照一樣。

我穿過街道，跟著漢堡的香味走。

「嘿……」格羅佛警告我。

「裡面的燈是亮著的，」安娜貝斯說：「或許還開著。」

「是餐廳。」我渴望的說。

「是餐廳。」她同意。

「你們兩個瘋了嗎？」格羅佛說：「這個地方很古怪耶。」

我們不理他。

放在前花園的是好幾個雕像，有水泥動物、水泥小孩，還有一個正在吹笛的水泥羊男，這東西讓格羅佛毛骨悚然。

「咩——咩！」他咩咩說著：「這看起來很像我叔叔斐迪南！」

我們停在倉庫門口。

「別敲門，」格羅佛哀求著，「我聞到怪物的味道了。」

「你的鼻子被復仇女神塞住了，」安娜貝斯說：「我只聞到漢堡的味道，難道你不餓嗎？」

「那是肉！」他輕蔑的說：「我吃素。」

「你吃起司玉米捲餅和鋁罐。」我提醒他。

「那些都是素食，好啦，我們快走啦，這些雕像……在看我耶。」

這時，門吱吱嘎嘎的打開來，站在我們前面的是一個高高的中東女子，至少我覺得是。因為除了手以外，她全身都罩在黑色長袍裡面，頭和臉完全用薄紗包住，我只能看到她黑色面紗後的眼睛閃閃發光。她褐色的手看起來很老了，但指甲修得很漂亮，動作優雅，我想她年輕時一定很美麗。

她的聲音也帶點中東腔。「孩子，現在很晚了，不能在外面遊蕩。你們的爸媽呢？」

「他們……嗯……」安娜貝斯開始說。

「我們是孤兒。」我說。

「孤兒？」這位女士說，聽起來很像外國人的口音。「喔，親愛的孩子！不會吧！」

「我們和車隊分開了，」我說：「我們的馬戲團車隊。團長說如果我們迷路的話，就到加油站等他，可是他可能忘記了，還是他說的是另一個加油站。不管怎麼樣，我們迷路了。請問我聞到的味道是食物嗎？」

「喔，親愛的孩子，」女士說：「你們一定要進來，可憐的孩子，我是米耶阿姨，請你們直直走到倉庫後面，那裡有用餐區。」

我們謝謝她，走進屋子裡。

安娜貝斯小聲對我說：「馬戲團車隊？」

「永遠要有策略，對吧？」

「你的腦袋塞滿了海藻。」

倉庫裡擺著更多雕像，姿勢和服裝都不同，臉上的表情也不一樣。一定得有個非常大的花園才放得下這些雕像，因爲它們全是眞人大小。不過，其實現在我滿腦子都是食物。

只因爲肚子餓就走進一個奇怪女士開的店，你可以叫我白痴沒關係，可是有時我就是會做出一些衝動的決定。而且，那是因爲你沒聞到米耶阿姨的漢堡香，這味道像牙醫會使用的笑氣，讓人將其他的事都拋在腦後。我沒注意到格羅佛緊張的嗚嗚聲，也沒察覺雕像的眼睛似乎跟著我轉，更沒看到米耶阿姨在我們身後將門鎖上。

此時的我全副心思只放在尋找用餐區，當然啦，就在倉庫後面，一整條速食櫃台上有烤肉架、汽水機、脆餅加熱機，還有起司醬供應機，有各種你想要的食物。在我們前面還有幾張不銹鋼材質的野餐桌。

「請坐。」米耶阿姨說。

「好酷喔。」我說。

「嗯。」格羅佛勉強說：「可是我們沒有錢，夫人。」

在我戳他胸口之前，米耶阿姨說：「不用，不用，孩子們，不用付錢。這是特殊情況啊，這次我招待，送給乖巧的孤兒。」

「謝謝你，夫人。」安娜貝斯說。

米耶阿姨僵住了，好像安娜貝斯做錯了什麼似的，不過老太太很快就恢復正常，所以我以爲是自己眼花了。

「安娜貝斯，沒問題的，」她說：「孩子，你的灰眼睛很漂亮。」事後回想起來才發現，她怎麼會知道安娜貝斯的名字，我們都還沒自我介紹呢。

女主人消失在櫃台後烹煮食物，我們還來不及看清楚，她就已經拿出了一大盤，上面有雙層起司堡、香草奶昔，還有超級特大份的炸薯條。

在我記起來還得呼吸之前，已經啃掉了一半的漢堡。

安娜貝斯吸乾奶昔。

格羅佛拿起薯條，看著盤子上的油紙襯墊。他好像想要吃，不過還是緊張到沒去吃。

「那個嘶嘶聲是什麼？」他問。

我聽著，可是沒聽到什麼聲音，安娜貝斯也搖搖頭。

「嘶嘶聲？」米耶阿姨說：「或許你聽到的是油炸鍋裡的熱油滋滋響，格羅佛，你的耳朵很靈敏喔。」

「我有吃增進聽力的維他命。」

「眞讓人羨慕。」她說：「不過，請放輕鬆些。」

米耶阿姨沒有吃東西，也沒有拿下頭紗，連煮菜的時候都包著。現在她坐下來，身體微往前彎，手指交疊，看著我們吃東西。有個人盯著我看，我卻看不到她的臉，這讓我有點不安，雖然如此，吃下漢堡後我仍然感到心滿意足，而且有點想睡。不過我知道至少應該和女主人稍微聊一下天。

「那麼，你賣的是花園小矮人。」我努力讓聲音聽起來很感興趣的樣子。

「喔，是的。」米耶阿姨說：「還有動物、人像，擺在花園裡的東西都有在賣。我是根據顧客的訂單來製作，雕像很受歡迎的。」

「店開在這條公路邊，生意好嗎？」

「顧客沒那麼多了，狀況不太好，自從高速公路建好之後……大部分的車子都不走這條路，因此我很珍惜每個顧客。」

我的脖子有點毛毛的，好像有什麼人正在看我。我轉過頭，後面只有一個年輕女孩的雕像，她手上拿著復活節籃子，細節做到不可思議的逼眞，比大部分公園裡看到的雕像都來得好。不過她的臉不太對，因爲她看起來很像受到驚嚇，甚至可以說很害怕的樣子。

「啊。」米耶阿姨難過的說：「你注意到我有些作品沒有做得很好，那些有瑕疵，是非賣品。臉是最難做好的地方，每次都是臉出狀況。」

「你自己一個人做這些雕像？」我問。

「喔，是啊。以前我有兩個姊妹幫我一起照顧生意，不過她們都過世了，現在米耶阿姨是孤單一個人。我所擁有的只有雕像了，這也是我製作他們的原因。你明白吧，他們是陪著我的同伴。」她聲音裡的悲傷如此深刻、眞誠，使我忍不住爲她感到遺憾。

安娜貝斯停止吃東西，身體往前傾說：「兩個姊妹？」

「那是個悲慘的故事，」米耶阿姨說：「不適合孩子聽，眞的。是這樣的，安娜貝斯，很久以前，我還很年輕的時候，有個壞女人嫉妒我。我有一個……男朋友，可是這個壞女人想拆散我們，她做了可怕的事。我的姊妹們支持我，她們盡力分擔我的厄運，可是最後都死了，她們離我而去。我孤單的活下來，卻付出了很大的代價，唉，如此的代價。」

我不太明白她的意思，可是我替她難過。我的眼皮愈來愈重，整個身體都逐漸睡去。可憐的老太太，誰會想傷害這麼好的人呢？

「波西？」安娜貝斯搖醒我，「我想我們該走了，馬戲團團長還在等我們呢。」

不知道爲什麼，她的聲音聽起來很緊張。格羅佛正把油紙拉出盤子吃掉，不知道米耶阿姨有沒有發現這件怪事，不過她沒說什麼就是了。

「好漂亮的灰眼睛。」米耶阿姨又對安娜貝斯說一次。「我啊，對，在很久以前看過像你這樣的灰眼睛。」

她伸出手好像要拍拍安娜貝斯的臉頰，這時安娜貝斯突然站起來。

「我們眞的該走了。」

「對！」格羅佛吞掉油紙，站了起來。「團長在等！沒錯！」

我不想走，我覺得很飽而且很滿足。米耶阿姨人這麼好，我想在她這邊多待一會兒。

「拜託，親愛的，」米耶阿姨懇求我們說：「我很少和孩子在一起，在你們離開之前，至少坐著擺個姿勢，好嗎？」

「擺個姿勢？」安娜貝斯謹愼的問。

「拍張照片，我想用你們的樣子做一組新雕像。小孩的雕像很受歡迎，大家都愛小孩。」

安娜貝斯挪動了一下身體，然後她說：「夫人，我想我們辦不到。波西，走吧。」

「我們當然辦得到。」我對安娜貝斯很火大，她對剛才免費招待我們的老太太這麼跋扈、粗魯。「安娜貝斯，只是拍張照片，又不會怎樣！」

「是啊，安娜貝斯，」米耶阿姨很開心的說：「不會怎樣的。」

我發現安娜貝斯不喜歡這樣，但她還是讓米耶阿姨領著我們從前門走到雕像花園中。

米耶阿姨帶我們到一張公園長椅前，旁邊是一個羊男石雕。「現在，」她說：「我來幫你們調整位置。我想想，小淑女在中間，兩位小紳士各站一邊好了。」

「在這邊拍照的話，光線不太夠。」我注意到這件事。

「喔，夠的。」米耶阿姨說：「我們都看得到彼此，不是嗎？」

「你的相機在哪裡？」格羅佛問。

米耶阿姨往後退一點，好像準備要拍了。「現在，臉是最困難的部分，請你們對著我笑好嗎？每個人都要開心的笑喔。」

格羅佛瞥了一眼他旁邊的水泥羊男，低聲咕噥：「這真的很像斐迪南叔叔。」

「格羅佛，」米耶阿姨斥責他：「親愛的，看這邊。」

她手上仍然沒有相機。

「波西……」安娜貝斯說。

本能告訴我應該要聽安娜貝斯的，但我正在和睡意搏鬥，這舒適的睡意來自於食物和老太太的聲音。

「只要一下下就好了，」米耶阿姨說：「是這樣的，我包著面紗看不太清楚你們……」

「波西，事情不對勁。」安娜貝斯堅持。

「不對勁？」米耶阿姨說，開始解開她的頭紗。「親愛的，怎麼會呢？我今晚有了這麼高貴的同伴，怎麼可能不對勁？」

「他是斐迪南叔叔！」格羅佛倒抽了一口氣。

「不要看她！」安娜貝斯大喊，她抽出洋基棒球帽戴到頭上，隱形起來，用她的隱形手把格羅佛和我推出長椅。

我倒在地上，看到米耶阿姨穿著綁帶涼鞋的腳。

我聽得出來格羅佛爬了出去，安娜貝斯往另一個方向，可是我頭好昏，完全動不了。

這時，我聽到上方有一個陌生的、刺耳的聲音。我的眼睛往上看到米耶阿姨的手，她的皮膚長出了許多小瘤，指甲是尖銳的銅爪。

我幾乎要往更上方看了，但左邊傳來安娜貝斯的尖叫：「不，不要！」

更多刺耳的聲音，是小小的蛇，就在我上方，從……好像是在米耶阿姨的頭上吧。

「快跑！」格羅佛咩咩叫，我聽到他快速跑過碎石路的腳步聲。他大喊：「瑪亞！」啓動了他的飛鞋。

我無法動彈，只能瞪著米耶阿姨長瘤的爪子，試著和恍惚的昏睡狀態搏鬥。

「毀了這麼一張英俊年輕的臉龐實在太可惜了。」她輕柔的安慰我說：「波西，留在我身邊吧，你只要往上看就可以了。」

我抵抗著，努力不去遵從這個勸說。我往旁邊看，看到一顆放在花園當裝飾的玻璃球，這是鏡面球。我可以在橘色玻璃球上看到米耶阿姨黑黑的人影反射在上面，她的頭紗不見了，露出的臉像是一閃一閃的灰圓圈，她的頭髮像蛇一樣扭動著。

「米耶」阿姨。

唸快一點就變成「梅」阿姨。

我怎麼會這麼笨！

快想起來，我告訴自己，快想想梅杜莎[46]在神話裡是怎麼死的。

可是我想不出來。有個聲音告訴我，在神話裡，梅杜莎是在睡夢中被和我同名的英雄柏修斯殺了。可是現在她一點也不想睡，甚至可以立刻舉起爪子抓破我的臉。

「波西，那個灰眼睛的人這樣對待我，」梅杜莎說著。她聽起來一點都不像怪物，她的聲音邀請我往上看，請我憐憫一個可憐的老奶奶。「安娜貝斯的媽媽，那該死的雅典娜，把我從美女變成這樣。」

「別聽她的！」安娜貝斯的聲音從某個雕像傳出：「波西，快跑！」

「安靜！」梅杜莎咆哮著。然後她和緩下來，回復到令人愉悅的聲音。「波西，你明白我必須毀了這女孩的原因，她是我敵人的女兒，我會粉碎她的雕像，讓她化為塵土。至於你，親愛的波西，你不需要受到那種待遇。」

「不。」我呻吟著，試著活動我的腳。

「你真的想幫忙天神嗎？」梅杜莎問：「波西，你知道在這愚蠢的任務中，等待你的是什麼嗎？假如你到冥界去，會遇到什麼事？親愛的，別當奧林帕斯天神的人質。你變成雕像，遠離這件事，對你會比較好。不再痛苦，不再痛苦啊。」

「波西！」我聽到後面傳來嗡嗡聲，像有一群蜂鳥一起俯衝。格羅佛大吼：「閃！」

我轉頭，他在夜空中，從十二點鐘方向飛過來，腳上的鞋拍動著翅膀。格羅佛抱著一支球棒大小的樹枝，眼睛緊閉，頭轉來轉去，他只靠耳朵和鼻子辨識方向。

「快閃！」他再次大叫：「我要打她！」

我總算能動了。格羅佛一定打不中梅杜莎，反而會打到我。我趕緊閃到另一邊。

砰！

一開始我以為是格羅佛撞到樹的聲音，這時傳來梅杜莎狂怒的吼叫聲。

「你這討厭的羊男，」她咆哮著：「我要把你加進我的收藏品！」

「這一下是為了斐迪南叔叔！」格羅佛吼回去。

我爬著離開，躲在雕像群中。這時格羅佛俯衝而下，發動新一波攻擊。

砰砰！

「啊！」梅杜莎大吼，她的蛇髮嘶嘶吐著舌信。

就在我旁邊，安娜貝斯的聲音響起：「波西！」

㊻梅杜莎（Medusa），三位蛇髮女怪（Gorgon）之一，任何人只要看到她的臉就會變成石頭。

我跳了起來，差點跳得比花園小矮人的頭還高。「噓！小聲點！」

安娜貝斯脫下棒球帽現身，「你必須將她的頭砍斷。」

「什麼？你瘋了嗎？我們趕快離開這裡。」

「梅杜莎是個討厭鬼，她很邪惡，我很想親自殺了她，可是……」她吞了一口口水，像是要做一個重大的決定。「可是你有更好的武器，而且因爲我媽媽的關係，我沒辦法靠近她，她會把我切成碎片。可是你……你還有機會。」

「什麼？我不會……」

「聽好，你希望她把更多無辜的人變成雕像嗎？」

她指著一對情侶雕像，一個男生和一個女生手挽著手，他們被怪物變成了石頭。

安娜貝斯從最近的花台上抓起一個綠色的鏡面球。「用打磨光亮的盾牌會更好。」她挑剔的打量著這個球，「凸面會造成變形，反射的成像尺寸應該會隨著改變……」

「你是在說英文嗎？」

「我是！」她把玻璃球丟給我，「只能透過玻璃看，千萬不要直接看她。」

「嘿，你們！」格羅佛在我們上空大喊：「我想她應該不省人事了！」

「吼！」

「也許還沒。」格羅佛更正。他準備用樹枝進行另一次攻擊。

「快點。」安娜貝斯對我說：「格羅佛的鼻子雖然很靈，可是有可能撞錯。」

我拿出筆，將筆蓋拿下，波濤劍在我手中伸長。

我隨著梅杜莎頭髮的嘶嘶吐信聲走過去。

我的眼睛死盯著鏡球，所以只能看到梅杜莎的反映成像，不是眞正的實體。這時，我在綠色的玻璃中看到她了。

格羅佛正發動新一輪的攻勢，不過這次他飛得有點低。梅杜莎抓住棒子，把他的方向拉偏，他從空中踉蹌跌下，一頭撞在一個石頭灰熊的手臂上，發出很痛的叫聲：「哎唷！」

梅杜莎即將撲向他，這時我大喊：「嘿！」

我朝她前進，但這不太容易，因爲手上拿著一把劍和一個玻璃球。假如此時她衝過來，我很難防禦。

但她卻讓我靠近，六公尺、三公尺。

我現在可以看到她臉的反射影像。並不是眞的那麼醜陋，一定是這綠色捲捲頭扭曲了她的樣子，使她看起來比較糟。

「波西，你不會傷害老太太。」她輕聲低語：「我知道你不會。」

我遲疑了，玻璃中反射出來的臉龐使我難以動彈。透過綠色玻璃，那彷彿燃燒起來的眼睛讓我的手臂軟弱無力。

石頭灰熊那邊傳來格羅佛的呻吟：「波西，別聽她的！」

梅杜莎衝過來說：「太遲了！」

她的爪子撲向我。

我拿起劍朝上砍，聽到一聲噁心的「唰！」，然後是風從山洞疾吹而出的嘶嘶聲，那是怪物崩解的聲音。

有東西掉到我腳邊，我使出全部的意志力不要去看。我可以感覺到熱熱黏黏的液體滲進了我的襪子，垂死的小蛇頭用力拉扯著我的鞋帶。

「喔，好噁。」格羅佛說。他的眼睛仍然緊閉著，可是我猜他聽得到這東西流出液體和蒸發成氣體的聲音。「超噁的。」

安娜貝斯走到我旁邊，她的眼睛盯著天空，手拿著梅杜莎的黑頭紗對我說：「別動。」她非常非常小心，絕不往下看。她跪著用黑布將怪物的頭蓋住，然後拿起來。那東西還滴著綠色的汁液。

「你沒事吧？」她問我，聲音發抖。

「嗯。」我確定的說，雖然現在我感覺上像是被迫放棄雙層起司漢堡一樣。「爲什麼……她的頭沒有蒸發？」

「一旦你切斷它，它就會變成戰利品，」她說：「和彌諾陶的角一樣。不過千萬不要掀開頭巾，這個頭仍然能讓你石化。」

格羅佛邊哀嚎邊從灰熊雕像爬下來。他的額頭像被打了一拳，綠色的牙買加帽掛在其中一支小羊角上。他的假腳從蹄上脫落了，魔法運動鞋在頭上漫無目標的繞圈圈。

「空中戰士。」我說：「幹得好，好傢伙。」

他不好意思的笑著說：「不好玩，嗯，用棒子打她那一段還算不錯啦。可是撞上水泥熊眞是一點也不有趣。」

他抓住飛在頭上的鞋子，我把筆蓋蓋回劍上。我們三個人一起回到倉庫裡。

我們在櫃台後面找到幾個舊舊的雜貨店塑膠袋，把梅杜莎的頭再多包一層，丟到剛才我們吃晚餐的桌上。然後我們圍著它坐下，累到說不出話來。

終於我開口說：「所以，我們應該爲了這怪物好好謝謝雅典娜囉？」

安娜貝斯火大的看著我。「該謝謝你爸爸啦！你不記得嗎？梅杜莎是波塞頓的女朋友，他們在我媽媽的神殿約會，那是雅典娜將她變成怪物的原因。梅杜莎和她那兩個幫助她進入神殿的姊妹變成了三個蛇髮女怪。這就是爲什麼梅杜莎想把我剁碎，卻想把你保存下來變成完美雕像的原因。她仍然對你爸爸一往情深，你可能讓她想起了他。」

我的臉在發燙。「喔，所以遇到梅杜莎都是我的錯囉。」

安娜貝斯坐直身子，模仿我說話的樣子，「安娜貝斯，只是拍張照片，又不會怎樣！」她模仿得眞差。

「別說了，」我說：「一點都不像。」

「你才叫人受不了呢。」

「你是……」

「嘿！」格羅佛打斷我。「你們兩個害我偏頭痛啦，本來羊男根本不會偏頭痛的。我們該怎麼處理這顆頭？」

我瞪著塑膠袋裡這東西，一隻小蛇掛在小洞外。袋子一邊印了一排字：銘謝惠顧。

我很生氣，不是針對安娜貝斯或是她媽媽，而是針對天神，針對於這個任務的全部，針對把我們炸出公路，還有針對我們離開營隊第一天就身陷兩場大戰而生氣。照這樣下去，我們絕對沒辦法活著到達洛杉磯，更不用說要在夏至之前了。

梅杜莎怎麼說來著？

她說：「親愛的，別當奧林帕斯天神的人質。你變成雕像，遠離這件事，對你會比較好。」

我站起身說：「等我一下。」

「波西，」安娜貝斯在後面叫我：「你說什麼……」

我在倉庫後面搜尋，找到了梅杜莎的辦公室，她的帳簿顯示她最新的六筆交易，所有的貨品都是運送到冥界裝飾黑帝斯和泊瑟芬[47]的花園。根據其中一筆運費帳單顯示，冥界的寄送地址是DOA錄音室，位於加州的西好萊塢。我將帳單折起來，塞進口袋裡。

我在收銀機裡找到二十美元、幾個古希臘金幣，還有幾張荷米斯二十四小時快遞的寄送單，每張都繫著一個放硬幣的小皮袋。我仔細的翻找辦公室其他地方，終於找到一個大小剛好的盒子。

我回到晚餐桌，把梅杜莎的頭放進盒子，將地址條填好。

紐約州紐約市帝國大廈六百樓
奧林帕斯山的天神　收

祝福大家

波西．傑克森

「他們不會喜歡這樣的。」格羅佛警告我：「他們會認爲你傲慢無禮。」

我倒出幾個古希臘金幣到郵袋中，當我關上袋子時，出現一個像是收銀機的聲音。這個包裹往上飄離桌子。碰！消失了！

「我就是傲慢無禮。」我說。

我看著安娜貝斯，準備面對她的批評。

但她沒有。她似乎接受了這個事實：我最重要的天分就是罵天神。「走吧。」她低聲說：「我們需要新的計畫。」

㊼ 泊瑟芬（Persephone），冥王黑帝斯的妻子。她是農業之神狄蜜特的女兒，被冥王擄走。狄蜜特因為太過傷心致使大地成為枯原，後來由宙斯協調，讓泊瑟芬半年住冥界，半年回到母親身邊。於是每年秋冬時節，萬物不生，就是泊瑟芬離開母親回到冥界的日子。

12 粉紅獅子狗

那天晚上，我們眞的很慘。

我們在森林裡的潮溼土地上露營，離主要公路大概有一百公尺遠，附近的小孩顯然常到這裡辦派對，因爲地上到處是踩扁的汽水罐和速食包裝紙的垃圾。

我們從米耶阿姨那裡拿了一些食物和毯子，不過不敢生火烤乾溼衣服。復仇女神和梅杜莎已經讓這一天夠刺激了，我們不想再引來任何東西。

我們決定輪流睡，我自願第一個守夜。

安娜貝斯在毯子上蜷縮著，每次頭碰到地上時她就會打呼。格羅佛穿著飛鞋，飛到最低的大樹枝上，背靠著樹幹凝視夜空。

「你先睡一下吧。」我告訴他：「有麻煩的話，我會叫醒你。」

他點點頭，可是仍然沒有閉上眼睛，「波西，我覺得好難過。」

「爲什麼？你是說報名參加這個愚蠢的尋找任務嗎？」

「不是，是這個讓我難過。」他指著滿地的垃圾說：「還有天空，你甚至看不到星星，因爲他們已經汙染了天空，對羊男來說，這是個糟糕的時代。」

「喔，這樣啊。我猜你是個環保人士。」

他瞪了我一下。「只有人類不環保，你們這個物種快速的將世界塞滿……啊，別在意，對一個人類講這些是沒有用的，事情照這樣發展下去，我會永遠找不到潘[48]。」

「盤？吃飯用的盤子嗎？」

「是潘！」他生氣的大叫，「偉大的天神潘！不然你以爲我爲什麼想拿到探查者執照？」

一陣奇特的微風吹來，將垃圾和髒東西的惡臭暫時吹走，帶來了清新的氣味，這股味道混合著莓果、野花和乾淨雨水，都是應該出現在森林裡的東西。不知道爲什麼，我突然湧起了一股鄉愁。

「告訴我尋找潘的事情。」

格羅佛謹慎的打量我，好像怕我只是說好玩的而已。

「野地之神在兩千年前消失了。」他告訴我：「有一個離開伊芙索斯[49]海岸的水手聽到一個悲慘的聲音從海岸傳來：『告訴他們偉大的天神潘已經死去！』人類相信了這個消息。自此之後，人類侵佔了潘的領土。可是對羊男來說，潘是我們的主人和導師，他保護我們以及地球的野地。我們拒絕相信他死了，每一代中都有最勇敢的羊男們誓言不惜生命去尋找潘。

---

[48] 潘（Pan），希臘神話中的野地之神，是牧羊人的守護神，也是羊男的首領。他是荷米斯的兒子，外表半人半羊，長著羊角和羊蹄。他個性活潑，精力旺盛，以山林原野為家，還擅長用蘆笛吹奏優美的曲子。

[49] 伊芙索斯（Ephesos），古希臘城市，現今屬於土耳其，位在土耳其第三大城伊茲密爾（Izmir）南方。

他們要找遍地球，到所有最原始的荒野探險，希望找到他的藏身之地，把他從睡夢中喚醒。」

「所以你想要當探查者。」

「這是我此生的夢想。」他說：「我爸爸是探查者，還有我叔叔斐迪南……就是你在那裡看到的雕像。」

「喔，我很遺憾。」

格羅佛搖搖頭說：「斐迪南叔叔知道這工作有危險，我爸爸也是。不過，我會成功的，我會是第一個活著回來的探查者。」

「等等，你說第一個？」

格羅佛從口袋裡拿起蘆笛。「從來沒有探查者回來過，他們一出發就消失不見，從來沒有活著回來。」

「兩千年來一個都沒有？」

「沒有。」

「那你爸爸呢？你完全不知道他怎麼了？」

「不知道。」

「可是你還是想去。」我很驚訝，「我是說，你眞的認爲你會是那個找到潘的探查者嗎？」

「波西，我必須相信我是，每個探查者都是這樣想的。當我們眼睜睜看著人類對這世界的所作所爲時，唯有這件事能讓我們不致於陷入絕望。我必須相信潘仍然可以被喚醒。」

我盯著天空中橘色的薄霧，試圖理解格羅佛怎能追求一個幾乎沒有希望的夢想。這時我又想到，我的情況有比較好嗎？

「那我們去冥界的事又如何？」我問他：「我是說我們和天神對抗，成功的機會多大？」

「我不知道？」他坦白承認。「不過梅杜莎那件事，你在她辦公室找東西的時候，安娜貝斯告訴我……」

「喔，我倒忘了，安娜貝斯總是能想出計畫的。」

「波西，別對她這麼嚴苛，她很強硬固執，不過她是好人。畢竟她原諒了我……」他的聲音顫抖。

「你說什麼？」我問：「原諒你什麼？」

格羅佛突然很專心的吹起蘆笛。

「等一下。」我說：「你第一個守護者的工作是在五年前，安娜貝斯也是五年前到營隊來的。她該不會就是……我是說，你第一次工作時出錯的……」

「我沒辦法談這件事。」格羅佛說，他的下唇顫抖著，看樣子我再繼續逼他的話，他就要哭了。「我剛剛說，在梅杜莎那裡時，安娜貝斯和我都覺得這個尋找任務中有件事有點奇怪，和表面上看到的不一樣。」

「嗯，那當然啊，表面上我因爲偷了閃電火被責怪，事實上是黑帝斯拿的。」

「我不是說這件事。」格羅佛說：「那些復仇……仁慈女神好像有點保留，就像楊西的道斯老師……爲什麼她要等這麼久才殺你？還有在巴士上，她們沒有使出全部的戰鬥力。」

「對我而言，她們已經使出全力了。」

格羅佛搖搖頭說：「她們那時對我們大叫：『那個在哪裡？在哪裡？』」

「她們是在找我啊。」我說。

「或許吧……可是安娜貝斯和我都覺得她們找的不是一個人，她們是說『那個』，似乎是在找一個東西。」

「那不合理。」

「我知道，可是我們如果誤判了，而我們又只剩九天的時間可以去找出閃電火……」他看著我，像是希望得到答案，可是我沒有答案。

我想起梅杜莎說的，我被天神利用，前方等著我的事情比變成石頭還要糟糕。「我沒有對你坦白，」我告訴格羅佛：「我不在意閃電火的事。我答應去冥界，是爲了帶我媽回來。」

格羅佛用蘆笛吹出溫柔的音符，他說：「我知道，可是你確定這是唯一的原因嗎？」

「我不是爲了幫我爸爸，他不在乎我，我也不在乎他。」

格羅佛從樹枝往下看。「波西，你聽著，我不像安娜貝斯那麼聰明，也沒有你勇敢，但是我很擅長讀情緒。其實你很高興爸爸還活著，他認你的時候，你很高興。有部分的你想讓他以你爲榮，那是你把梅杜莎的頭寄到奧林帕斯的原因，你想讓他看看你完成了哪些事。」

「是嗎？或許羊男的情緒和人類的不一樣，因爲你錯了，我根本不在乎他怎麼想。」

格羅佛把他的腳拉到樹枝上。「好吧，波西，無所謂。」

「另外，我也沒有完成什麼值得誇耀的事情。我們勉強離開了紐約，而且被困在這裡，沒有錢，也沒有任何辦法往西走。」

格羅佛看著夜空，像是在想這個問題。「我先來守夜怎麼樣？你先睡一下。」

我想要反對，可是他開始吹起莫札特，輕柔而甜美。我轉過身，眼睛有點酸，在第十二號鋼琴協奏曲的幾個小節之後，我睡著了。

夢裡的我站在黑暗的山洞中，前面是一個裂開的坑，灰霧狀的生物在我四周翻騰，不知怎的，我知道這些低語的煙是死者的亡魂。

他們用力拉扯我的衣服，想把我往後拉，可是我又被迫往前走到深淵的邊緣。往下看讓我頭暈。

裂縫的開口很寬，而且是全然的漆黑，我知道那一定是個無底洞。而且，我感覺到有個東西正試著從深淵底往上爬，是一個很巨大、很邪惡的東西。

「小英雄，」有個聲音在黑暗的深處迴盪，它得意的說著：「太弱小，太年輕，不過或許你能做得到。」

這個聲音感覺很古老、很冰冷、很沈重，像鉛做的被單一樣將我包裹起來。

「他們欺騙你，孩子。」這聲音說：「和我交易，你想要的東西，我會給你。」

一個閃閃發光的影像停在裂縫上，是媽媽，是她融化成金光前的那一刻。她的臉因痛苦而扭曲，好像彌諾陶仍然勒住她的脖子一樣。她的眼睛直視著我，說：「快走！」

我試著大喊，但聲音出不來。

冰冷的笑聲迴盪在深淵中。

一股看不見的力量將我往前推，要不是我已經站穩，那力量就要把我拉進坑裡去了。

「孩子，幫我升起來。」這聲音變得很渴望，「把閃電火給我，打擊奸詐的天神！」

死者的亡魂在我周圍低語：「不要！醒醒！」

媽媽的影像開始褪去，坑裡的東西將夾住我的隱形鉗子收緊。

我明白它不是想拉我進去，它是想利用我把它拉出來。

「很好。」它低聲咕噥：「很好。」

「醒醒！」死者低語：「醒醒！」

有人在搖我。

我的眼睛張開，天已經亮了。

「喔，」安娜貝斯說：「原來你這殭屍是活的。」

我因爲這個夢而發抖，我的胸部還能感覺到深淵怪物鉗住我。「我睡多久了？」

「久到夠我做好一頓早餐了。」安娜貝斯丟給我一袋起司口味的玉米片，是從米耶阿姨的櫃台拿來的。「而且格羅佛剛剛去探險，你看，他交了一個朋友。」

我的眼睛不太能對焦。

格羅佛雙腳交疊坐在毯子上，膝蓋上有個毛茸茸的東西，是一隻髒髒的、不太自然的粉紅色填充玩具。

不，那不是填充玩具，那是隻眞的粉紅獅子狗。

獅子狗很多疑，對著我狂吠。格羅佛說：「不，他不是。」

我眨眨眼。「你……你在對那東西說話嗎？」

獅子狗吠叫著。

「這東西，」格羅佛警告我：「是我們往西的車票，要對他好一點。」

「你能和動物說話？」

格羅佛沒理會這個問題。「波西，這位是葛雷迪歐拉。葛雷迪歐拉，他是波西。」

我看著安娜貝斯，猜想她會因爲和格羅佛一起耍我而樂不可支，但她看來超級認眞。

「我不跟粉紅獅子狗打招呼。」我說：「別鬧了。」

「波西，」安娜貝斯說：「我已經向獅子狗說哈囉了。你也快跟獅子狗說哈囉。」

獅子狗大聲吠著。

我向獅子狗說了哈囉。

格羅佛解釋，他偶然在森林裡碰到葛雷迪歐拉，然後他們聊了一下。獅子狗是從當地一個有錢人的家裡跑出來，爲了將他找回去，那一家人公告提供兩百美元的謝禮。葛雷迪歐拉不太想回家，但是假如能幫助格羅佛的話，他願意回去。

「葛雷迪歐拉怎麼知道謝禮的事？」我問。

「他看到告示。」格羅佛說：「廢話。」

「當然是廢話。」我說：「你當我白痴喔。」

「那麼，我們將葛雷迪歐拉送回去，」安娜貝斯用她那最佳策略的語氣說：「我們會拿到錢，然後買車票去洛杉磯，就這麼簡單。」

我想到我的夢，死者的低語聲，深淵裡的東西，還有媽媽融化成金光時的臉。這些可能全都在西方等著我。

「別再坐巴士了。」我小心翼翼的說。

「不坐巴士。」安娜貝斯贊成。

她指著山丘下的火車鐵軌，昨晚在黑夜中看不到它。「往那裡走約八百公尺，就有全美鐵路的火車站，根據葛雷迪歐拉所說，西行的火車在中午開車。」

13 墜入死亡

我們在全美鐵路的火車上花了兩天時間往西行，穿過群山和溪河，還有琥珀色的麥浪。我們沒有再遭到攻擊，但我還是無法放鬆心情。我覺得我們像是在透明展示箱中旅行，無論上面或下面都有人在注視我們，而某個東西正在等待現身的最佳時機。

我試著保持低調的穿著，因為我的名字和照片出現在東岸幾份報紙的前幾版。像是《特倫頓新聞報》有登出一名旅客拍的照片，就在我剛離開灰狗巴士時。我的表情看起來很瘋狂，手中的劍拍起來很模糊，但看得出是金屬，比較像是一支棒球或曲棍球棒。

圖片旁的說明寫著：

目前正在通緝中的波西・傑克森在這裡現身。他今年十二歲，疑似犯下兩星期前發生在長島的失蹤案，失蹤者是他的母親。照片拍攝到他剛從巴士逃出的樣子。他在巴士上曾與幾位年長的女性乘客攀談。在傑克森逃離現場後不久，這部停在紐澤西東部公路邊的巴士隨即發生爆炸。根據目擊者的說法，警方相信這名男孩可能和另外兩名青少年同夥一起旅行。他的繼父蓋柏・亞力安諾願意發放懸賞金給提供逮捕線索的民眾。

「別擔心，」安娜貝斯告訴我：「凡人警察從來沒能找到我們。」但她的口氣聽起來並不是很肯定。

這天大部分的時間，我都在重複用步長來測量火車車廂長度，因爲我眞的坐不住，其他時候就看看窗外的風景。

有一次，我看到一個半人馬家族在麥田裡來回奔馳獵捕午餐，弓已經拉開準備著。其中那匹小人馬依身材推斷大約是二歲，他看到我在看他，向我揮揮手。我看看左右邊車廂的旅客，沒有人注意到這件事，所有大人都把頭埋在筆記型電腦或雜誌裡。

還有一次是在快傍晚的時候，我看到某個巨大的東西在森林裡穿梭。我發誓那是一隻獅子，可是美國根本沒有野生的獅子，而且牠有一台軍用越野車那麼大。牠的毛在黃昏的夕陽下金光閃閃，接著跳進樹叢中消失了。

我們歸還獅子狗葛雷迪歐拉的謝禮只夠我們買到丹佛的車票，而且當然也買不起臥鋪，只能在座位上打瞌睡。我的脖子睡到僵硬，而且因爲安娜貝斯坐在我的右邊，我還得努力避免在睡著時流口水。

格羅佛一直打呼又咩咩叫，吵醒我好幾次。有一次，因爲他的腳在地上拖來拖去，以致於鞋子掉了出去，趁其他乘客還沒注意到之前，安娜貝斯和我趕快幫他把鞋子穿回去。

另一次，在我們幫格羅佛穿好飛鞋時，安娜貝斯問我：「所以，是誰想要你幫忙？」

「什麼意思？」

「你剛剛睡著的時候碎碎念說：『我不會幫你的。』你夢到誰了？」

我本來不想說，但這是我第二次夢到裂縫裡那個邪惡的聲音。這實在太令我困擾，所以最後我還是告訴她了。

她沈默許久後說：「聽起來不像黑帝斯，他出現時都坐在黑色王座上，而且從來不笑。」

「他要用我媽媽跟我做交易，有誰會做這種事？」

「我猜……如果他說『幫我從冥界升起來』，那是不是表示他想和奧林帕斯眾神大戰？可是，假使他已經有了閃電火，為什麼還要你帶給他？」

我搖搖頭，要是知道答案就好了，我想起格羅佛說的，復仇女神在巴士上的時候，好像在找什麼東西。

那個在哪裡？在哪裡？

格羅佛可能感覺到我的情緒，在睡夢中哼一聲，喃喃說著蔬菜什麼的，還轉了轉頭。

安娜貝斯幫他調整一下帽子，讓帽子蓋住他的角。「波西，你不能和黑帝斯交易。他是騙子，既冷酷又貪婪。我不管仁慈女神這次是不是那麼好解決……」

「這次？」我問：「你是說你以前遇過她們？」

她不自覺的抬起手摸著她的項鍊。她用手指撥弄一顆白色釉面珠子，珠子上畫著一棵松樹，那是她每年暑期結束時的紀念陶珠。「我只是要說，我非常不喜歡冥王，你不可以為了你媽媽去做交易。」

「假如是你爸爸的話，你會怎麼做？」

「很簡單，」她說：「我會讓他在那裡放到爛。」

「你不是說眞的吧？」

安娜貝斯灰色眼睛注視著我。在營區的森林裡，她拔劍對付地獄犬那一刻，也是這個表情。「波西，我爸從我出生那一天起就怨恨我。」她說：「他根本不想要小孩，當我出生後，他問雅典娜可不可以把我抱回奧林帕斯養育，因爲他工作太忙了。我媽很不高興的對他說，英雄必須由凡人的一方照顧。」

「可是那你怎麼……我是說，我猜你不是在醫院出生的吧？」

「我出現在我爸爸家門口的台階上，放在一個金搖籃裡，是西風從奧林帕斯把我送過去的。你一定以爲我爸會把這件事當成奇蹟，拿起數位相機拍幾張照片做紀念。可是他沒有，只要一說起我的出現，就好像這是他這輩子碰過最麻煩的事。在我五歲時，他結婚了，完全忘了雅典娜。他有了『正常』的凡人妻子，還生了兩個『正常』的凡人小孩，而且裝作一副我不存在的樣子。」

我望著車窗外，沈睡小鎭的幾點燈光從眼前漂流而去。我想安慰安娜貝斯，卻不知道該怎麼說。

「我媽和一個很糟糕的傢伙結婚。」我告訴她：「格羅佛說她這樣做是爲了保護我，要把我藏在人類家庭的氣味裡，或許這也是你爸的想法。」

安娜貝斯繼續撥弄她的項鍊，她捏著掛在上面的大學紀念金戒指。我猜那個戒指一定是她爸爸的，如果她眞這麼恨她爸爸的話，爲什麼要戴著那個戒指。

「他才不在乎我。」她說：「他的妻子，就是我的後母把我當成怪胎。她不讓我和她的小孩一起玩，我爸也都隨她。不管發生什麼危險，你也曉得，就是那些怪物的事，他們兩個都會用怨恨的表情看我，好像在跟我說：『你好大膽子，竟然將我們家推入危險中。』終於，我接受了他們的暗示，他們不想要我，所以我離開了。」

「你那時幾歲？」

「和我到混血營同一年，七歲。」

「可是……你不可能靠自己一個人的力量就到混血營吧？」

「不是一個人，有雅典娜照顧我，引導我得到幫助。我意外交到兩個朋友一路陪伴我，儘管時間很短。」

我想要問她發生了什麼事，可是安娜貝斯似乎陷入悲傷的回憶中，所以我只是聽著格羅佛的打呼聲，看著車窗外俄亥俄州的黑暗田野向後方遠去。

我們的兩天火車之旅已經接近尾聲，六月十三日，夏至前八天，我們穿過幾座金色的山丘，越過密西西比河進入聖路易了。

安娜貝斯伸長脖子看著大拱門，那東西啊，我會說它看起來像是超大購物袋的提把釘在這個城市上。

「我想做那個。」她嘆口氣。

「什麼？」我問。

「建造一個像那樣的東西。波西，你看過帕德嫩神殿嗎？」

「只有看過照片。」

「有一天，我要親眼看到它，我要建造最偉大的紀念建築獻給天神，建一座能夠矗立一千年的建築。」

我笑了出來。「你？建築師？」

不知道為什麼，一想到安娜貝斯這種人要安安靜靜坐著整天畫圖，我就覺得很好笑。

她的臉漲紅了。「是啊，我想當建築師。雅典娜期待她的孩子能夠創造，而不是只會摧毀東西，不要像那個掌管地震的天神一樣。」

我看著下方密西西比河翻騰的褐色河水。

「對不起。」安娜貝斯說：「這樣說很過分。」

「我們就不能好好相處嗎？」我懇求她：「雅典娜難道沒有和波塞頓合作過？」

安娜貝斯想了一下。「我想……雙輪戰車，」她猶豫的說：「我媽媽發明了它，不過波塞頓用浪花創造了馬，所以他們得一起完成戰車。」

「那我們也可以合作，是吧？」

我們的車開進市區，安娜貝斯一直看著拱門，直到拱門消失在一棟旅館後面。

「我想是吧。」最後她這樣說。

我們往市中心的火車站前進。車內的廣播告訴我們，在開往丹佛之前，會在這裡臨時停車三小時。

格羅佛伸伸懶腰。在他剛醒來時，他吐出了兩個字：「好餓。」

「羊小子，走吧。」安娜貝斯說：「觀光去。」

「觀光？」

「大拱門，」她說：「這可能是我唯一可以到拱頂的機會耶，你們要不要來啊？」

格羅佛和我交換個眼色。

我想說不要，可是假如安娜貝斯一定要去的話，我們不能讓她單獨行動。

格羅佛聳聳肩說：「只要那裡有點心吃，而且沒有怪物，就去吧。」

拱門距離火車站大約有一公里半。已經傍晚了，所以要排隊進去參觀的隊伍並沒有很長。一路上我們經過地下博物館，看到加蓋的載貨馬車和一些十九世紀以來的舊東西。看這些東西實在不怎麼讓人興奮，不過安娜貝斯還是興沖沖的告訴我們建造拱門過程中的趣事。

還好格羅佛一直遞給我軟糖，所以我覺得還可以忍受。

雖然如此，我還是東張西望的觀察排隊的人。「你有沒有聞到什麼味道？」我對格羅佛低聲嘀咕。

他把鼻子從軟糖袋子裡抽出來，聞聞空氣的味道，然後有點反胃的說：「地下室的空氣聞起來總是和怪物味道很像，可能沒什麼吧。」

可是我覺得有些事不太對勁，我們不應該待在這裡。

「兩位，」我說：「你們知道每位天神力量的象徵物是什麼嗎？」

安娜貝斯正沈浸在那些建造大拱門時所使用的設備中，不過她還是抬起頭。「什麼？」

「那個，黑帝……」

格羅佛清了清喉嚨。「我們現在是在公開場合……你是說，我們樓下的朋友嗎？」

「嗯，對啦。」我說：「我是說，我們樓下的朋友啦，他有沒有像安娜貝斯那種帽子？」

「你是說黑暗頭盔。」安娜貝斯說：「那是他權力的象徵沒錯，我在冬至會議上看過，放在他的座位旁邊。」

「他有去參加會議？」我問。

她點點頭。「那是唯一允許他拜訪奧林帕斯的日子，也是一年中最黑暗的一天。不過黑暗頭盔的力量遠大過我的隱形帽，如果我聽說的沒錯的話……」

「他的頭盔使他可以變模糊，」格羅佛肯定的說：「讓他可以融進陰影中或是穿透牆壁，別人摸不到、看不到，也聽不到他。他還能散佈極度的恐懼，令人發瘋或停止心跳，不然你以爲所有有理性的動物爲什麼都害怕黑暗？」

「這樣的話……我們要怎麼知道他現在沒有在這裡，沒有在看著我們？」我問。

安娜貝斯和格羅佛交換眼神。

「我們沒辦法知道。」格羅佛說。

「謝謝，這樣讓我覺得好多了。」我說：「你那邊還有藍色的軟糖嗎？」

當我看到那台我們即將要搭到拱頂的小小電梯時，我頓時神經緊繃。麻煩大了，我討厭密閉空間，這會讓我抓狂。

我們和一個體積龐大的胖女士還有她的狗一起擠進電梯裡。她的狗是隻吉娃娃，脖子上戴著水鑽項圈，我猜牠或許是隻導盲犬，因爲警衛竟然沒說什麼。

我們開始在拱門裡往上升，我從來沒坐過這種順著弧形爬坡的電梯，而我的胃顯然也不太愉快。

「爸媽沒來嗎？」胖女士問我們。

她目光銳利，有著被咖啡染色的尖牙，戴著丹寧牛仔帽，一身丹寧牛仔洋裝被撐得鼓鼓的，整個人就像一個丹寧熱氣球。

「他們在下面。」安娜貝斯告訴她：「他們有懼高症。」

「喔，眞可憐。」

吉娃娃開始狂吠，女士說：「嘿，嘿，寶寶，乖。」這狗和主人一樣，有著銳利的目光，透著聰明與邪惡的感覺。

我說：「寶寶是牠的名字嗎？」

「不是。」女士告訴我。

她微笑，好像已經說清楚了。

拱門頂端的密閉式觀景台很像一個鋪著地毯的超大罐頭，從成排小觀景窗看出去，一邊可俯瞰這個城市，另一邊可以看到河。景觀不錯，可是若要說有什麼事情比密閉空間更討人厭，那就是待在近兩百公尺高的密閉空間中。我已經準備好以最快的速度離開這裡。

安娜貝斯繼續講結構支撐的事，還有她想怎麼將窗子做大一點，還要設計一個三百六十度的全景觀景層。她可能可以在那裡繼續熬幾個小時，還好我很幸運，因爲電梯管理員宣佈觀景台將在幾分鐘後關閉。

我拉著格羅佛和安娜貝斯往出口走，然後把他們推進電梯裡。當我正要進電梯時，才發現原來已經有另外兩個旅客在裡面。我擠不進去。

電梯管理員說：「先生，請搭下一台。」

「我們出去，」安娜貝斯說：「我們和你一起等下一台。」

可是這樣會搞亂大家的秩序，而且會浪費更多時間，於是我說：「沒關係啦，等一下我和你們在一樓碰面。」

格羅佛和安娜貝斯都很緊張，但還是讓電梯門關上。電梯廂沿斜坡道下滑，逐漸消失。

現在留在觀景台的人只剩下我、一個小男孩和他的父母、電梯管理員，以及胖女士和她的吉娃娃。

我不大自在的向胖女士笑一笑，她也回了我一個微笑。她分叉的舌頭在牙齒間若隱若現的顫動著。

等一下。

分叉的舌頭？

在我還沒能再次確定是不是眞的看到那東西時，她的吉娃娃跳下來，開始對我狂吠。

「嘿，嘿，寶寶。」女士說：「現在這時間好嗎？我們這裡有這麼多好人呢。」

「狗狗！」小男孩說：「看，狗狗耶！」

他的爸媽把他拉回去。

吉娃娃對我露出牙齒，口水從牠的黑嘴邊流了出來。

「好吧，兒子，如果你堅持的話。」胖女士嘆了口氣。

我的身體開始結冰。「嗯，你剛剛叫這隻吉娃娃『兒子』嗎？」

「親愛的，牠是凱迷拉[50]。」胖女士更正：「不是吉娃娃。這種錯很容易犯的。」

---

[50] 凱迷拉（Chimera），希臘神話中的怪物，外形是獅頭、羊身、蛇尾，口中會噴出破壞力強大的火焰。

她捲起丹寧衣袖露出手臂，她的皮膚有鱗片，而且是綠色的。她笑開嘴時，我看到她有尖尖的牙齒。她瞳孔的形狀細細斜斜的，像蛇一樣。

這隻凱迷拉愈叫愈大聲，每吠一次就長得更大。一開始變成杜賓狗大小，然後變成獅子大小，牠的犬吠聲也隨之變成獅吼。

小男孩尖叫起來，他的父母拉著他趕緊往出口走，結果和電梯管理員撞在一起，管理員已經嚇傻了，目瞪口呆的看著怪物。

凱迷拉現在已經高到背脊貼著天花板。牠的獅子頭有著血褐色的鬃毛，身體和蹄則是特大號的山羊，長滿粗毛的背上有一排菱形背板，長達三公尺，還有一根蛇尾巴。水鑽項圈仍然在牠脖子上，大如盤子的狗牌上面的字，現在很容易看清楚，上面寫著：凱迷拉，兇猛、噴火、有毒，發現牠時請電洽塔耳塔洛斯，分機九五四。

我已經沒辦法把劍上的筆蓋拿下來，因爲我的手麻掉了。我距離凱迷拉的血盆大口只有三公尺。只要我一動，怪物就會撲過來。

蛇女士發出嘶嘶聲，可能是在笑吧。「波西．傑克森，你該引以爲榮啊，宙斯王很少允許我出動我的小寶貝一起來測試英雄呢。我可是怪物之母，最可怕的艾奇娜[51]！」

我盯著她看，只好將所想的說了出來：「艾奇娜不就是針鼴嗎？就是一種食蟻動物啊。」

她嚎叫著，蛇臉因爲憤怒而變成褐色和綠色。「我討厭人類這樣說！我恨澳洲！竟然將那種可笑的生物取了和我一樣的名字！波西．傑克森，我兒子將因此而消滅你！」

凱迷拉準備進攻，亮出牠的獅牙咬了過來。我跳到旁邊，躲開牠這一咬。我剛好跳到那家人和管理員身旁，他們大聲尖叫，拼命想扳開緊急逃生門。我不能害他們受傷，我拿掉筆蓋，跑到觀景台的另一頭大叫：「嘿，吉娃娃！」

凱迷拉飛快轉身，速度之快完全出乎我意料。

在我揮劍之前，牠張開大嘴，一股世界最大烤肉窯的味道飄散出來。此時，一束火焰直往我噴射過來。

我衝過爆炸點，地毯燒了起來，溫度高到幾乎連我的眉毛都燒焦了。

我剛才站著的地方，是大拱門側面的一個凹洞，現在凹洞邊緣熔化的金屬正在冒煙。

這下可好，我們剛才對著這座國家紀念建築噴火。

在我手上的波濤現在是閃閃發光的青銅劍了。當凱迷拉轉身時，我砍向牠的脖子。

這是我致命的失誤，劍身與狗項圈擦出火花後彈開，對項圈並沒造成什麼傷害。我努力穩住重心，全心全意避開噴火的獅嘴，卻忘記蛇尾正往我抽過來，並將毒牙插入我的小腿。

我整隻腳開始著火。我伸手將波濤劍刺向凱迷拉的嘴，可是牠的蛇尾纏住我的腳踝將我拉倒。我的劍脫手從拱門的洞飛旋而出，往密西西比河掉落。

---

51 艾奇娜（Echidna），希臘神話中半人半蛇的女怪物，號稱「怪物之母」，生下許多威力驚人的恐怖怪物，包括噴火怪凱迷拉、九頭蛇許德拉等等。英文中的 echidna 也是「針鼴」的意思，是一種產於澳洲等地的食蟻哺乳動物。

我設法站起來，但我知道我輸了，我失去了武器，而且感覺到劇毒已經往上竄入我的胸膛。我記起奇戎曾說過波濤劍會回來，可是我的口袋裡就是摸不到筆。或許是掉得太遠，或許只有在它是筆的時候才回得來。我不知道，而且我也活不了那麼久去弄清楚這件事。

我退回牆上的凹洞，凱迷拉繼續逼進、大吼，煙從牠的嘴緩緩升起。蛇女士艾奇娜咯咯笑著說：「他們的英雄不如以往囉，是吧，兒子？」

怪物嚎叫著，既然我已經被打敗了，牠似乎不急著解決我。

我看著電梯管理員和那一家人，小男孩正躲在爸爸的腳後面。我必須保護這些人，我不能就這樣……死去。我努力想著，但我全身著火，頭暈目眩，而且沒有劍。我面對的是一隻巨大的噴火怪和牠的媽媽，我很害怕。

已經沒有地方可以閃了，我只好退到洞口，在很遠很遠的下方，河水閃著粼粼的波光。假如我死了，怪物就會離開嗎？他們會放過人類嗎？

「如果你是波塞頓的兒子，」艾奇娜嘶吼著：「你不必怕水，波西．傑克森，跳吧，水不會傷害你，證明給我看吧。跳下去收回你的劍，證明你的血統。」

是喔，我這樣想。我曾在哪裡讀過，從兩層樓以上的地方跳水，就像是跳在堅硬的柏油路上一樣。如果我從這裡跳下去，在強大的撞擊力道下，必定會粉身碎骨吧。

凱迷拉的嘴發出紅光，牠正準備再噴一次火。

「你缺乏信仰，」艾奇娜對我說：「你不信任天神。但這也不能怪你啦，膽小鬼。你死了最好，天神不可信啊。凱迷拉的毒液會直攻你的心臟。」

她說對了，我正在死去，我可以感到呼吸變慢。沒人可以救我，甚至連天神也不能。

我撐起身子往下看著河水，想起嬰兒時期看到的，在那溫暖光線中爸爸的微笑。他一定看過我，當我還在搖籃裡時，他一定來看過我。

我想起奪旗之夜在我頭上旋轉的綠光三叉戟，波塞頓宣佈我是他兒子的那一刻。可是這裡不是大海，這是密西西比州，是美國的正中心。這裡沒有海神。

「死吧，不信天神的傢伙。」艾奇娜厲聲說。凱迷拉送出一束火焰往我臉上而來。

「爸爸，救我。」我祈禱著。

我轉身一躍而下。衣服著了火，毒液在血管裡流竄，我筆直的墜入河中。

14 少年通緝犯

我很想告訴你我在下墜當時的心路歷程，像是對人生有些新的體認或是學會微笑面對死亡這類的心情。

但實際上呢？我當時唯一的念頭是：啊啊啊啊啊啊啊啊啊！

密西西比河以火車般的速度，全速迎向我。疾風令我幾乎無法呼吸，尖塔、摩天大樓、大橋在我眼前快速閃過，然後消失。

接下來是：噗通！噗——噗——噗——

眼前一片白茫茫的氣泡，我下沈到一片黑暗中。我一定會栽進幾十公尺深的淤泥中，永遠迷失了。

不過我撞進水裡時並沒有受傷。現在的我緩慢下沈，泡泡從我指間輕輕流過。我安靜的降落在河床上，一隻有我繼父身體那麼大的鯰魚漫遊而過，沒入黑暗中。在我身邊打轉的是一團團淤泥和噁心的垃圾，有瓶子、舊鞋子、塑膠袋等等。

此刻，我發現了幾件事：首先，我沒有被壓成鬆餅，也沒有被做成烤肉，甚至感覺不到凱迷拉的毒液在我的血管裡沸騰。我活著，而且狀況很好。

第二件事：我沒有溼，我可以感覺到水的冰涼，也看得到衣服上的火熄滅了，可是當我摸到衣服時，我發現它完全是乾的。

我看著漂浮在我周圍的垃圾，抓住了一個舊打火機。

不會吧，我想。

我輕輕彈著打火機，擦出了火花，然後一點細細的火苗出現，在這密西西比河底。

我從水流中抓起一片溼透的漢堡包裝紙，這張紙立刻變乾了，將它點燃也毫無困難。然後我放開它，火焰嗶嗶剝剝熄滅了，包裝紙變成黑黑黏黏的紙片。怪了。

不過最怪的事發生在我身上。我正在呼吸，雖然在水底，卻像在陸地上一樣正常呼吸。

我站起來，大腿深陷淤泥中，我的腳搖搖晃晃，雙手發抖。照理說，我應該已經死了，可是我沒有死，這像是，嗯，一個奇蹟。我想像有一個女子的聲音，聽起來和媽媽有點像，她對我說：「波西，你該說什麼？」

「嗯……謝謝。」在水底說話的感覺很像在錄唱片一樣，我的聲音聽起來像年紀比我大很多的小孩。「謝謝你……爸爸。」

沒有回答，只有黑黑的垃圾往下游流去，巨大的鯰魚滑過身邊。遠遠的上方，河面的夕陽餘暉將所有的東西都變成奶油糖果的顏色。

爲什麼波塞頓要救我？愈想下去我就愈羞愧。所以，我前幾次只不過是運氣好罷了，要對付凱迷拉那種東西，我一點勝算都沒有。那些拱頂上可憐的人可能已經被烤熟了，我沒辦法保護他們，我不是什麼英雄。或許我應該和鯰魚一起待在這裡，加入水底覓食者的行列。

唰啦！唰啦！唰啦！一艘船的船槳在我頭上攪動，將淤泥攪得四處漂散。

在那裡，在我前方不到兩公尺的地方，我的劍半插在淤泥中，閃閃發亮的青銅劍柄在上方露了出來。

我又聽到那名女子的聲音，她說：「波西，拿起那把劍，你的爸爸信任你。」這次，我知道聲音不是在我的頭裡面，不是我想像出來的，她的聲音似乎從四面八方傳來，像漣漪般在水中擴散，就像海豚的聲納。

「你在哪裡？」我大叫。

這時，我在黑暗中看到她了，是一個和水色相同的女子身影，是河水的精靈在劍的上方漂動著。她有著長長的大波浪捲髮，我勉強看得見她的眼睛，和我一樣是綠色的。

彷彿有塊東西梗在我的喉嚨，我說：「媽？」

「不，孩子，我是信差，不過你媽媽的命運並不是那麼絕望，到聖塔莫尼卡海灘去吧。」

「什麼？」

「這是你爸爸的心願。在你到冥界之前，你必須去聖塔莫尼卡。波西，拜託，我沒辦法待太久，這條河太汙濁了，對我有害。」

「可是……」我確定這個女子是我媽媽，或者是媽媽的幻象。「誰……你怎麼……」

我有太多問題想問，可是所有的字都卡在我的喉嚨。

「勇士啊，我沒辦法待下去了。」這女子說。她伸出手，我感覺到水流輕撫我的臉頰，像是輕吻一般。「你必須去聖塔莫尼卡！還有，波西，別相信禮物……」

她的聲音漸漸微弱。

「禮物？」我問：「什麼禮物？等等！」

她試著想繼續說，可是聲音不見了，她的影像溶解消失。如果那眞是我媽媽，我又再次失去她了。

我覺得自己溺死了，但是問題在於，我根本不可能溺死。

「你的爸爸信任你。」她是這樣說的。

她叫我勇士……這應該不是指鯰魚吧。

我舉步艱難的走向波濤劍，握住劍柄。凱迷拉可能還在那裡和牠的胖蛇媽等著殺我。而且，凡人警察會到那裡，試著找出是誰從拱門的洞掉了出去。假如他們發現我的話，他們會感到疑惑。

我蓋上劍，將原子筆放進口袋。「謝謝你，爸爸。」我對著黑暗的河水又說了一次。

然後，我往上踩水穿過淤泥，向著水面游去。

我和一個漂流的麥當勞漢堡一起上了岸。

一條街外，聖路易所有的救護車都圍著大拱門。警察的直昇機在上方繞圈圈，圍觀的人群多到像跨年夜的時代廣場。

一個小女孩說：「媽！那個男孩從河裡走出來。」

「親愛的，很好。」她的媽媽邊說著，邊伸長脖子看救護車。

「可是他是乾的！」

「親愛的，那很好。」

一個記者小姐正對著鏡頭講話：「據我們所知，這起事件可能不是恐怖攻擊，不過這只是非常初步的調查。就像大家看到的，損壞十分嚴重。我們正試著找到生還者，詢問他們目擊墜落拱門者的現場情況。」

有生還者，我放心不少，也許電梯管理員和那一家人都安全無虞，希望安娜貝斯和格羅佛也都沒事。

我努力撥開人群往前擠近，觀望著警察封鎖線裡的情形。

「……一個青少年，」另一個記者先生正在播報：「五號頻道由監視器畫面得知，一個青少年在觀景台裡發狂，接著發生了這起不明原因的怪異爆炸事件。約翰，這太令人難以置信了，不過這是我們到目前爲止所掌握的最新狀況。重複一次，到目前爲止沒有人死亡……」

我轉身離開，努力把頭低下，我必須在警察封鎖區外繞一大圈的路，因爲到處都是制服警察和新聞記者。

就在我幾乎放棄找到安娜貝斯和格羅佛時，一個熟悉的聲音咩咩響起：「波西！」

我轉身，格羅佛給了我一個熊抱，應該說是羊抱才對。他說：「我們還以爲你用這種方法去見黑帝斯了！」

安娜貝斯站在他後面，想要擺出生氣的樣子，不過她似乎因爲看到我而放下心來。「我們眞的不能放你一個人超過五分鐘耶！到底發生了什麼事？」

「只是掉下去而已。」

「波西！從一百九十幾公尺高的地方嗎？」

我們後面有一個警察大喊：「讓出通道！」群眾分開來，兩個救護人員急速往外衝，將擔架上的女子推出去。我立刻認出她來，她是觀景台上那個小男孩的媽媽。她正在說：「還有，那時有一隻大狗，會噴火的巨大吉娃娃……」

「沒事的，女士。」救護人員說：「冷靜一點，你的家人都平安，藥物要開始生效了。」

「我沒有發瘋！一個男孩跳出洞外，然後怪物消失了。」這時她看到我。「他在那裡！就是那個男孩！」

我快速轉身，拉著安娜貝斯和格羅佛消失在人群中。

「發生了什麼事？」安娜貝斯盤問：「她講的是電梯裡的吉娃娃嗎？」

我告訴他們事情的經過，關於凱迷拉、艾奇娜，還有我的高空跳水行動，以及水底女士的訊息。

「哇。」格羅佛說：「我們必須帶你到聖塔莫尼卡！你不能不理會你爸爸的召喚。」

在安娜貝斯還沒回答之前，我們經過另一個正在確認消息的記者，聽到他說的話讓我整個人幾乎結冰。他說：「波西．傑克森。對，可惡，十二頻道已經得知這個可能引發大爆炸的男孩，和三天前在紐澤西造成嚴重巴士意外被通緝的應該是同一個人。還有，據說這個男孩正在往西移動。快讓觀眾看這張波西．傑克森的照片。」

我們低下身子繞過新聞採訪車，溜進小巷。

「首先，」我告訴格羅佛：「我們必須離開這個小鎮！」

不知怎麼搞的，我們回到全美鐵路車站的一路上竟然都沒被認出來，我們在即將出發到丹佛的前一刻趕上火車。在黑夜降臨之際，火車開始往西行駛，而警車上的燈光在我們身後的聖路易地平線上閃爍著。

15 愛情隧道

第二天下午是六月十四日，夏至前七天，火車駛進了丹佛。自從火車開到堪薩斯那一晚在餐車上吃過一頓後，我們就再也沒吃東西了。當然，在離開混血之丘以後，我們也都不曾洗過澡。

「我們得想辦法和奇戎聯絡。」安娜貝斯說：「我想告訴他，關於你和河裡精靈的對話。」

「我們不能用電話吧？」

「我不是指電話。」

我們在市區逛了大約半小時，我還是不知道安娜貝斯到底在找什麼。空氣很乾熱，在經歷聖路易的潮溼後，現在不太能適應這種感覺。不管我們走到哪裡，落磯山脈似乎都在盯著我，山形看來像是即將粉碎這個城市的海嘯。

終於，我們找到一個沒人的自助洗車場，選了個離街道最遠的車位，並且持續注意有沒有巡邏車經過。我們三個沒開車的青少年在洗車場裡探頭探腦，比較精明的警察一定會覺得我們想幹壞事。

「我們到底在做什麼？」我問，這時格羅佛拿出噴水槍。

「這要七十五分錢。」他抱怨著：「我只有兩個二十五分硬幣，安娜貝斯？」

「別看我，」她說：「我已經全部貢獻給餐車了。」

我撈出最後一點零錢，給格羅佛一個二十五分硬幣，現在只剩下兩個十分錢硬幣，和一個從梅杜莎那裡拿來的古希臘金幣。

「太好了，」格羅佛說：「我們當然也可以用噴水瓶來做啦，不過噴水瓶的持續性沒那麼好，而且會害我按得手很痠。」

「你到底在說什麼啊？」

他投下硬幣，把旋轉鈕轉到細噴霧選項，然後說：「請求伊麗絲。」

「一定溼？」

「是伊麗絲啦。」安娜貝斯更正，「彩虹女神伊麗絲專門爲天神傳送訊息，如果你知道怎麼請求，加上她不是很忙的話，她也會幫混血人送。」

「你用噴水槍召喚女神？」

格羅佛指著空中的噴嘴，這時水嘶嘶噴出，形成厚厚的白色水霧。「除非你知道更簡單的辦法可以製造出彩虹。」

傍晚的陽光在小水滴的過濾下，形成七彩的顏色。

安娜貝斯將手掌打開，向我伸過來後說：「請給我古希臘金幣。」

我交給她。

她將金幣高舉過頭說：「喔，女神啊，請接受我們的供奉。」

她將金幣丟向彩虹，金幣化爲金色的閃光，消失了。

「混血之丘。」安娜貝斯請求。

過了一會兒，沒有事情發生。

但接下來，我從水霧中看到草莓園，還有遠方的長島海灣。我們似乎到了主屋的陽台，站在欄杆旁的人背對著我們，黃褐色頭髮，穿著短褲和橘色的無袖背心，他手上拿著青銅劍，似乎專心的盯著下方的草地。

「路克！」我叫他。

他轉身，眼睛睜得大大的，我敢發誓他站的地方離水幕大約一公尺遠，雖然在彩虹裡我只能看到他的一部分樣子。

「波西！」他帶了疤的臉露出笑容。「那是安娜貝斯嗎？感謝天神！你們都好嗎？」

「我們……嗯……很好。」安娜貝斯結結巴巴的說，她瘋狂的拉平她的髒T恤，將披散的頭髮從臉上撥開。「我們想……奇戎……我是說……」

「他在小屋那邊。」路克收起笑容，「我們學員間有些問題。嘿，你們遇到的事情都很酷吧？格羅佛好嗎？」

「我在這裡。」格羅佛說，他讓噴嘴維持向同一邊，然後走到路克的視線中。「發生了什麼問題？」

就在此時，一部大型的福特林肯轎車開進洗車區，音響大聲播放著嘻哈音樂。當這台車開進我們旁邊的車位時，重低音喇叭發出的聲音甚至使路面都震動了起來。

「奇戎必須……那個噪音是什麼？」路克大喊。

「我去處理！」安娜貝斯喊回去，因為有藉口可以離開路克的視線，讓她看起來大大鬆了口氣。「格羅佛，你過來！」

「什麼？」格羅佛說：「可是……」

「把噴嘴給波西，然後過來！」她命令著。

格羅佛喃喃自語的說：「女生比德爾菲的神諭還難懂。」然後他把噴水槍給我，跟著安娜貝斯過去。

我調整了一下軟管，保持彩虹繼續出現，又可以看到路克。

「奇戎必須解決一場爭端。」路克對著我大吼，好蓋住音樂聲，「波西，這裡的情況很緊張。宙斯和波塞頓僵持不下的事情洩露出去了，我們還不知道是怎麼洩漏的，可能和召喚地獄犬前來的討厭鬼是同一個人。現在學員開始選邊站，很像第二次特洛伊戰爭[52]要開始了。大約是這樣，阿芙蘿黛蒂、阿瑞斯和阿波羅都支持波塞頓，而雅典娜支持宙斯。」

想到克蕾莎的小屋會站在爸爸這一邊，我打了個寒顫。這時我聽到隔壁車位傳來安娜貝斯和某個人的吵架聲，接著音樂迅速變小聲。

「那麼，你們那邊情形怎麼樣？」路克問我：「奇戎會很遺憾錯過和你說話的機會。」

我告訴他很多事，包括我做的夢。我很高興看到他，好像又短暫回到營隊幾分鐘，其實我不知道到底講了多久，直到噴水機發出嗶嗶聲。我知道在停止噴水前，我只剩一分鐘。

「眞希望我能在那裡。」路克說：「我們在這裡恐怕幫不上什麼忙，不過你聽好……一定是黑帝斯偷走閃電火，他冬至時在奧林帕斯，就是校外教學那時，我們都有看到他。」

「可是奇戎說，天神不能親自拿走其他天神的寶物。」

「沒錯。」路克看起來很困擾，「應該還是他吧……黑帝斯有黑暗頭盔，除了他，有誰可以溜進王座廳偷走閃電火？必須隱形才行吧。」

我們都沒出聲，路克突然明白他剛剛說了什麼。

「喔，嘿。」他辯解著說：「我不是說安娜貝斯，她和我都很了解彼此，不可能是她，我是說，對我來說，她就像是我的小妹妹啊。」

我懷疑安娜貝斯會不會喜歡這句話。我們旁邊車位的音樂聲完全靜止了，一個男子驚駭的大叫，車門啪的關上，林肯車衝出洗車場。

「你最好去看看是怎麼回事，」路克說：「還有，你有穿著飛鞋嗎？假如那對你有幫助的話，我會很高興。」

52 特洛伊戰爭（Trojan War），傳說是在西元前十二或十三世紀發生於希臘人與特洛伊人之間的戰爭，長達十年之久，最後的結局即木馬屠城的故事。在荷馬的作品《伊里亞德》與《奧德賽》（*Odyssey*）中皆有描述。

「喔……嗯，有啊！」我努力讓自己的聲音聽起來不像心虛的說謊者，「鞋子很好用。」

「眞的？」他笑了。「鞋子很合穿吧？」

水關上了，水霧開始消失。

「你們在丹佛那裡要保重喔。」路克的聲音逐漸微弱，「告訴格羅佛，這次會比較好！沒有人會變成松樹，如果他還……」

水霧消失了，路克的樣子也完全消散。我一個人站在溼漉漉、空蕩蕩的洗車場中。安娜貝斯和格羅佛從附近笑著跑過來，不過當他們看到我的臉時，笑聲停止了。安娜貝斯收起了笑容說：「波西？發生什麼事？路克說了什麼？」

「沒說什麼。」我說謊，而我的肚子現在和三大神的小屋一樣空蕩蕩。「走吧，我們去找晚餐吧。」

幾分鐘後，我們坐在燈光昏黃的小餐廳裡，附近的人都在吃著漢堡，喝著麥汁和汽水。

終於，女服務生走了過來，她懷疑的挑起眉毛說：「咦？」

我說：「我們，嗯，想要點晚餐。」

「你們幾個小孩有帶錢嗎？」

格羅佛下唇顫抖著。我很怕他開始咩咩叫，或者更糟的是，他會吃起亞麻地毯，而安娜貝斯看起來已經餓昏了。

我正努力想出一個賺人熱淚的故事，好講給女服務生聽，這時整棟房子隆隆震動，一部有小象那麼大的重型機車在路邊停下來。

餐廳裡所有的對話都停止了。重型機車的頭燈發出炫目的紅光，油箱上畫著火焰，車子兩側各有一支獵槍槍套，槍已經在裡面了。機車座位是皮製的，可是這張皮卻很像，嗯，很像白種人的皮膚。

機車上那個人壯碩得可以讓職業摔角選手哭著找媽媽，他穿著無袖上衣和黑色牛仔褲，還有黑色的皮衣，大腿上用帶子綁著一把獵刀。他戴著紅色運動型太陽眼鏡，有一張我所見過最殘忍野蠻的臉。他很帥，但很邪惡，有著一頭又黑又油的小平頭，臉頰上因多次打架而留下一條條傷疤。最古怪的是，我覺得以前在哪裡見過他。

當他走進餐廳時，一陣乾熱的風吹了進來，所有人都站了起來，好像被催眠了一樣，而這個騎士只是輕蔑的揮揮手，他們又都坐了下來，繼續剛剛的談話。女服務生眨眨眼，像是有人在她腦子裡按下倒帶鍵，又問了一次：「你們幾個小孩有帶錢嗎？」

騎士說：「我幫他們付。」他擠進我們的位子，這裡對他來說太小了些，害安娜貝斯被擠到窗邊。

他抬頭看著女服務生，這時女服務生也目瞪口呆的看著他。他說：「妳怎麼還在這裡？」

他指著她，於是她全身僵硬，像是被人旋過去一樣向後轉，直直走進廚房。

騎士看著我，我看不到他在太陽眼鏡後的眼睛，但很差的感覺開始在我肚子裡沸騰，那是生氣、狂怒與苦澀的情緒。我想要搥牆壁，想找個人打架。這個人以為他是誰啊？

他給我一個邪惡的笑容說：「你是老海藻的小孩吧？」

我應該感到驚訝或害怕，但相反的，我卻覺得好像正面對著我的繼父蓋柏，我想劈開這傢伙的頭。我回他說：「關你什麼事？」

安娜貝斯丟給我一個警告的眼神。「波西，這位是……」

騎士舉起手。

「沒關係。」他說：「我不在意這些小細節，時間久了你就會記得誰是老大。你知道我是誰吧，我的小堂弟？」

我忽然明白為什麼這個人這麼眼熟，他那種惡毒的嘲諷就和混血營裡的幾個小孩一樣，五號小屋的小孩。

「你是克蕾莎的爸爸。」我說：「戰神阿瑞斯。」

阿瑞斯輕蔑的笑了。他脫下眼鏡，本來應該是眼睛的位置只有火，空空的眼窩裡是小型核爆的閃光。「答對了，笨蛋！聽說你弄斷了克蕾莎的長槍。」

「她自找的。」

「很有可能，那很酷。我不是來跟你吵我孩子的事，我來這邊是因為……聽說你來到這個小鎮，我想給你一個小小的提議。」

女服務生端來一盤盤食物，有起司漢堡、薯條、洋蔥圈和巧克力奶昔。

阿瑞斯遞給她幾個古希臘金幣。

她緊張的看著硬幣。「可是，這不是……」

阿瑞斯拿出獵刀，開始清指甲。「甜心，有問題嗎？」

女服務生呑了口口水，帶著金幣離開。

「你不可以這樣子。」我告訴阿瑞斯：「你不能用刀子威脅別人。」

阿瑞斯笑了起來。「你在開玩笑嗎？我愛這個國家，這裡是除了斯巴達以外最棒的地方了。你不也帶了武器嗎，笨蛋？你是該帶武器，這是個危險的世界，也是因爲這樣我才會有這個提議。我需要你幫我個忙。」

「我能幫一位天神什麼忙？」

「有些事天神沒時間自己處理。其實這件事也沒什麼，只是我把盾牌掉在這個鎮上的一個廢棄水上樂園裡。我那時正在……和我的女朋友約會，我們被打斷了，所以我的盾牌留在那裡。我要你幫我拿回來。」

「爲什麼你不自己回去拿就好？」

他眼窩裡的火焰燒得更旺了些。

「爲什麼我不把你變成牧羊犬，用我的哈雷將你碾過去？因爲我不想這樣做。波西．傑克森，現在有位天神給你機會證明你自己，你想證明你是膽小鬼嗎？」他身體往前傾，「還是你只會在有河流可以潛水的地方打鬥，好讓你老爸保護你。」

我眞想揍這個傢伙，不過不知怎的，我知道他正在等我這樣做。阿瑞斯的力量引起我的怒氣，假如我出手就順了他的心，我可不想如他的意。

「我們沒興趣，」我說：「我們有任務在身。」

阿瑞斯的火眼讓我看到我不想看的事——戰場上的鮮血、煙硝和屍體。「你們的任務我清楚的很，笨蛋。那個東西一被偷，宙斯就派出最厲害的天神去找了，有阿波羅、雅典娜、阿蒂蜜絲，當然還有我。假如我沒辦法找到那個威力強大的武器……」他舔舔嘴唇，好像想到閃電火就很餓一樣，「嗯，假如我找不到，你就更是毫無希望。就算這樣，我還是試著給你點好處，解決你的疑問。你爸爸和我一起回來，其實就是我告訴他，我懷疑是黑帝斯那個死人骨頭幹的好事。」

「你告訴他黑帝斯偷了閃電火？」

「當然，煽動別人開戰，這是書上最老套的手法，我一下子就想到了。光憑這一點，你就該感謝我爲你這小小任務做的好事。」

「謝謝喔。」我低聲咕噥。

「嘿，我這個人很大方的，只是幫我做點小差事，我就會幫助你繼續上路，幫你和你朋友安排去西方的交通工具。」

「我們可以自己來。」

「是啊，沒有錢，沒有車，對於接下來要面對的事情一點線索也沒有。幫我完成這件事，也許我會告訴你一些你想要知道的，一些和你媽媽有關的事。」

「我媽媽？」

他輕笑著。「有興趣了吧。那個水上樂園在往德納西的路上，往西走一公里多就會看到。去裡面找『愛情隧道』。」

「什麼事中斷了你的約會？」我問：「那件事讓你嚇得落荒而逃嗎？」

阿瑞斯露出牙齒，不過我早在克蕾莎臉上看過這種威脅的表情了，這表示一定出了什麼差錯，而且他應該很不安。

「遇到我算你好運，笨蛋，其他奧林帕斯天神可沒這麼好說話，他們不會像我一樣原諒你的粗魯無禮。你辦好事之後，我會回來這裡和你見面，別讓我失望。」

在那之後我一定是昏迷或恍神了，因爲當我再次睜開眼睛時，阿瑞斯不見了。我想這場對話可能只是做夢，但是安娜貝斯和格羅佛的表情告訴我那是眞的。

「不太妙，」格羅佛說：「阿瑞斯衝著你來，波西，這不是好事。」

我看著窗外，重型機車已經消失。

阿瑞斯眞的知道媽媽的事嗎？還是只是在唬我？現在他走了，我所有的憤怒情緒也隨之離去。我明白了，阿瑞斯一定很愛擾亂人的情緒，那是他的力量，讓負面的情緒急遽增加，讓你陷入一片混亂，失去判斷能力。

「這可能是一場騙局。」我說：「忘掉阿瑞斯，我們走吧。」

「不行。」安娜貝斯說：「我也很討厭阿瑞斯，可是我們不能忽視天神，除非你想得到厄運。假如他說要把你變成齧齒動物，也絕對不是在開玩笑。」

我低頭看著我的起司漢堡，突然感覺漢堡不太美味了。「為什麼他會需要我們呢？」

「也許發生了需要用頭腦解決的問題。」安娜貝斯說：「阿瑞斯很強壯，那是他的全部，但蠻力有時得向智慧低頭。」

「可是這個水上樂園……他看起來很怕去那裡。有什麼能嚇跑戰神？」

安娜貝斯和格羅佛緊張的對看一眼。

安娜貝斯說：「恐怕我們得去找出來。」

等我們找到樂園時，太陽已經沈到山後面了。從招牌看來，這裡曾經叫做「水世界」，不過現在字有點剝落了，看起來很像「小一田」。

水上樂園的大門用鍊條鎖起來，門上有倒鉤的鐵絲網。園區內到處蜿蜒環繞著乾燥的滑水道、隧道、管道，所有管道的開口都朝向空空的游泳池。舊門票和廣告單在柏油路上飄飛著。隨著夜晚來臨，這地方透著悲涼的氣氛，讓人不寒而慄。

「要是阿瑞斯帶他的女朋友來這裡約會，」我抬頭看著有刺的鐵絲網說：「我才不想看她長什麼樣子。」

「波西。」安娜貝斯警告我說：「要尊敬一點。」

「爲什麼？我以爲你討厭阿瑞斯。」

「怎麼說他都是位天神，而且他的女朋友非常情緒化。」

「你不會想批評她的長相。」格羅佛補充。

「她是誰？艾奇娜？」

「不，是愛神阿芙蘿黛蒂。」格羅佛的表情有點朦朧。

「我以爲她和赫菲斯托斯結婚了。」我說。

「所以呢？」他問。

「喔。」我突然覺得應該改變話題。「那我們該怎麼進去？」

「瑪亞！」格羅佛的鞋子抽出翅膀。

他飛過柵門，在半空中意外翻個跟斗，然後搖搖晃晃往門裡面跌下去。他站起來拍拍身上的灰塵，好像一切都是計畫好的。「你們也進來吧？」

安娜貝斯和我得用老法子，我們爬到門上面，在跨越頂部時輪流幫對方壓下鐵絲網。

當我們在園區裡面走來走去的時候，影子愈拉愈長。我們看著這些有趣的遊樂設施，像是「搞怪小孩島」、「整人遊戲區」和「泳衣在哪裡」等等。

沒有怪物來找我們，也沒有什麼細小的怪聲。

我們發現一間紀念品專賣店，門是開著的，商品仍然排在架子上，有雪花球、鉛筆、明信片，還有一整架的……

「衣服。」安娜貝斯說：「乾淨的衣服。」

「是啊，」我說：「可是你不能就這樣……」

「看著。」

她將整排架子上的東西都抓起來，一溜煙跑進試衣間裡面。幾分鐘後她再次出現，穿著水世界印花短褲、寬鬆的紅色水世界T恤，腳上是水世界衝浪鞋紀念款，肩上背的水世界背包裡顯然塞滿了更多東西。

「搞什麼。」格羅佛聳聳肩。不一會兒，我們三個人都打扮成這間廢棄樂園的活廣告。

我們繼續找「愛情隧道」。我有個感覺，好像整個遊樂園都屏住了呼吸。「阿瑞斯和阿芙蘿黛蒂，」我努力不去注意愈來愈深的夜色，「他們之間有什麼嗎？」

「波西，這是老掉牙的八卦了。」安娜貝斯告訴我：「已經流傳了三千年。」

「阿芙蘿黛蒂的丈夫怎麼想呢？」

「這個嘛，鐵匠之神赫菲斯托斯從嬰兒時就是跛腳，因爲他被宙斯從奧林帕斯山丟出去。他長得眞的不帥，可是手很巧，也很聰明。不過，阿芙蘿黛蒂對腦筋好和有才華的人似乎沒什麼興趣，這樣你懂了吧？」

「她喜歡飛車族。」

「也許吧。」

「赫菲斯托斯知道嗎？」

「喔，當然知道。」安娜貝斯說：「有一次他抓到他們在一起，是真的『抓到』喔，用金網抓的，然後他邀請了所有的天神來嘲笑他們。赫菲斯托斯一直想讓他們出糗，這應該是他們選在不尋常地方約會的原因，就像……」

她停下來，直直看著前面說：「就像那個。」

我們前面是一個空的游泳池，直徑至少有四十多公尺，形狀像個大碗，在裡面玩滑板一定很刺激。

池邊有十二個丘比特青銅像，翅膀張開，箭已經搭在弓上。在我們的對面有一個隧道開口，可能是讓游泳池水滿了之後流出去的地方。隧道入口上方寫著：恐怖愛之旅，這可不是你爸媽的愛情隧道！

格羅佛慢慢的走向到池邊，「你們看。」

孤單躺在池底的是一艘粉紅和白色相間的雙人座小船，船上面有頂篷，整艘船畫滿小小的愛心。左邊的座位上，阿瑞斯的盾牌閃著微弱的光芒，是磨得光亮的圓形青銅盾牌。

「這太容易了，」我說：「我們只要走下去那裡拿就好了吧？」

安娜貝斯的手指在丘比特銅像的基座上摸著。

「這裡刻著希臘字母。」她說：「Eta，我懷疑是……」

「格羅佛，你有聞到怪物的味道嗎？」我說。

他嗅一嗅空氣中的味道說：「沒有。」

「沒有？和你在大拱門時說沒聞到艾奇娜的『味道』一樣嗎？還是真的沒有？」

格羅佛感到很受傷。「我告訴過你，那是地下室。」

「好啦，對不起。」我做了個深呼吸。「我要下去了。」

「我和你一起去。」格羅佛聽起來不太熱心，我覺得他是為了補償在聖路易大拱門發生的事才會這麼說。

「不行。」我告訴他。「我要你穿著飛鞋待在上空。你是空中戰士耶，記得吧？我要你做我的後盾，以防出了什麼問題。」

格羅佛挺起胸膛說：「當然好，可是會有什麼問題啊？」

「我也不知道，就是一種感覺而已。安娜貝斯，跟我來……」

「你開玩笑吧？」她驚訝的看著我，好像我剛從月球掉下來一樣。她的臉整個漲紅了。

「現在又是什麼問題？」我質問她。

「我，和你一起去……『恐怖愛之旅』嗎？太糗了吧！假如被看到怎麼辦？」

「誰會看到啊？」其實我的臉也開始發熱，和女生一起去讓事情變得很複雜。「好啦，我自己去。」不過當我開始往游泳池裡走時，她還是跟了過來，嘴裡喃喃唸著男生老是將事情搞得一團糟什麼的。

我們到達船的旁邊，盾牌立在椅子上，旁邊有一條女用絲巾。我試著想像阿瑞斯和阿芙蘿黛蒂在這裡，這對天神相約在廢棄樂園裡乘坐小船，為什麼呢？這時我注意到上面有些之前沒看到的東西。游泳池邊掛滿鏡子，鏡面全朝向這個地方，無論往哪個方向都可以看到自己。這就對了，當阿瑞斯和阿芙蘿黛蒂擁抱時，還是可以看著他們最愛的人，就是自己。

我拿起絲巾。它閃著粉紅色的光澤，上面的香味十分難以形容，好像是玫瑰或山月桂的香氣，總之是個好聞的味道。我微笑著，感覺有一點點夢幻。當我正要拿起絲巾輕撫我的臉時，安娜貝斯卻把絲巾抽走，塞進她的口袋。「嘿，你不能這樣做，離愛情魔法遠一點。」

「什麼？」

「海藻腦袋，拿起盾牌，然後我們就離開這裡。」

當我碰到盾牌的那一刻，麻煩來了。我的手弄斷了連接到儀表板的東西，我想是蜘蛛網吧。可是我隨後看到手掌上黏著一條金屬絲，細到幾乎看不見。這是個機關。

「等等。」安娜貝斯說。

「太遲了。」

「船的側邊也有希臘字母 Eta，這是陷阱。」

我們周圍突然響起百萬個齒輪運轉的噪音，整個游泳池彷彿成了一台巨大的機器。

格羅佛大喊：「喂！」

池邊的丘比特銅像將弓拉滿，在我還沒來得及要大家尋找掩蔽時，箭發射出去，但不是對著我們。他們互往泳池對面的銅像射箭，箭尾綁著柔亮光滑的纜線，在泳池上方形成弧形。當箭射到泳池對面後，在射入點形成一個很大的金色星形，將纜線固定住。更神奇的是，兩股纜線間開始出現許多細細的金屬線交織在一起，變成一張網。

「我們得出去才行。」我說。

「可惡！」安娜貝斯說。

我抓起盾牌。我們開始跑，可是在這個游泳池中，往上爬並不像往下溜那麼容易。

「快上來！」格羅佛大喊。

他試著幫我們拉開一小片網子，可是只要他一碰到網子，金線就開始纏住他的手。

丘比特的頭啪的一聲打開來，出現了攝影機，游泳池四周的聚光燈升起，照得我們幾乎睜不開眼。接著，擴音喇叭響起了低沉的聲音：「一分鐘後，奧林帕斯現場直播……五十九、五十八……」

「是赫菲斯托斯！」安娜貝斯叫著：「我眞是笨蛋！Eta 就是 H[53]，他設下這個陷阱要抓他的妻子和阿瑞斯。現在我們要被實況轉播到奧林帕斯了，看起來一副蠢相！」

我們快爬到泳池邊緣時，整排鏡子突然像艙門那樣打開，然後幾千隻小小的金屬……東西倒了出來。

安娜貝斯開始尖叫。

那是一隊會讓人情緒失控、毛骨悚然的蜘蛛大軍，它們有著青銅身體、細長的腳和鉗子般的小尖嘴，在嗶嗶嗡嗡的金屬聲浪中朝我們快速襲來。

「蜘蛛！」安娜貝斯喊著：「蜘……蜘……啊啊啊！」

我從來沒看過她這樣。她嚇得往後退，幾乎完全被蜘蛛機器人擊潰。我把她拉起來，拖著她往船的方向退回去。

那東西現在不斷的從泳池邊緣湧出，大概有數百萬隻像洪水般往泳池中心進逼，將我們團團包圍。我告訴自己，它們也許不是設計來殺我們的，只是要趕我們走，或是咬我們幾口，讓我們看起來像笨蛋而已。再說，這是爲天神設計的陷阱，而我們並不是天神。

安娜貝斯和我爬進船裡，我開始將擠上船的蜘蛛踢下去。我大叫安娜貝斯幫我一起踢，可是她嚇傻了，只能癱在那裡尖叫。

「三十、二十九……」擴音喇叭的聲音響著。

蜘蛛開始吐出金屬絲，想把我們捆起來。一開始這些絲線很容易拉斷，可是絲線卻愈來愈多，而蜘蛛又持續湧上來。我踢下一隻安娜貝斯腳上的蜘蛛，牠的鉗子嘴把我的新衝浪鞋咬下一大塊。

格羅佛穿著飛鞋在泳池上空盤旋，試著拉鬆網子，可是完全沒有用。

快想辦法，我告訴自己，快想。

愛情隧道的入口在網子下面。我們可以從隧道逃出，但入口現在已經被一百萬隻機器蜘蛛封鎖了。

---

53 希臘字母中的H，發音唸做「eta」，這裡的H和eta指的就是赫菲斯托斯（Hephaestus）。

「十五、十四……」擴音喇叭的聲音響著。

水，我想著，這趟水上之旅的水從哪裡來？

此時我看到了鏡子後面的大水管，就是蜘蛛湧出來的地方，而在網子上面，一個丘比特銅像的旁邊有座玻璃窗崗哨亭，那一定是控制室。

「格羅佛！」我大喊：「到崗哨亭去！去找『開』的按鈕！」

「可是……」

「快去！」這是個瘋狂的希望，可是也是我們唯一的機會。現在蜘蛛已經攀上我們船頭，安娜貝斯全心尖叫，而我必須設法讓我們離開這裡。

現在格羅佛在控制室裡猛敲著按鈕。

「五、四……」

格羅佛抬頭，絕望的看著我，而且舉了舉手。他要讓我知道已經按下了所有按鈕，可是卻沒有發生任何變化。

我閉上眼睛想著波浪、奔騰的水，還有密西西比河。我的體內湧出一股熟悉的拉力，我努力想像著將整個海拉到丹佛來。

「二、一、〇！」

水從水管噴出，怒吼著沖進泳池，沖掉了蜘蛛。我把安娜貝斯拉進我旁邊的座位中，幫她繫上安全帶。這時波浪衝進船中，水淹過頂部，將我們周圍的蜘蛛瞬間沖走，也使我們一下子全浸在水中。不過船沒有翻覆，還在洪流中轉彎、上升，在游泳池裡繞圈圈。

水中滿是打轉的蜘蛛，有些衝向泳池的混凝土牆撞成碎片。

聚光燈往下照著我們，丘比特攝影機正在拍攝，對奧林帕斯實況轉播。

不過此時我只能專心開船。我用意志力控制水流，避免讓船撞到牆壁。也許只是我的想像，不過我覺得船似乎有所回應，至少它沒有撞成一百萬個碎片。我們轉了最後一圈，現在水的高度幾乎可以讓金屬網把我們切碎。接著船頭轉向隧道口，我們飛快駛進黑暗中。

安娜貝斯和我緊緊抱著，每當船轉個大彎，或者緊貼著角落，或是以四十五度角擦過羅蜜歐和茱麗葉的圖片和一堆情人節玩意兒時，我們就放聲大叫。

隨後我們出了隧道，夜晚的空氣呼嘯著穿過我們的頭髮，這時船直直朝出口高速前進。照正規的走法，我們會從斜坡上往下滑，通過盡頭的金色「愛之門」出口，再安全落在出口水池中，濺起一堆水花。不過現在有個問題，「愛之門」上了鍊條。有兩艘船在我們之前被沖出隧道，現在變成高起的路障，一艘船沈了一半，另一艘斷成兩截。

「解開安全帶。」我對安娜貝斯大喊。

「你瘋了嗎？」

「除非你想變成一堆碎片。」我將阿瑞斯的盾牌綁在手臂上。「我們必須要跳過去。」我的想法很簡單也很瘋狂，當船撞在一起時，我們利用撞擊的力量當跳板，跳過閘門。我聽說有人在撞車時就是這樣被拋到事故現場十幾公尺之外，因而保住一命。如果幸運的話，我們就能降落在水池中。

安娜貝斯似乎理解了，當出口愈來愈接近時，她緊抓著我的手。

「聽我口令。」我說。

「不！我來喊！」

「什麼？」

「初級物理學！」她大喊：「力的大小乘以拋射仰角……」

「好啦！」我大吼：「你喊！」

她等著……等著……然後大喊：「跳！」

砰！

安娜貝斯是對的，如果照我想的那個時間跳，我們應該會撞上閘門，她讓我們取得最大的上升值。

不幸的是，這比我們需要的多了一點點。我們的船連環撞，而我們被拋向天空，越過了閘門，也越過了水池，往堅硬的柏油路墜落。

有東西從背後抓住我。

安娜貝斯大叫：「哎呀！」

格羅佛！

他在半空中抓住我的上衣和安娜貝斯的手臂，努力把我們拉起來，不讓我們墜機，不過我和安娜貝斯衝力十足。

「你們太重啦！」格羅佛說：「我們要掉下去了！」

我們往地面盤旋降落，格羅佛用盡全力減慢下墜的速度。我們撞到一塊供遊客拍照的立板，格羅佛的頭直直撞進了板上的洞，這是遊客用來放頭的地方，好假裝自己是隻可愛的鯨魚。安娜貝斯和我跌在地上，發出砰的一聲。不過我們都活得好好的，阿瑞斯的盾牌還在我手臂上。

回過神後，安娜貝斯和我把格羅佛從照相立板中拉出來，感謝他救了我們一命。我回頭看看這個「恐怖愛之旅」。水正在消退，我們的船已經在出口處撞成碎片了。將近一百公尺遠的地方，在入口的游泳池，丘比特仍然在拍攝。銅像轉動著，好讓鏡頭對準我們，聚光燈打在我們臉上。

「表演結束了！」我大喊：「謝謝！晚安！」

丘比特回到原來的位置上，燈光霎時熄滅。園區又回復到寂靜與黑暗，除了一點細細的水流正流進「恐怖愛之旅」的出口水池中。不知道奧林帕斯有沒有廣告插播，不知道我們這段節目的收視率好不好。

我討厭被欺負，討厭被欺騙，而且我有充分的經驗處理欺負我的惡霸。我掂掂手臂上的盾牌，轉頭對我的朋友說：「我們必須找阿瑞斯談一談。」

16 蓮花賭場

戰神正在餐廳停車場等我們。

「喲喲，」他說：「你們還活著啊。」

「你明知道那是陷阱。」我說。

阿瑞斯露出邪惡的笑容。「我打賭那打鐵的跛腳看到網住一對笨小孩時，一定很驚訝，你們很上相呢！」

我將盾牌塞給他，「你這蠢蛋。」

安娜貝斯和格羅佛屏住呼吸。

阿瑞斯抓起盾牌，像做披薩皮一樣將盾牌拋到半空旋轉，盾牌在旋轉中變成一件防彈背心。當背心落下時，他舉起手將背心穿到身上。

「那裡的卡車，有沒有看到？」他指著一台有十八個車輪的大卡車，正停在餐廳對街的路邊。「那就是你們的交通工具，往洛杉磯的直達車，中途會在拉斯維加斯休息。」

十八輪卡車後面有個標語，我能夠讀懂那些字只因爲它是黑底白字，對於有閱讀障礙的我來說，這顏色是很好的組合。上面寫著：「仁慈國際機構：人道動物運輸。警告：內有野生動物！」

我說：「你開什麼玩笑。」

阿瑞斯彈彈手指，卡車後門的插栓拉開了。「免費的西行車耶，笨蛋，別抱怨了，這是你們完成任務的一點謝禮。」

他拿起吊在他機車把手上的藍色尼龍背包，丟給我。

裡面是給我們三個人的乾淨衣服、二十美元現金、一小袋古希臘金幣，還有一包奧利奧雙層夾心餅乾。

我說：「我才不要你的髒……」

「謝謝，阿瑞斯天神。」格羅佛打斷我，並且用終極警告的眼神瞪我一眼，「非常感謝。」

我氣得牙癢癢的。拒絕天神的東西可能對天神是極大的羞辱，但我眞的不想要任何阿瑞斯碰過的東西。我不情願的將背包背上肩。只要戰神一出現我就滿肚子火，眞的好想揍他鼻子一拳。他讓我想起了曾遇過的所有惡霸：南西．波波菲、克蕾莎、臭蓋柏，還有那幾個羞辱我的老師，包括學校裡那些說我很笨的蠢蛋，還有我被退學時嘲笑我的人。

我回頭看餐廳，店裡只有兩個顧客。上次幫我們點餐的女服務生很緊張的往窗外看，好像很怕阿瑞斯會傷害我們一樣。她把廚師從廚房裡拉出來看，然後跟廚師說了些話。廚師點點頭，舉起一台小小的即可拍相機，對著我們拍了一張照片。

這下好了，我想，我們明天又要上報了。

我猜明天的新聞標題應該是：十二歲逃犯痛打毫無抵抗能力的騎士。

「你還欠我一個東西。」我對阿瑞斯說，一邊努力讓聲音保持冷靜。「你答應過我，要告訴我關於我媽媽的事。」

「你確定你可以承受這消息嗎？」他用腳踩著，發動摩托車。「她沒有死。」

我頓時感到天旋地轉。「什麼意思？」

「我的意思是，她在將死之際被彌諾陶帶走了。那時她變成一束金光，對吧？那表示她在變形，不是死亡。她被抓走了。」

「爲什麼要抓她？」

「你應該好好研究一下戰術，笨蛋！當人質啊，抓住一個人去控制另一個人。」

「沒有人能控制我。」

他大笑。「是嗎？後會有期啦，孩子。」

我握緊拳頭。「你很得意嘛，阿瑞斯天神，從丘比特銅像那裡倉皇逃跑的傢伙。」

他的太陽眼鏡後面燃起了火光，我感覺到一陣熱風吹在頭皮上。「波西．傑克森，我們會再見面的。下次你將會身陷戰爭，自己小心點啊。」

他催著油門，哈雷機車呼嘯離開，消失在德納西街的盡頭。

安娜貝斯說：「波西，那樣做不太聰明。」

「我不在乎。」

「你不會想與天神為敵的，尤其是那一位。」

「嘿，兩位，」格羅佛說：「我不想插嘴，可是……」

他指著餐廳的櫃台，最後兩個客人正在買單。這兩名男子穿著一樣的黑色連身工作服，背上的白色標誌和仁慈國際的卡車相同。

「假如我們要搭這班動物直達車的話，」格羅佛說：「得趕快了。」

我不喜歡那台卡車，可是我們沒有更好的選擇，況且，丹佛這地方我也真的看夠了。

我們跑到對街，從大貨櫃後面爬上去，然後轉身關上門。

迎面襲來的是一陣惡臭，這裡活像是世界最大的貓砂盆。

拖車裡面一片漆黑，於是我將波濤劍的筆蓋拿下，它的金屬劍身發出微弱冷光，照出一個淒慘的現場。我從沒看過這麼悲慘的生物，被關在汙穢金屬籠裡的動物有三隻：斑馬、公的白獅子，還有某種不知名的野生羚羊。

有人丟給獅子一袋蕪菁，顯然牠不想吃，而斑馬和羚羊各有一個保麗龍盤子，裡面裝的是絞肉。斑馬的馬鬃被嚼過的口香糖黏得亂七八糟，像是有人閒閒沒事就朝著牠亂吐一通。羚羊的一支角上綁著一個愚蠢的銀色生日氣球，氣球上還寫著：「超越巔峰！」

顯然沒人敢靠獅子太近，以免成為牠的大餐。但這可憐的東西正在沾滿糞便的毯子上來回踱步。籠子對牠而言實在太小，貨櫃裡又悶又熱，牠痛苦的喘著氣。蒼蠅嗡嗡盤旋在牠粉紅色眼睛周圍，而在白色的皮毛之下，牠的肋骨輪廓清晰可見。

「這叫仁慈嗎？」格羅佛大喊：「這是人道動物運輸？」

他可能打算直接開門出去用蘆笛痛打運貨的人，而且我會過去幫他，但就在此時，卡車的引擎轟轟響起，車子開始震動，我們不由得坐了下來，或者說是跌了一跤。

我們蜷縮在角落幾個發霉的飼料袋上，努力不去理會眼前的惡臭、悶熱和蒼蠅。格羅佛發出咩咩聲和動物們說話，不過牠們只是悲傷的凝視著他。安娜貝斯贊成撬開鐵籠，救牠們脫離困境，不過我認爲在卡車停下來之前做這件事並不明智。此外，我覺得對獅子來說，我們比那些蕪菁更加美味可口。

我找到水罐，在牠們的碗裡注滿水，然後用波濤劍把不合的食物拉出牠們的籠子，將肉換到獅子那邊，把蕪菁給斑馬和羚羊。

當安娜貝斯用刀子將羚羊角上的氣球線割斷時，格羅佛負責讓羚羊保持冷靜。她本來還想接著把斑馬馬鬃上的口香糖割掉，可是我們覺得在顛簸的卡車上這樣做太危險。我們要格羅佛對動物說，明天早上將會給牠們更多協助，於是我們今晚就先休息了。

格羅佛蜷縮在蕪菁袋上，安娜貝斯則是打開一包奧利奧雙層夾心餅乾，心不在焉的拿出一片，小口小口吃著。我努力安慰自己，專心想著我們已經在往拉斯維加斯的路上了，距離目的地只剩一半的路程，而現在才六月十四日，夏至則是二十一日，我們還有很多時間。

但另一方面，對於接下來會發生什麼事，我毫無頭緒。天神們一直在耍我，只有赫菲斯托斯挺起胸膛承認他設下攝影機拍我，還當作娛樂節目一樣播送。不過，雖然此時已經沒有攝影機在拍了，我還是覺得在這趟任務中一直被觀看著。我就是天神們娛樂的來源。

「嘿，」安娜貝斯說：「波西，很抱歉，我在水上樂園時失態了。」

「沒關係。」

「那是因為……」她發抖著說：「蜘蛛。」

「是因為阿拉克妮的故事，」我猜，「她因為向你媽媽挑戰，比賽編織，所以被變成了蜘蛛，對吧？」

安娜貝斯點點頭。「自此之後，阿拉克妮的小孩把仇報在雅典娜的小孩身上，所以距我一、兩公里內的蜘蛛都會找上我。我痛恨那讓人毛骨悚然的東西。總之，我欠你一次。」

「我們是同一隊的，記得吧？」我說。「再說，好在有格羅佛的花式飛行啊。」

我以為他已經睡了，不過他的聲音從角落傳來：「我真的很棒，對吧？」

安娜貝斯和我都笑了。

她把一片奧利奧餅乾扳開，遞給我一半。「在請求伊麗絲傳訊息時……路克真的沒有說什麼嗎？」

我喀滋喀滋嚼著餅乾，一邊想著該怎麼回答。透過彩虹那場對話已經困擾了我一整晚。

「路克說你和他認識很久了，他也說格羅佛這次一定不會失敗，沒有人會變成松樹。」

在黯淡的青銅劍微光下，我看不清楚他們的表情。

格羅佛發出一個悲淒嘶啞的叫聲。

「我應該一開始就告訴你眞相。」他的聲音顫抖著，「如果你知道我犯了這麼嚴重的錯，你不會想讓我跟你一起來。」

「你就是去援救宙斯女兒泰麗雅的那個羊男。」

他悶悶不樂的點著頭。

「而泰麗雅的朋友，那另外兩個安全到達營區的混血人……」我看著安娜貝斯，「就是你和路克，是嗎？」

她放下手上的奧利奧餅乾。「波西，如你所說，一個七歲的混血人沒辦法獨自長途跋涉。雅典娜引導我得到協助，那時泰麗雅十二歲，路克十四歲，他們和我一樣從家裡跑出來。他們很高興帶我一起走，他們是……是與怪物戰鬥的絕佳戰士，即使從來沒受過訓練。我們毫無計畫的從維吉尼亞一路往北，在被格羅佛找到前的兩星期內，我們還擊退了幾隻怪物。」

「我的任務是要護送泰麗雅到營區。」格羅佛邊說邊吸著鼻子，「只有泰麗雅一個人。奇戎對我下了嚴厲的命令，叫我不准做任何耽誤救援任務的事。我們知道黑帝斯在後面追她，可是我就是沒辦法放著路克和安娜貝斯不管。我以爲……我以爲我可以護送他們三個人全部安全抵達。都是我的錯，是我讓仁慈女神追上了，那時我呆住了。回到混血營途中，我很害怕，而且還走錯路。假如那時能再快一點……」

「別說了，」安娜貝斯說：「沒人責怪你，泰麗雅也沒有怪你。」

「她犧牲自己救了我們，」他悲涼的說：「她的死是我的錯，羊男長老會也這麼說。」

「難道他們因爲你沒丟下其他兩個混血人而責怪你嗎？」我說：「這不公平。」

「波西說的對。」安娜貝斯說：「格羅佛，假如沒有你，我今天不會在這裡，路克也是。我們才不在乎長老會說了什麼。」

格羅佛在黑暗中繼續吸著鼻子。「我只是運氣好，我是最不中用的羊男，而我卻找到本世紀最有力量的兩個混血人，泰麗雅和波西。」

「你哪有不中用，」安娜貝斯堅持，「你是我所見過最勇敢的羊男，不然你說有哪個羊男敢去冥界。我打賭波西很高興你現在和他一起。」

她踢了一下我的小腿。

「是啊，」我說，即使她沒踢這一下我也會這樣說。「格羅佛，你找到泰麗雅和我絕不是因爲好運，你是史上最有勇氣的羊男，是天生的探查者。你一定會成爲找到潘的羊男。」

我聽到一個長長的、滿足的嘆息聲。我等著格羅佛開口說話，不過他只是呼吸聲愈來愈重，當轉變成鼾聲時，我知道他睡著了。

「他怎麼做到的？」我感到很驚訝。

「不知道，」安娜貝斯說：「不過你對他說的話眞的很棒。」

「我是眞的這麼想啊。」

我們在沈默中旅行好幾公里，在飼料袋上隨著車子上下晃動。斑馬喀滋喀滋嚼著蕪菁；

獅子舔光嘴邊最後一點絞肉後，充滿希望的看著我。

安娜貝斯搓著項鍊，好像在想長遠的戰略。

「那顆松樹珠子，」我說：「是你第一年的時候拿到的嗎？」

她看著珠子，原先她並沒察覺到自己的動作。

「是啊，」她說：「每年八月，指導員會選出那年夏天最重要的事件，畫在那一年的珠子上。我有泰麗雅松樹、希臘戰船失火，還有半人馬穿舞會裝，那是個奇怪的夏天……」

「那個大學戒指是你爸爸的？」

「這和你無……」她停了一下說：「是啊，是我爸爸的。」

「你不用告訴我沒關係。」

「沒關係，」她的呼吸聲有點顫抖，「兩年前的暑假，我爸把它放在一封信裡面寄給我，這個戒指好像是和雅典娜有關的重要紀念品。假如沒有雅典娜，我爸可能沒辦法從哈佛博士班畢業……那是個很長的故事。不管怎樣，他要我留著這個戒指，他說自己是笨蛋，說很抱歉，說很愛我而且很想念我。他要我回家和他一起生活。」

「聽起來不錯。」

「是啊，嗯……問題就在於我相信了他，所以暑假結束後我回家上普通學校。可是我繼母還是和以前一樣，她不想讓她的孩子因爲和怪胎一起生活而陷入危險。只要有怪物來攻擊，我們就吵架；怪物又來攻擊，我們又吵架。我甚至沒辦法忍耐到寒假，於是我要奇戎馬上帶我回混血營。」

「你覺得以後還會再回去和你爸爸住嗎？」

她沒有看我的眼睛。「拜託，我可不想自討苦吃。」

「你不應該放棄。」我告訴她：「你應該寫封信給他。」

「謝謝你的忠告。」她冷淡的說：「不過我爸已經選擇了要和誰住。」

我們又陷入幾公里的沈默中。

「那麼，如果天神開戰了，」我說：「事情會發展成像特洛伊戰爭那樣嗎？雅典娜會和波塞頓對抗嗎？」

她將頭枕在阿瑞斯給我們的包包上，閉上眼睛。「我不知道我媽會怎麼做，不過我知道我會和你並肩作戰。」

「爲什麼？」

「因爲你是我朋友啊，海藻腦袋。還有什麼蠢問題嗎？」

我想不到要回答她什麼，還好也不需要，因爲安娜貝斯睡著了。

我沒辦法跟著她馬上入睡，因爲格羅佛鼾聲大作，再加上白獅子飢餓的目光，但我終究還是閉上了眼睛。

惡夢一開始又是我已經夢過一百萬次的舊夢。我穿著約束衣，被強迫考試。其他小孩全都考完出去休息了，而老師一直說著：「波西，快寫。你不笨啊！拿起你的鉛筆。」

這時夢境偏離常軌，出現了不同的發展。

我看著隔壁的位子，一個女生坐在那裡，也穿著約束衣。她的年紀和我差不多，有一頭龐克風的烏黑亂髮，黑色眼線框住她狂暴的綠眼睛，鼻樑上有雀斑。不知怎麼的，我知道她是誰，她是泰麗雅，宙斯的女兒。

她努力想掙脫約束衣，然後用一種挫折的眼神瞪著我，厲聲對我說：「喂，海藻腦袋嗎？我們之中有一個人必須離開這裡。」

她是對的，我在夢裡這樣想。我要回到山洞，向黑帝斯說清楚我的想法。

我身上的約束衣融化了，我往下掉，穿過教室地板。老師的聲音變得冰冷且邪惡，迴盪在巨大深淵的深處。

「波西．傑克森，」那聲音說：「是的，交易順利，我知道了。」

我回到黑暗的山洞中，亡魂繞著我旋轉。坑裡面看不見的怪東西正在說話，不過這次不是對我說。那不帶任何感情的聲音似乎正朝著其他方向。

他問說：「他一點都沒有懷疑嗎？」

另一個聲音，我好像認得，就在我的旁邊回答：「沒有，主人，他和其他人一樣無知。」

我轉頭看，可是沒有人，發話者是隱形的。

「騙局中的騙局。」坑裡的東西若有所思的說著：「太棒了。」

「我的主人，確實如此。」我旁邊的聲音說：「您是著名的設局者啊，不過這眞的有必要嗎？我能直接給您我偷走的……」

「你？」怪物不屑的說：「你的表現已經到了極限，這次如果沒有我插手的話，你早就一敗塗地了！」

「可是，主人……」

「安靜，小奴才，我們這六個月收穫很多。宙斯的怒火上升，而波塞頓已經使出最後一張牌，現在我們即將用那東西和他對抗。簡單的說，你會得到你希望的酬勞與報仇。當兩樣寶物都傳到我手上……等一下，他在這裡。」

「什麼？」隱形僕人突然很緊張。「主人，是您召喚他嗎？」

「不是。」怪物的力量現在完全灌注到我身上，立刻將我凍結。「宰了他，他太善變、太不可預料了。這男孩是自己到這裡來的。」

「怎麼可能！」僕人大喊。

「他可比你這懦夫有種。」那聲音咆哮著，然後冰冷的力量又回到我身上，「那麼……你希望夢到你的尋找任務嗎，混血小子？是的話，我會幫你一把。」

場景換了。

我站在一個巨大的王座廳裡。黑色大理石牆面，青銅地板，大廳裡擺著一個空的恐怖王座，是由人類骨頭熔接而成。站在王座高台下方的是媽媽，她凍結在金光中，手臂往前伸。

我想走向她，可是腳不能動。我伸出手想抓住她，卻發現我的手正變成枯骨。這時穿著希臘盔甲的白骨人咯咯笑著包圍住我，他們將絲質長袍披在我身上，在我頭上放了一頂冒著凱迷拉毒煙的月桂冠。我的頭皮灼燒了起來。

邪惡的聲音笑著說：「啊哈，凱旋的英雄啊！」

我從夢中驚醒。

格羅佛搖著我的肩膀。「卡車停了。」他說：「他們應該會來檢查動物。」

「快躲起來！」安娜貝斯用氣音說。

對她來說可簡單了，只要把魔法帽戴上就馬上消失。格羅佛和我就得躲在飼料袋後面，而且還要祈禱自己看起來跟蕪菁一樣。

貨櫃門吱吱嘎嘎打開了，陽光和熱氣湧進。

「可惡！」其中一個貨運員咒罵著，一隻手在他醜陋的鼻子前搧動。「真希望我載的是電器。」他爬進來，從水罐裡倒了一些水在動物的碗裡。

「大傢伙，你很熱吧？」他問獅子，然後把剩下的水潑到獅子臉上。

獅子憤怒的大吼。

「好好好！」這個人說。

我旁邊的蕪菁袋底下，格羅佛全身緊繃。以一個愛好和平的草食動物而言，他現在的模樣兒狠無比。

貨運員丟給羚羊一個捏爛的速食店兒童餐紙袋，然後對著斑馬怪笑幾聲說：「條紋小子，你好呀！我們將會在這一站擺脫你喔。你喜歡魔術秀嗎？你一定會很喜歡的，觀眾將會看到你被切成兩半呢！」

斑馬急切的眼神中充滿恐懼，直直盯著我看。

明明沒有任何聲音，但我卻清清楚楚聽到牠說：「主人，救救我，拜託。」

我呆住了，一時反應不過來。

貨櫃一側傳來很吵的砰砰聲。

卡車裡面那個人大喊著：「艾迪，要幹嘛？」

一個聲音從外面吼進來，他一定就是艾迪。「莫里斯，你說什麼？」

「你敲個什麼勁啊？」

砰！砰！砰！

在外面的艾迪大叫：「你說敲什麼啊？」

我們這位莫里斯翻了個白眼，轉身走到外面去，一邊咒罵著艾迪是白痴。

不一會兒，安娜貝斯出現在我旁邊。一定是她敲的，好引莫里斯走到外面去。她說：「這一定是非法的勾當。」

「沒錯。」格羅佛說。他停了一下，像在聽著什麼。「獅子說他們是走私動物的人！」

「是眞的。」斑馬的聲音在我腦中響起。

「一定要救他們！」格羅佛說。他和安娜貝斯都看著我，等我指揮。

我聽得到斑馬說話，可是卻聽不到獅子的話，爲什麼？這或許是另一項學習障礙……所以我只聽得懂斑馬說話？啊，我想到了，是馬，安娜貝斯好像說過是波塞頓創造了馬。但是斑馬和馬血緣很近嗎？難道這是我聽得懂的原因？

斑馬說：「主人，請打開我的鐵籠，我之後會沒事的。」

外面的艾迪和莫里斯仍然大聲吵架，我知道他們隨時都會進來繼續折磨這些動物。我握著波濤劍，將斑馬鐵籠上的鎖劈開。

斑馬衝出籠子，轉身對我一鞠躬說：「主人，謝謝你。」

格羅佛舉起手，用羊語對斑馬說話，像是在祝福牠。

正當莫里斯抓抓頭準備回到貨櫃裡檢查怪聲時，斑馬躍過他頭頂衝到街道上，接著出現了大喊、尖叫和汽車喇叭聲。我們及時衝到貨櫃門邊，看到斑馬沿著滿是飯店、賭場和霓虹燈的大街奔馳而去。我們剛剛在拉斯維加斯放走了一隻斑馬。

莫里斯和艾迪在斑馬後面追趕，還有幾個警察也追在他們後面大喊：「嘿！你們要有許可證才行！」

「現在是離開的好時機。」安娜貝斯說。

「其他動物優先。」格羅佛。

我用劍切斷大鎖，格羅佛舉起手並給了牠們山羊的祝福，像剛剛對斑馬那樣。

「祝你們好運。」我對動物們說。羚羊和獅子衝出鐵籠，一起進入大街。有些遊客開始尖叫，不過大部分人都是退後幾步拍照，他們可能以為是賭場的新噱頭。

「動物們會沒事嗎？」我問格羅佛：「我是說，這裡是沙漠，而且……」

「不用擔心。」他說：「我在牠們身上放了羊男的庇護魔法。」

「你的意思是？」

「我的意思是牠們會安全抵達野地。」他說：「牠們會找到水、食物、遮蔽物等所有牠們需要的東西，直到找到一個安全的地方生活為止。」

「為什麼你不把庇護魔法也放在我們身上？」我問。

「這只對野生動物有用。」

「所以只對波西有用囉。」安娜貝斯推論。

「嘿！」我抗議。

「開個玩笑嘛！」她說：「走吧，我們離開這骯髒的卡車吧。」

我們蹣跚的走出卡車，進入沙漠午後的豔陽中。現在的氣溫超過攝氏四十度，而我們看起來一定很像遊民。不過街上的人都在看野生動物，因此我們沒有引起太多注意。

我們經過蒙地卡羅飯店、米高梅飯店，還有金字塔、海盜船，以及自由女神雕像。這雕像雖然只是迷你版的複製品，卻仍然引起了我的思鄉病。

我不確定我們在找什麼，也許只是找個躲避酷熱幾分鐘的地方，可以來份三明治和一杯檸檬汁，然後再想想往西行的新計畫。

我們必定是轉錯方向，因爲走到了一條死路，來到蓮花賭場飯店前。飯店入口是一朵巨大的霓虹燈花，花瓣閃閃發光。雖然現在沒有人進出，不過光亮的鍍鉻大門仍敞開著，向外溢出的冷氣聞起來有花的香氣，或許是蓮花吧。我從沒聞過蓮花的味道，所以也不確定。

門口的服務生對我們微笑。「嘿，孩子，你們看起來累壞了，要不要進來坐一下？」

這個星期以來，我已經學到要凡事懷疑，任何人都可能是怪物或天神，只是你沒認出來而已。不過這個人是正常人，我一眼就能看出來。此外，聽到有人這麼有同情心，我頓時心情放鬆許多。我對他點點頭，告訴他我們很樂意進去坐坐。進到裡面後，我們環顧四周，格羅佛說：「哇！」

整個大廳就是個巨大的遊樂室，裡面擺的可不是那種煩人的舊式小精靈電玩或吃角子老虎機。這裡有室內滑水道，蜿蜒圍繞著那至少上達四十樓的玻璃電梯。角落有一整面攀岩牆，還有一個室內的高空彈跳橋。虛擬實境的電玩配有雷射槍裝備，數百種影音電玩都配著一台寬螢幕電視。簡單的說，只要你叫得出名字的電玩，這裡都找得到。有幾個小孩正在玩，不過人並不多，想玩遊戲不用等。到處都是女服務生和點心吧，提供各種你想吃的食物。

「嘿！」有一個服務生說。我猜他是服務生，因爲他穿著白黃相間、印有蓮花圖案的夏威夷衫，還穿著短褲和夾腳拖鞋。「歡迎來到蓮花賭場，這是你們的房間鑰匙。」

我結結巴巴的說：「嗯，可是……」

「啊，不用。」他笑著說：「帳單已經處裡好了，沒有額外的費用，也不用付小費。請直接上到頂樓 4001 房。如果你們有任何需要，像是想在洗澡水裡加泡泡，或是需要射箭區的飛靶，只需要撥電話給櫃台就可以了。這是你們的蓮花現金卡，在餐廳、所有的電玩和遊樂設施都可以使用。」

他遞給我們每個人一張綠色塑膠卡片。

一定有什麼地方搞錯了，他顯然以爲我們是某個百萬富翁的小孩。不過我還是接過卡片說：「這裡面有多少錢呢？」

他的眉頭皺在一起。「你的意思是？」

「我是說，卡裡的現金什麼時候會用完？」

他笑了笑。「喔，你在開玩笑吧，哈哈，很酷喔。祝你們玩得開心。」

我們搭電梯上樓，打開房門。這是一個豪華的客房，裡面有三個分開的臥室和一個擺滿糖果、汽水、洋芋片的吧台。有客房服務專線電話、鬆軟的毛巾、羽毛枕頭、水床、接了衛星節目的大螢幕電視，還有高速上網。陽台上有可泡熱水的獨立浴缸，還有飛靶射擊機和一支獵槍，讓你可以對著拉斯維加斯的天空練習飛靶射擊。我不明白這怎麼可能合法，不過眞的是酷斃了。雖然從這裡俯瞰拉斯維加斯大道和沙漠的感覺很奇妙，不過有了這樣的房間設備，我懷疑什麼時候才會有空欣賞風景。

「喔，天啊，」安娜貝斯說：「這個地方簡直是……」

「非常幸福。」格羅佛說：「幸福極了。」

衣櫃裡有衣服，而且很合身。我皺了一下眉頭，仔細想想這確實有點怪。

我把阿瑞斯的背包丟進垃圾桶，現在不需要了，我們離開時可以在飯店裡的商店買一個新的背包。

我洗了個澡，在一星期髒兮兮的旅程之後，這種感覺真是太棒了。換好衣服後，我嗑了一包洋芋片，喝掉三罐可樂，很久沒有感覺這麼舒服。不過在我腦袋的小角落裡，還有個小問題一直糾纏著我，好像我有個夢想還是什麼的……我需要和我的朋友談一下才行，不過這件事可以等會兒再做。

我走出臥室，發現安娜貝斯和格羅佛也洗好澡，換了衣服。格羅佛心滿意足的吃著洋芋片，而安娜貝斯則將電視轉到國家地理頻道。

「有這麼多頻道可以選，」我對她說：「你竟然轉到國家地理頻道，你瘋了嗎？」

「這很有趣。」

「我覺得很好。」格羅佛說：「我喜歡這個地方。」

他甚至沒發現到，他的鞋子拍著翅膀將他一隻腳抬起來，然後又放回地上。

「我們現在要做什麼呢？」安娜貝斯問：「睡覺嗎？」

格羅佛和我互看一眼，笑了出來。因爲我們都拿起手上的綠色蓮花現金卡。

「遊戲時間到了。」我說。

我不記得上一次玩得這麼開心是什麼時候。我家比較窮，在我的想法裡，只要去吃一頓漢堡王或租一支影片回家看，就算很奢侈了。至於這五星級拉斯維加斯飯店呢？想都別想。

我在大廳玩了五、六次高空彈跳，又去玩滑水道，在人工滑雪坡滑雪，還有虛擬實境的雷射觸殺，以及聯邦調查局神槍手探員。我有看到格羅佛幾次，他也是一個接著一個玩。他眞的很喜歡「顚倒獵人」，就是那種會有鹿走出來射擊粗魯獵人的遊戲。我還看到安娜貝斯玩的遊戲都很花時間和腦力。這裡還有一種大型的三度空間模擬機，你可以建造出自己的城市，實際看到立體雷射光點組成的建築物從遊戲板升起。我對這個沒什麼興趣，不過安娜貝斯卻很愛。

我不太確定是什麼時候開始發現事情不對勁。

可能是在我玩虛擬實境神槍手時，有一個小孩在我旁邊，就是從那時開始的。我猜他大約十三歲，可是打扮超奇怪。我想他爸爸可能是某個模仿貓王的演員，因爲他穿著喇叭褲，紅T恤上有黑色滾邊，燙過的頭髮又上了髮膠，很像是紐澤西女生參加返校派對時的髮型。

我們一起玩了一局神槍手遊戲，然後他說：「妙極了，在這裡待了兩個星期，這個遊戲一次比一次好玩。」

妙極了？

後來我們聊天時，我說到有個人「很瞎」，他卻滿臉問號，好像他從來沒聽過這種說法。

他說他叫做達倫，後來我開始問他問題，他覺得我很煩，起身走回電腦螢幕前。

我說：「嘿，達倫。」

「什麼？」

「今年是西元幾年？」

他皺著眉頭看我說：「遊戲裡嗎？」

「不是，眞實世界的。」

他努力想了想。「一九七七年。」

「不會吧，」我開始有點害怕，「眞的嗎？」

「喂，別吵，我正在玩遊戲呢。」

之後他完全不理我了。

我開始試著和看到的人說話，然而我發現這並不容易，因爲他們都沈迷在電視螢幕、電玩遊戲和食物裡。有個人告訴我現在是一九八五年，另外一個則說是一九九三年，而所有人都說他們並沒有在這裡待很久，只有幾天而已，頂多幾個星期。他們都不確定時間，而且他們也不在意。

這時我的問題來了。我在這裡待了多久？好像只有兩個小時吧，可是眞的是這樣嗎？

我努力回想我們出現在這裡的原因。我們預定要去洛杉磯，找出到冥界的入口，而我的媽媽……太可怕了，我一時之間竟然想不起她的名字，對了，莎莉，莎莉．傑克森。我必須找到她，我必須阻止黑帝斯引發第三次世界大戰。

我找到安娜貝斯，她仍然在建造她的城市。

「走吧，」我對她說：「我們必須離開這裡。」

沒有回話。

我搖搖她。「安娜貝斯？」

她抬頭看我，有點火大的說：「幹嘛？」

「我們該走了。」

「走？你在胡說什麼啊，我才剛把尖塔……」

「這裡是陷阱。」

她沒有回答我，所以我又搖一搖她。「幹嘛？」

「你聽好，冥界，我們的尋找任務！」

「喔，波西，別這樣，只是多花幾分鐘而已。」

「安娜貝斯，這裡有些人是一九七七年來的，而且小孩永遠不會變老。只要你一住進來，就會永遠待在這裡。」

「那又怎樣？」她問：「你還想得出哪裡比這裡更棒嗎？」

我抓住她的手腕，用力將她從遊戲中拉出來。

「嘿！」她尖叫著，用力打我，即使如此也沒有半個人抬起頭來看我們，他們都太忙了。

我讓她的眼睛直直看著我。我說：「蜘蛛，很大隻，毛茸茸的蜘蛛。」

這些話總算刺激到她，她眼睛亮了起來。「天啊。」她說：「我們在這裡多久了……」

「我不知道，不過我們得先找到格羅佛。」

我們到處搜尋，發現他還在玩顛倒獵人的遊戲。

「格羅佛！」我們一起大叫。

他說：「人類，去死吧！製造汙染的齷齪人類，死吧！」

「格羅佛！」

他轉身將塑膠槍對準我，喀噠喀噠開槍掃射，好像我是螢幕上的另外一個獵人。

我看看安娜貝斯，然後我們一起拉著格羅佛的手臂，將他拖出來。他的飛鞋蹦出翅膀，開始將他的腳往反方向拉。他大喊著：「不要啦！我才剛升級！我不要走！」

飯店服務生飛快跑過來。「那麼，你們準備好要領白金卡了嗎？」

「我們正要離開。」我告訴他。

「那眞是太可惜了。」他說。我覺得他是說眞的，如果我們離去，就傷了他的心。「我們剛剛爲白金卡顧客增設了全新的電玩樓層。」

他拿出卡片，我很想要一張。我知道一旦拿了，就永遠走不開。我會永遠待在這裡，一直開心的玩電玩，而且很快就會忘了媽媽和任務，或許連我的名字都會忘記。我會和妙極了的達倫一直玩虛擬實境神槍手，直到永遠。

格羅佛伸手去拿卡片，安娜貝斯趕緊用力將他的手拉回來。「不用，謝謝。」

我們往門口走去，食物的香氣和電玩的聲音愈來愈誘人，我想起樓上的房間，我們可以在那裡多待一晚，睡一次眞正的好床……

接著我們衝出蓮花賭場飯店的大門，跑下台階到人行道上。現在好像是下午，和我們進去賭場飯店的時間差不多，可是有點不對勁。這時天氣完全變了，天空中烏雲密佈，陣陣閃電直落入沙漠。

阿瑞斯的背包還在我肩上。怪了，我明明將它丟到 4001 房的垃圾桶啦，不過我現在還有別的問題需要擔心。

我跑到最近的書報攤，先看年份。感謝天神，和我們進去時的年份一樣。接著我看了看日期：六月二十日。

我們在蓮花賭場裡待了五天。

距離夏至，只剩下一天的時間。在一天之內，我們要完成尋找任務。

17 水床皇宮

這是安娜貝斯的點子。

她要我們一起坐進一台拉斯維加斯計程車後座，裝出一副眞的有錢的樣子，然後她告訴司機說：「到洛杉磯，謝謝。」

司機咬了根雪茄，打量著我們。「到那裡有四百多公里遠，你們必須先付清。」

「你接受賭場現金卡嗎？」安娜貝斯問。

他聳聳肩說：「只接受一部分的卡，信用卡也是。我要先用刷卡機刷看看。」

安娜貝斯將自己的綠色蓮花現金卡拿給他。

他懷疑的看著這張卡。

「刷刷看嘛。」安娜貝斯說。

他刷了。

計程車錶開始發出嗶嗶聲，燈一閃一閃的，最後金額欄上出現無限大的符號。

雪茄從司機的嘴裡掉了出來，他轉過頭看著我們，眼睛睜得很大。「請問要到洛杉磯哪裡……唔，小公主。」

「聖塔莫尼卡碼頭。」安娜貝斯坐直了一點，我發現她喜歡「小公主」這個稱呼。「盡量快一點，零頭算你的小費。」

或許她不應該這樣說。

穿過莫哈維沙漠的整路上，司機的時速表從沒低於一百五十公里。

一路上我們有很多時間講話。我告訴安娜貝斯和格羅佛最近那場夢，可是愈努力想，就忘記愈多細節。蓮花賭場似乎讓我的記憶短路了。我記不起來隱形僕人的聲音和誰很像，只確定那是我認識的人。隱形僕人在深淵裡好像有叫那個怪物「主人」以外的稱呼……像是有個特定的名字還是頭銜之類的……

「是沈默者嗎？」安娜貝斯猜測著：「還是富翁？這兩個都是黑帝斯的綽號。」

「也許……」我說著，但聽起來都不太對。

「那個王座廳應該是黑帝斯的。」格羅佛說：「大家常常這樣描述。」

我搖搖頭說：「有點不太對勁。王座廳並不是夢的主要部分，那個聲音是從坑裡面……我不確定，聽起來不像是天神。」

安娜貝斯突然張大眼睛。

「怎麼了？」我問。

「喔……沒事，我只是……不對，一定是黑帝斯，也許他派這個隱形的小偷拿走閃電火，但是出了什麼差錯……」

「什麼差錯？」

「我……我不知道，」她說：「可是假如他從奧林帕斯偷走宙斯的力量象徵，而天神又都在追捕他，我想他很可能會出錯。因此這個賊必須將閃電火藏起來，也或許他不知為何弄丟了。總之，他沒有將它成功交給黑帝斯。你夢裡的聲音是這樣說的吧？那傢伙失敗了，這可以解釋復仇女神跟我們上巴士後爲什麼要找東西，也許她們以爲我們已經找回閃電火了。」

我不知道她怎麼了，她的臉色蒼白。

「可是如果我已經找回閃電火，」我說：「那我爲什麼還要去冥界一趟呢？」

「去威脅黑帝斯，」格羅佛提議：「去買通他或脅迫他，叫他把你媽媽還給你。」

我吹了聲口哨。「你這隻羊的思想眞邪惡。」

「會嗎？謝謝你喔。」

「可是，坑裡的那傢伙說，他在等兩個東西。」我說：「假如閃電火是其中之一，那另一個會是什麼？」

格羅佛搖搖頭，完全陷入困惑中。

安娜貝斯正看著我，彷彿知道我下一個問題會是什麼，但卻沉默著希望我別問。

「你想到坑裡的東西是什麼了吧？」我問她：「我是說，如果不是黑帝斯的話？」

「波西……我們不要談這個了，因爲假如不是黑帝斯……不，一定是黑帝斯。」

荒原滾滾遠去，我們經過了一個標誌，上面寫著：加州州界，二十公里。

我覺得我錯失了一個簡單而關鍵的訊息，很像我正盯著一個我應該認得的字彙，卻怎麼也讀不出來，因爲其中一、兩個字母正在飄浮。愈是仔細想這個尋找任務，我就愈確定黑帝斯並非正確答案。一定還有別的事正在進行，而那件事甚至更危險。

問題是，我們正以每小時一百五十公里的速度向冥界狂奔。我們都認定是黑帝斯拿走閃電火，若是到了那裡卻發現弄錯，我們再也沒有時間來修正錯誤。因爲夏至的期限已到，戰爭隨即啓動。

「答案在冥界。」安娜貝斯向我保證。「波西，你看到了死者亡魂，只有一個地方會有，我們的方向沒有錯。」

她努力提振士氣，提出到冥界去的幾個好方法，可是我的心思完全不在這上面。有太多未知的因素了，很像是不明就裡的死背書準備考試，卻搞不懂書裡的內容一樣。相信我，這種事我做過夠多次了。

司機加速往西行駛，穿越死亡谷時強風陣陣襲來，那聲音就和亡魂發出來的一樣。每次聽到十八輪大卡車煞車的嘰嘎聲，我就會想起艾奇娜的吐信聲。

夕陽西下時，計程車司機將我們放在聖塔莫尼卡的海邊。撇開噁心的臭味不談，這裡和電影中的洛杉磯海灘一模一樣。嘉年華車隊排在碼頭邊，人行道旁種著成排棕櫚樹，無家可歸的遊民睡在沙丘上，衝浪的遊客正在等待最完美的浪頭。

格羅佛、安娜貝斯和我走向拍打著海岸的碎浪。

「現在該怎麼辦？」安娜貝斯問。

大西洋在晚霞中轉為金色。從我站在蒙淘克海邊至今，已經過了多久？現在的我站在這個國家的另外一邊，望著不同一片大海。

怎麼會有一個天神可以控制這一切？我的自然老師曾經說過什麼……是三分之二的地球表面都被水覆蓋著嗎？我怎麼會是擁有如此力量的天神的兒子？

我走進浪裡。

「波西？」安娜貝斯說：「你在幹嘛？」

我繼續走，水淹到我的腰，然後到了我的胸膛。

她在後面叫我：「你知道那個海水汙染有多嚴重嗎？所有有毒的……」

這時我的頭整個浸入水中。

一開始我憋住呼吸。要刻意在水中吸氣很困難，我最後還是憋不住開始換氣，當然，我還是能正常呼吸。

我往下走到淺海海底。在黑暗中應該什麼都看不到才對，可是我卻可以辨別出每一樣東西，可以察覺到海底漩渦狀的地質構造，清楚看到沙海膽整群佈滿沙地，甚至看到了水流，寒流和暖流正纏繞在一起。

我感覺有東西在摩擦我的腿，低頭一看，我差點像飛彈一樣彈出海面。原來在我身旁擺動的是一隻約一公尺半長的鯊魚。

可是這個傢伙並沒有發動攻擊。牠用鼻頭磨蹭著我，像隻緊跟著主人的小狗。我小心的伸手摸了一下牠的背鰭，牠的背稍微彎了一點，好像在邀請我抱緊牠，於是我用兩手抓住牠的背鰭。鯊魚拉著我游開了，帶我往下進入黑暗中。到了深海邊緣，牠把我放了下來。沙地在這裡結束，緊接著是一個巨大的深淵。站在這裡的感覺很像午夜時分站在大峽谷斷崖邊，雖然看不見眼前有什麼，卻十分確定深溝就在那裡。

海面的金光也許離我有五十公尺遠吧，照理來說我應該被水壓壓扁了，還有，我應該沒辦法呼吸才是。不知道我能潛到多深的地方，或許可以直接潛進太平洋的最深處。

這時我看到下方黑暗中出現一點閃光，然後愈來愈大、愈來愈大，似乎朝我這裡升上來。一個女子的聲音出現了，這個很像媽媽的聲音說：「波西．傑克森。」

她愈接近，身形就愈清楚。她有著漂動的黑髮，身穿綠色絲質衣服，全身被閃爍的光芒包圍著。她的眼睛如此美麗，令人屏息，我差點沒注意到她騎著一隻像馬一般大的海馬。

她從海馬身上下來。海馬和鯊魚游到旁邊，玩起一塊像是牌子的東西。海底女士對著我微笑，她說：「波西．傑克森，路程很遙遠呢，表現得很好。」

我不太知道該如何反應，所以我彎身鞠躬說：「你就是在密西西比河裡和我說話的女士。」

「是的，孩子，我是海精靈，要在那麼遠的河流上游現身不太容易，還好有我的淡水親戚水精靈幫忙維持我的力量。她們很尊敬波塞頓天神，雖然她們並沒有在他的宮殿裡服務。」

「那……你在波塞頓的宮中服務嗎？」

她點點頭。「海神之子誕生至今已有許多年，我們一直對你保持高度的興趣。」

我突然記起我還是小小孩時，曾在蒙淘克海邊看過海浪中映出微笑女子的臉龐。我的人生中出現過許多這樣的怪事，我以前竟然不曾多想。

「如果我爸爸對我這麼有興趣，」我說：「為什麼他不在這裡？為什麼他不來跟我說話？」

一陣冷冷的水流從深處湧上。

「不要這麼嚴厲的評斷海神，」海精靈對我說：「他正要面臨一場不想發生的戰爭，有太多事情佔據了他的時間。此外，他被禁止直接幫助你，天神們不能顯露偏袒之心。」

「甚至是對他們的孩子？」

「尤其是對孩子。天神只能運用間接的影響力，這也是我現身給你警告和禮物的原因。」

她伸出手，手掌上出現閃光，是三顆白色的珍珠。

「我知道你正要前往黑帝斯的領土，」她說：「只有少數凡人曾經辦到，而且還能生還。奧菲斯是個偉大的音樂天才；海克力士力大無窮；胡迪尼甚至能從地獄深淵塔耳塔洛斯脫逃，但你有這些本領嗎？」

「嗯……沒有，女士。」

「噢，波西，可是你有別的優點啊，你才正要開始展現你的天賦呢。神諭同時向你預告了未來的好與壞，你應該活著回來，長大成人。在你最後時刻來臨前，波塞頓不會讓你死。所以，拿著這個吧，需要的時候就把珍珠摔碎在腳邊。」

「然後會發生什麼事？」

她說：「這要看需求而定。你只要記得，屬於大海的終將回歸大海。」

「那警告是什麼？」

她的眼睛閃著綠光，「跟著你的心走，否則會失去全部。黑帝斯餵養了懷疑和絕望，他會盡可能設計你，讓你對自己的判斷失去信心。一旦你進入他的領土，他絕不會讓你離開。保持信念，波西．傑克森，祝你好運。」

她呼喚了海馬，騎著牠往深淵而去。

「等等！」我叫她，「在河裡面，你叫我不要相信禮物，是什麼禮物？」

「再見了，少年英雄。」她回答，聲音逐漸往海底深處消失，「必須傾聽你的心。」她變成一小點綠色的閃光，然後消失。

我想要跟著她去黑暗深處，我想要看看波塞頓的宮殿，可是……我抬頭往上看著夕陽餘暉下逐漸黯淡的海面，我的朋友在等我，只剩下一點點時間了……

我踢腿往上，游向岸邊。

上岸時，衣服很快的乾了。我告訴格羅佛和安娜貝斯剛才的事，將珍珠拿給他們看。

安娜貝斯扮了個鬼臉說：「沒有不用代價的禮物。」

「這是免費的。」

「才不是，」她搖搖頭說：「天下沒有白吃的午餐，這是一句古老的希臘諺語。一定會付出代價的，你等著吧。」

懷著一絲希望，我們轉身背向大海而去。

阿瑞斯的背包裡還剩下一些零錢，我們用來搭公車到西好萊塢。我把從米耶阿姨藝品店裡拿到的地址條給公車司機看，可是他從沒聽過DOA錄音室這地方。

「你讓我想起一個人，我在電視上有看過，」他對我說：「你是童星演員，還是……？」

「喔……我是替身演員……是很多童星的替身。」

「喔！怪不得我有印象。」

我們謝過他，迅速在下一站下車。

我們步行了幾公里路，到處問DOA在哪裡，但沒有人知道，電話簿上也沒有登記。

有兩次，我們低身轉進巷子躲開警車。

我在一家電器行的櫥窗前僵住了，因爲有一台電視正在播出專訪節目，受訪者的臉看起來非常眼熟……是我的繼父，臭蓋柏。他正在對記者芭芭拉·華特絲說話，一副他是什麼大名人的樣子。他在我們家的公寓裡受訪，就在撲克牌桌前，坐在他旁邊的是一個金髮女子，正輕拍著他的手。

一滴假仙的眼淚在他臉頰上閃著光，他正在說：「華特絲小姐，說眞的，假若不是爲了我的甜心，我那不幸的心靈導師，我一定垮了。我的繼子奪走我心愛的一切，我的老婆……我的卡麥隆……我……對不起，我沒辦法再談這件事了。」

「各位觀眾，爲您掌握最新現場。」芭芭拉．華特絲轉向鏡頭說：「一個是被悲傷撕裂的男人，一個是有嚴重問題的青少年。在這裡將照片再給大家看一次，這是麻煩小逃犯被拍下的最新照片，大約一個星期前，拍攝地點在丹佛。」

畫面轉成照片的特寫，我、安娜貝斯和格羅佛站在科羅拉多州的餐廳外面，正在和阿瑞斯說話。

「照片裡其他小孩是誰？」芭芭拉．華特絲用抑揚頓挫的語調問著：「這個和他們在一起的男人是誰？波西．傑克森到底是少年罪犯、恐怖份子，還是被某個可怕的新興邪教洗腦的受害者？等一會兒我們將和一位重量級的兒童心理學家聊一聊。別轉台，我們馬上回來。」

「快走。」格羅佛對我說，在我還沒將電器行櫥窗敲破之前，他趕緊把我拖走。

天黑了，許多看起來很餓的街頭藝人開始在街上表演。跟你說，別想唬我，我是個紐約客，我可不是被嚇大的。不過洛杉磯的感覺眞的和紐約完全不同。在我的家鄉，每個地方感覺上都很近，不管這個城市有多大，去任何地方都不會迷路，因爲它的街道和地鐵的安排很合理，有一套清楚的運作系統。一個不太笨的小孩在那裡會是安全的。

洛杉磯就不是這樣了。街區不規則的延伸、街道一團亂，很難讓你通暢的四處走動，這地方讓我想起阿瑞斯。對洛杉磯而言，光說「大」是不夠的，它的「大」還必須用大聲、大得奇怪、大到難以掌握來證明。我眞的不知道要怎麼在明天夏至來臨前找到冥界的入口。

我們看到一群群不良少年、遊民和街頭小販，他們看著我們的表情，好像正在打量我們值不值得下手行搶。

當我們匆匆走過一個巷口時，一個聲音從小巷暗處傳來：「嘿，就是你！」

我像個笨蛋般停下腳步。

在還沒回過神之前，我們就被一群小孩包圍了。總共有六個白人小孩，穿著名牌衣服，表情很卑鄙，很像楊西學校裡愛裝惡霸的有錢小鬼。

我本能的拿掉劍上的筆蓋。

當劍出現時，這群小孩退後幾步。不過他們的老大不知道是太笨還是太勇敢，竟然拿出彈簧刀來向我步步逼近。

我揮出錯誤的一劍。

那孩子大叫一聲。不過他確實百分之百是個凡人，因爲劍身毫髮無傷穿過他的胸膛。他低頭一看，說：「搞什麼鬼啊……」

我猜他從震驚轉爲暴怒應該只需要三秒鐘。「快跑！」我對安娜貝斯和格羅佛大叫。

我們推開兩個小孩，往街道盡頭衝去，毫無目標的跑著，然後轉入一個急彎的街角。

「往那裡！」安娜貝斯大喊。

這個街區只有一家店開著，窗門上有耀眼的霓虹燈。我看到門上的招牌好像寫著：酒位期木床皇宮。

「酷拉斯水床皇宮。」格羅佛翻譯著。

這裡聽起來不像我會進去的地方，除非遇到緊急狀況，而這回眞是百分之百緊急。

我們衝進大門，跑到水床後面低身躲著。數秒之後，那群不良少年從外面跑過去。

「應該擺脫他們了。」格羅佛喘著氣。

一個低沉的聲音在我們背後響起：「擺脫誰啊？」

我們全都跳了起來。

站在我們身後這個人，長得很像穿著休閒裝的猛禽。他少說有兩百公分高，光頭、灰色有韌性的厚皮、厚而下垂的眼瞼，還有爬蟲類的陰冷笑容。他緩慢的移向我們，不過我覺得假使有必要的話，他一定也能迅速移動。

他的衣服可能是從蓮花賭場來的，是燦爛的七〇年代風。他的絲質襯衫有草履蟲圖案，上面一半的鈕釦沒有扣，露出沒胸毛的胸膛；天鵝絨夾克的翻領和飛機跑道一樣寬；脖子上的銀項鍊多到算不出來有幾條。

「我是酷拉斯。」他笑著說，露出了牙齒上的黃色牙垢。

我壓下了說出「你是酷斯拉吧！」的衝動。

「抱歉，魯莽的闖了進來。」我對他說：「我們只是，嗯，逛一逛。」

「你們在躲那些壞小孩吧，」他咕噥著：「他們每天晚上都在街上晃蕩，我這裡也因此撿到很多客人，還真感謝他們呢。那你們想要看看水床嗎？」

我已經快將「不用，謝謝！」說出口了，可是這時他用力拍著我的肩膀，將我帶向裡面的展示間。

這裡有各種你想像得到的水床。不同的木料、不同款式的床單、不同尺寸的床，有皇后尺寸、國王尺寸，連宇宙之王的尺寸都有。

「這是我這裡最受歡迎的床組。」酷拉斯得意的張開手，那張床覆蓋著黑緞床單，床頭板嵌著熔岩燈。床墊震動著，像是淋上油的果凍。

「床裡附有百萬手感按摩機，」酷拉斯告訴我們，「來吧，試試看，上去小睡一下。沒關係的，反正今天沒客人。」

「嗯，」我說：「我想不用……」

「百萬手感按摩機！」格羅佛大喊，然後鑽進床單裡。「喔，跟你們說，這很酷耶！」

「嗯。」酷拉斯摸著他的厚皮下巴說：「快了，快了。」

「什麼快了？」我問。

他看著安娜貝斯說：「幫我個小忙，親愛的，試試這張床，應該很適合你。」

安娜貝斯說：「可是……」

他拍拍她的肩膀鼓勵她，把她帶到獵人風格的豪華床組旁。柚木床框上刻著獅子，床上鋪著一件豹紋被子。安娜貝斯並不想躺，這時酷拉斯卻將她推了上去。

「嘿！」她抗議著。

酷拉斯彈彈手指說：「耳勾！」

繩索從床的側邊彈起，繞過安娜貝斯，將她綁在床墊上。

格羅佛正要爬起來，但此時繩索也從黑緞床彈出，把他拉到床上綁緊。

「不不不……酷酷酷……」他大喊著，聲音從百萬手感按摩機的震動中斷續傳出：「一一……點點……都……都……不不酷酷……」

巨人酷拉斯看看安娜貝斯，然後轉向我，咧開嘴笑。「快了，要補一下。」

我拔腿就跑，這時他的手突然冒出來鉗住我的後頸。「哎呀，孩子，別擔心，我馬上就找到你的床。」

「放開我朋友。」

「喔，我當然會放開囉，可是首先得讓他們合尺寸才行。」

「什麼意思？」

「你看，所有的床都是整整一百八十公分長。你的朋友太短了，得讓他們合一合尺寸。」

安娜貝斯和格羅佛繼續掙扎。

「我無法忍受不完美的長度。」酷拉斯喃喃喊著：「耳勾！」

新的一組繩子從床頭和床尾彈出，繞過他們兩個的腳踝和腋下。繩子開始收緊，從兩端拉扯著他們。

「別擔心，」酷拉斯對我說：「這是拉長動作，讓他們的脊椎差不多再長個五公分，他們可能還會活著。現在何不來找一張你喜歡的床呢？來吧！」

「波西！」格羅佛大喊。

我的腦袋正加速運轉。我知道我無法獨自對抗這個巨人般的水床業務員，在我拔出劍以前，他可能早就折斷我的脖子了。

「你的本名不叫酷拉斯吧？」我問他。

「我的本名是普羅克拉斯特斯[54]。」他承認。

「你就是專門拉長別人的那個人。」我記得這個故事。這個巨人想在鐵修斯去雅典的路上殺掉他，所以很殷勤的款待鐵修斯。

「就是我，」銷售員說：「可是誰唸得出普羅克拉斯特斯這一大串字？這樣對生意不好。現在我改名『酷拉斯』，大家就都琅琅上口啦。」

「沒錯，酷拉斯聽起來很酷。」

他的眼睛亮了起來。「你真的這樣覺得？」

「喔，那還用說。」我說：「還有，這些床的作工真是太棒了！」

他笑得可開心了，不過手指卻沒有從我的脖子上鬆開。「我每次都這樣告訴我的客人，可是根本沒有人注意我的作工。你有看過幾個床是附上熔岩燈床頭板的？」

「的確沒有。」

「對嘛！」

「波西！」安娜貝斯大吼：「你在幹嘛啊？」

「別理她，」我對普羅克拉斯特斯說：「她很難應付。」

巨人笑了。「我的客人都是這樣，從來沒遇過剛剛好一百八十公分長的人，真的很不會替人著想，然後又愛抱怨尺寸不對。」

「如果他們比一百八十公分長的話，你都怎麼做？」

「喔，這種事常常有，只要小修一下就好了。」

他放開我的脖子。在我還沒來得及反應之前，他已經走到附近的銷售員辦公桌後面，拿出一把巨大的黃銅雙刃斧。他說：「我只要盡可能把人對準中心點，然後砍掉他們突出床外面的兩端就好了。」

「噢。」我有點吞嚥困難的說：「真聰明。」

「真高興遇到一個這麼有智慧的客人！」

現在繩索正在拉長我的朋友。安娜貝斯的臉色慘白，格羅佛發出咯咯聲，像是一隻被勒住脖子的鵝。

---

54 普羅克拉斯特斯（Procrustes），綽號「拉長者」。是被希臘神話英雄鐵修斯所打敗的殘暴巨人。

「那麼，酷拉斯……」我試著保持輕快的聲音。這時我瞥見心型的蜜月特別款床組上有一個打折的牌子。「這張床真的有動態穩定裝置，可以停止水床的波動？」

「當然有，來，試試看。」

「嗯，也許我會試試。不過如果是像你這樣的大傢伙也沒問題嗎？完全不會波動嗎？」

「我保證。」

「少來了。」

「一定沒問題。」

「證明給我看。」

他急切的坐到床上，輕拍床墊。「沒有波動，看到了吧？」

我彈彈手指說：「耳勾！」

繩索繞過酷拉斯，把他擺平在床墊上。

「嘿！」他大喊。

「對準他的中心點。」我說。

繩索在我的命令下重新調整，酷拉斯整個頭都伸出床頭，腳突出床尾。

「不要！」他說：「等一下！我只是示範一下而已。」

我拿下波濤的筆蓋。「一點點簡單的調整嘛……」

對於我即將做的事，我一點都不會良心不安。假如酷拉斯是人類，我的劍不會傷到他一根汗毛；假如他是怪物，一會兒之後他會化爲塵土。

「我給你超低特價！」他對我說：「給你打七折，是展示品出清價！」

「我想我會從頭部開始。」我舉起劍。

「不用頭期款！前六個月免利息！」

我揮劍，酷拉斯終於停止降價。

我切斷其他床上的繩索。安娜貝斯和格羅佛摸著腳呻吟著。他們的肌肉抽搐，而且不停的咒罵我。

「你長高了。」我說。

「很難笑。」安娜貝斯說：「下次麻煩快一點。」

我看到酷拉斯辦公桌後面的佈告板，上面有荷米斯快遞的廣告，此外還有最新版洛杉磯地區怪物名冊——《你一定需要的完全怪物電話簿》。名冊下有一張橘色傳單，是DOA錄音室發的，傳單內容是提供賞金給獵取英雄靈魂者。上面還寫著：「我們永遠在尋找新人才！」而DOA錄音室的地址就寫在傳單下方，還附上地圖。

「走吧。」我告訴我的朋友們。

「給我們一分鐘喘一下啦！」格羅佛抱怨著，「我們剛剛差點被拉死耶！」

「可見你們已經準備好進入冥界了嘛。」我說：「離這裡只有一條街而已。」

18 安娜貝斯馴狗學校

我們站在瓦倫西亞大道的暗處，抬頭看著蝕刻在黑色大理石上的金字：DOA 錄音室。金字下面的玻璃門上印著一排字：謝絕推銷。謝絕閒逛。謝絕活人。

現在已經快半夜了，但大廳中燈火通明，還擠滿了人。在警衛台後坐著一位體格壯碩的警衛，他戴著太陽眼鏡和耳機。

我轉頭看看安娜貝斯和格羅佛說：「好，記得我們的計畫吧。」

「計畫。」格羅佛吞了一口口水說：「是啊，我超愛這個計畫。」

安娜貝斯說：「如果計畫不成功怎麼辦？」

「別這麼悲觀。」

「是喔，」她說：「我們正要進入死亡國度，而我卻不應該悲觀。」

我拿出口袋裡的三個乳白色珍珠，這是海精靈在聖塔莫尼卡給我的。假使眞出了什麼差錯，這些珠子看起來好像也不太管用。

安娜貝斯將手放在我肩膀上說：「波西，對不起。你說的沒錯，我們做得到，沒問題的。」

她用手肘輕推格羅佛。

「喔，沒錯！」他接話：「我們做得到，我們會找到閃電火，救回你媽媽。沒問題！」

我看著他們兩個，心裡眞的非常感激。幾分鐘前我差點讓他們在豪華水床上被拉死，現在他們卻爲了我而努力讓自己勇敢起來，想讓我好過一點。

我把珍珠放回口袋，說：「我們去打下幾個冥界飛靶吧！」

我們走進 DOA 的大廳。

隱藏式音箱正播放著音樂電台的音樂，地毯和牆壁都是鐵灰色。角落的仙人掌盆栽長得很像手的骨頭，家具都是用黑色皮革做的，每張椅子都被坐滿了。有些人坐在長沙發上，有些人站著，有些人看著窗外，有些人正在等電梯。沒有人在移動、說話，或做任何事。整體來看他們並沒什麼特別，但是假使我特別盯著其中一個人看，他們看起來就是……透明的，可以看穿他們的身體。

警衛台有一個高起的台基，所以我們得抬頭看警衛。

他個子很高，而且氣質優雅，有著巧克力色的皮膚，淺金色的頭髮剃成像軍人一樣短。他戴著玳瑁眼鏡框，身穿義大利絲質上衣，和他的髮型很搭。一朵黑玫瑰別在他的衣領上，黑玫瑰上方是一個銀色名牌。

我看了名牌上的字，很疑惑的問他：「你的名字叫奇戎？」

他彎身探出警衛台。從他的眼鏡裡只看得到我的倒影，不過他的笑容既完美又冰冷，像是大蟒蛇正要吃掉你之前的那一刻。

「多可愛的年輕小伙子啊。」他的口音很奇特，可能是英國腔，但也很像那種很會說英語的外國人。「老弟，告訴我，我長得像半人馬嗎？」

「不……不像。」

「你應該說『不像，長官』。」他和善的補充。

「不像，長官。」我說。

他捏著名牌，手指著名字說。「老弟，你看得懂嗎？這裡寫的是『卡戎』，跟我唸一遍：『卡——戎』。」

「卡戎。」

「棒極了！現在來說一次：『卡戎先生』。」

「卡戎先生。」我說。

「很好。」他坐回位子上。「我痛恨大家把我和那匹老人馬搞混。好吧，我能幫你們這幾個小死人什麼忙嗎？」

他的問題像一個快速球砸到我肚子上。我看著安娜貝斯，向她求助。

「我們想要去冥界。」她說。

卡戎的嘴角抽動著說：「哦，這倒新鮮了。」

「你的意思是？」她問。

「你們必須坦白和誠實、不准尖叫、不准說：『卡戎先生，一定是弄錯了。』」他打量我們一番。「那麼，你們是怎麼死的？」

我用手肘輕推格羅佛。

「喔。」他說：「嗯……淹死……在浴缸裡。」

「你們三個都是嗎？」卡戎問。

我們點點頭。

「很大的浴缸啊。」卡戎看起來有點相信。「我沒指望你們有錢買通行證。正常來說，你們要知道，大人是可以使用美國運通卡，或把船票費用直接加到有線電視帳單上。可是如果是小孩的話……唉呀，你們都沒有準備好要死，我猜可能得等幾個世紀才會有船位吧。」

「喔，可是我們有錢。」我將三個古希臘金幣放在警衛台上，這是我在酷拉斯辦公桌裡找到的其中一小部分。

「那，這樣的話……」卡戎舔了一下嘴唇說：「是眞的希臘幣，眞的古希臘金幣，我很久沒看到這些……」

他的手指貪婪的在金幣上空盤旋。

我們很接近了。

這時卡戎看著我，他太陽眼鏡後的冰冷眼神似乎在我胸膛鑽開一個洞。「原來如此。」他說：「你沒辦法正確讀出我的名字。小伙子，你有閱讀障礙是吧？」

「沒有。」我說：「我是死人。」

卡戎彎身向前嗅了嗅，「你不是死人，我早該知道的，你是混血人。」

「我們必須到冥界去。」我堅持。

卡戎從喉嚨深處發出一聲低吼。

所有在等待室的人立刻站了起來，有人開始焦慮的來回踱步，有人點了菸，有人玩起自己的頭髮，有人低頭看手錶。

「趁你們還走得了的時候，趕快離開吧。」卡戎對我們說：「我就收下這些，然後忘記看過你們的事。」

他開始往金幣伸手，可是我搶先一步收回了。

「沒有服務，就沒有小費。」我努力讓聲音聽起來比實際上勇敢。

卡戎再次低吼，一種深沈而令人極度恐懼的聲音。這些亡魂開始敲打起電梯的門。

「而且很遺憾的，」我嘆氣，「我們原本想給更多的。」

我將酷拉斯存的錢整袋拿出來，從裡面抓出一把金幣，然後讓這些金幣從我指間滑落。

卡戎的低吼聲變成像獅子開心時的嗚嗚聲。「混血人啊，你覺得我會被收買嗎？嗯……只是好奇問一下，你那裡到底有多少錢啊？」

「很多。」我說：「你的工作這麼辛苦，我打賭黑帝斯沒有付給你足夠的薪水。」

「喔，你根本就不了解。要是你的話，你願意整天當這些亡魂的保母嗎？他們一天到晚都在說：『拜託，我不要死！』要不然就說：『讓我過去，我沒有錢。』三千年來我從沒加薪過。你覺得像這樣的衣服有可能會便宜嗎？」

「你應該得到更好的待遇。」我附和他的話。「這是對你基本的感謝和尊敬。」

我每說一個詞，就在櫃台放上一小疊金幣。

卡戎低頭看了他的絲質義大利夾克一眼，好像正在想像自己穿上更棒的衣服。「老弟，我得說，你現在做的事有點合理，只有一點點。」

我放上另一疊金幣。「我和黑帝斯談話的時候，會提幫你加薪的事。」

他嘆口氣說：「好吧，船位也快滿了，不如就加上你們三個趕快開船。」

他站起來，將我們的錢一把抱走，說：「跟我走吧。」

我們往前擠過正在等待的亡魂們，有些亡魂開始拉住我們的衣角，但感覺像一陣風，他們發出一些我聽不懂的低語聲。卡戎將他們推出去，嘴裡抱怨著：「白吃白喝的東西。」

他護著我們進入電梯，裡面已經擠滿了亡魂，每個人都拿著綠色的登船證。卡戎抓住兩個想跟著我們混進來的亡魂，將他們推回大廳。

「聽好，在我離開的這段時間，不准亂來。」他向等待室宣佈：「還有，如果有誰又去轉走我的音樂電台，我保證你會在這裡再待一千年。聽清楚了嗎？」

他關上門，將卡片放進電梯控制板的插孔中，然後我們開始下降。

「在大廳裡等待的亡魂會怎麼樣？」安娜貝斯問。

「不會怎樣。」卡戎說。

「要等多久？」

「永遠，或是等到我大發慈悲的時候。」

「喔。」她說：「這很……公平。」

卡戎挑起一邊的眉毛說：「小女孩，有誰說過死亡是公平的？很快就輪到你了，好好等著吧，到時候你就會去那裡了。」

「我們會活著出去。」我說。

「哈！」

我突然感到一陣頭暈。我們不再下降，現在變成往前移動。開始起霧了，周圍的亡魂漸漸變形，他們的現代裝扮在閃光中變成灰色的連帽長袍。電梯的地板開始搖晃。

我用力眨了一下眼睛。當我眼睛睜開時，卡戎的乳白義大利服裝變成黑長袍。他的玳瑁眼鏡不見了，眼睛的位置是凹陷的眼窩，很像阿瑞斯的眼睛，不過卡戎的眼窩是全黑的，充滿著黑夜、死亡和絕望。

他看到我在看他，說：「幹嘛？」

「沒事。」我應付著說。

我以為他正咧嘴笑，可是卻不是。他臉上肌肉完全變透明了，可以直接看到他的骨頭。地板持續搖晃。

格羅佛說：「我好像有點暈船。」

我又眨了一下眼睛，睜開之後，電梯不再是電梯，我們站在一個木筏上。卡戎用長篙撐船，橫渡黑黑油油的河。河上翻滾著骨頭、死魚，還有一些怪東西，像是塑膠娃娃、殘缺的康乃馨、溼透的金框獎狀。

「冥河。」安娜貝斯喃喃自語：「這眞的很……」

「汙染。」卡戎說：「幾千年來，你們人類在渡河時丟進了各種東西，像是那些未實現的希望、夢想和心願。你要問我意見的話，我會說這是很沒有責任感的浪費行爲。」

髒水上的霧氣散去。在我們頭上，鐘乳石頂幾乎隱沒在黑暗中。往前看，遠方的河岸閃著淡青色的光，像是毒藥的顏色。

恐懼鎖緊了我的喉頭。我在這裡做什麼？我身邊的這些人……他們都死了。

安娜貝斯握緊我的手，如果是平常時候，這會讓我覺得很糗，但現在我很能了解她的感受。她是想要確定這艘船上還有人活著。

我喃喃自語，我在禱告，雖然我不知道該向誰祈禱。這整個地底下的世界都只歸一位天神管，而他就是我要正面迎擊的人。

冥界的河岸已經進入視線中，岸邊崎嶇的岩石和黑色火山砂向內陸延伸約一百公尺，後端接著一堵高聳的石牆，開展在我們視線所及的遠方。一個聲音從青光的暗處傳出，在石頭間迴盪，是一隻巨大動物的怒吼。

「『三頭佬』餓了。」卡戎說，他的笑容顯現在骨頭散發出的淡青色光芒上。「混血人，你們倒大楣了。」

我們的船筏划上黑暗的沙灘，亡魂一一上岸。一個女子牽起一個小女孩的手，一對老先生和老太太互相扶持著蹣跚而行，還有一個比我大不了多少的男孩安靜的拖著長袍走路。

卡戎說：「老弟，祝你好運，雖然這裡也不會有什麼更糟糕的事了。還有，別忘了要提到給我加薪的事。」

他數一數金幣，放進他的口袋中，然後撐起他的篙。當他撐著空空的木筏回程時，他用顫音唱著聽起來像是巴瑞．曼尼洛的歌。

我們跟著亡魂踏上這條古老的小徑。

我不知道我原先預期會看到什麼，是珍珠光的大門，還是巨型黑色升降閘門。答案揭曉了，冥界的入口看起來比較像是機場安檢門加上高速公路收費站。

前面是一個黑色大拱門，上面寫著「你正進入黑暗界」。拱門下面分成三個入口，每個入口都配有金屬探測門，上方有監視器，探測門後是收費亭，由很像卡戎的黑袍食屍鬼控制。

現在，飢餓動物的嚎叫非常大聲，可是我卻看不出聲音來自何處。那隻應該死守在黑帝斯大門前的三頭犬——色柏洛斯[55]，竟然不見蹤影。

死人的隊伍排成三排，其中兩排通過標示著「審查中」的入口，另一排的入口處標示著「免審查」。「免審查」這排持續往前移動，其他兩排則是緩慢的前進。

「你怎麼想？」我問安娜貝斯。

「快速移動的那一排一定是通往日光蘭之境[56]。」她說：「毫無疑問，他們不想冒著被法庭審判的風險，因爲可能反而對他們更加不利。」

「這裡有審判死人的法庭？」

「是啊，會有三位法官輪流擔任主審。像米諾斯國王、湯瑪斯．傑佛遜、莎士比亞這樣的人，他們會審視人的一生，有時會判定這個人應該得到特殊獎勵，就是去埃利西翁[57]；有時他們會判定給予懲罰。不過大部分的人嘛，他們只是平凡的活著，沒什麼特別好或壞，這樣他們就會去日光蘭之境。」

「去那裡做什麼？」

格羅佛說：「想像一下永遠站在堪薩斯麥田中的感覺。」

「挺慘的。」我說。

「那個人才慘呢。」格羅佛低聲說：「你看。」

兩個食屍鬼將一個亡魂推到一邊，在警衛台搜他的身，這個死人的臉看起來有點熟。

---

[55] 色柏洛斯（Cerberus）是負責看守冥界大門的三頭狗，體型巨大且兇猛無比。除了有三個頭之外，每個頭又都以蛇為毛鬚，長長的尾巴有倒鉤。

[56] 日光蘭之境（Asphodel Fields）位於冥界，是希臘神話中平凡人的亡魂歸屬之處。

[57] 埃利西翁（Elysium）位於冥界，希臘神話中永遠的樂土，是行善、有德之人與英雄死後會去的地方。

「他是新聞上那個傳教士，你還記得嗎？」格羅佛問。

「喔，對喔。」我想起來了。我們在楊西學校宿舍的電視上看過他幾次，他是紐約州北部出身的，看起來很惹人厭的電視福音佈道者。他為孤兒募款幾百萬美元，然後將錢花在裝潢他的豪宅，比如鍍金馬桶、室內高爾夫推桿場之類的。最後他開著高級跑車躲避警方追緝，因此衝到懸崖下死了。

我說：「他們會對他做什麼？」

「黑帝斯要給他特別的懲罰。」格羅佛猜測著：「真正的壞人在到達這裡時，會得到個別關注，復……仁慈女神會為他特製一個永恆的酷刑。」

想到復仇女神讓我顫抖，我現在就在他們的地盤裡。道斯老師正舔著嘴唇蓄勢待發吧。

「可是如果他是傳教士的話。」我說：「那他相信的是不一樣的地獄。」

格羅佛聳聳肩。「誰說他現在看到的和我們一樣？人類只看他們想看的。你實在很頑固，嗯，還是該說你很堅持……隨便啦！」

我們離入口愈來愈近了。現在嚎叫聲已經大到連我腳下的地面都在震動，不過我還是沒看到聲音的來源。

這時，在我們前方大約十五公尺處，有一團綠色的霧閃著微光，站在三條隊伍正上方的是一隻巨大而模糊的怪物。

牠像亡魂一樣是半透明的，沒有移動時就和背景融合在一起，因此我之前一直沒有看到牠。牠全身只有眼睛和牙齒是實體，而且眼睛正直盯著我瞧。

我嚇到下巴都快掉下來了，唯一能說的只有：「牠是隻挪威納犬。」

我一直把色柏洛斯幻想成大型的黑色獒犬，不過眼前這隻顯然更像血統純正的挪威納，但不一樣的是，這個毛絨絨的傢伙超級巨大、幾乎完全透明，而且有三個頭。

死者正依序走過牠的底下，毫不懼怕。「審查中」那兩排從牠的兩邊通過，「免審查」的亡魂從牠兩隻前掌中間進入，然後通過牠肚子下方，根本不用低頭彎腰就可以輕鬆穿過。

「我可以比較清楚的看見牠了。」我低聲說：「為什麼會這樣？」

「我想……」安娜貝斯抿了抿嘴說：「恐怕是因為我們愈來愈接近死亡狀態了。」

這隻狗中間的頭朝我們伸過來，在空中嗅一嗅，然後開始嚎叫。

「牠聞得到活人的味道。」我說。

「不過，沒關係。」格羅佛在我旁邊顫抖著說：「因為我們有計畫。」

「沒錯。」安娜貝斯說，我從來沒聽過她說話這麼小聲，「一個計畫。」

我們往怪物方向移動。

中間的頭對著我們叫，然後開始狂吠，聲音之大讓我的眼珠子都開始顫動。

「你聽得懂牠說什麼嗎？」我問格羅佛。

「喔，當然。」他說：「我聽得懂啊。」

「牠說了什麼？」

「我認爲人類的所有髒話都不足以完整表達牠的意思。」

我從背包裡拿出一支棒子，那是我從酷拉斯的豪華狩獵床組砍下的床腳。我舉起床腳，努力傳送快樂小狗的思想給色柏洛斯，像是愛寶狗食廣告、可愛的小狗狗、消防栓……我努力露出笑容，完全忘記我可能快死了這件事。

「嘿，大傢伙。」我抬頭大喊：「我打賭他們沒有常常陪你玩。」

「嗚嚕……嗚嚕……」

「乖寶寶。」我虛弱的說。

我搖一搖棒子，中間的狗頭跟著移動。其他兩個狗頭將眼睛對準我，完全忽略其他的亡魂。我抓住了色柏洛斯全心全意的關注，眞不確定這是不是件好事。

「快去撿！」我將棒子丟到黑暗中，眞是丟得又好又有力啊。接著，我聽到棒子噗通一聲掉進了冥河。

色柏洛斯瞪著我，毫不動搖。牠的眼神流露出了邪惡和冷酷。

這計畫還眞完備啊。

色柏洛斯現在發出一種新的嚎叫聲，從牠的三個喉嚨更深處傳出更沈的低吼。

「嗯。」格羅佛說：「波西？」

「怎樣？」

「我想你應該會想知道。」

「什麼？」

「色柏洛斯說，我們有十秒鐘可以向我們選擇的天神祈禱。還有，嗯……他很餓。」

「等一下！」安娜貝斯說著，她開始狂掏她的背包。

喔哦，這下可好。我想著。

「五秒鐘。」格羅佛說：「要跑嗎？」

安娜貝斯拿出一個紅色橡膠球，大小像一顆葡萄柚，上面有「水世界公司，丹佛」的標籤。我還來不及阻止她時，她已經舉起紅球，直直往色柏洛斯走去。

她大喊：「看到球了嗎？色柏洛斯，你想要這顆球吧？坐下！」

色柏洛斯看來和我們一樣都呆住了。

牠歪著三個頭，六個鼻孔張得大大的。

「坐下！」安娜貝斯又喊。

我想她隨時可能變成全世界最大的牛奶骨頭狗餅乾。

但事實並非如此，色柏洛斯舔著三組嘴唇，一屁股坐下，立刻壓碎了正從下面通過的十幾個「免審查」的亡魂，亡魂消散時發出低沈的嘶嘶聲，像是漏氣的輪胎。

安娜貝斯說：「乖寶寶！」

她把球丟給色柏洛斯。

色柏洛斯用中間的嘴咬著球，這顆球的大小正好讓牠可以勉強咬住，其他兩個頭則開始咬中間的頭，想要搶到新玩具。

「放下！」安娜貝斯下令。

色柏洛斯的頭停止打鬥，看著她。那顆球卡在兩顆牙齒中間，很像一小片口香糖。他發出吵雜而膽怯的嗚嗚聲，然後將球吐出來。現在那個滿是口水、幾乎被咬掉一半的球，就在安娜貝斯腳邊。

「好孩子。」她撿起球，忽略上面的怪物口水。

她轉向我們說：「快去，趁現在，走免審查那一排比較快。」

我說：「可是……」

「快去！」她下令，用她剛剛訓練狗的語調。

格羅佛和我小心的往前走。

色柏洛斯開始嚎叫。

「別動！」安娜貝斯命令怪物：「想玩球，就別動！」

色柏洛斯發出嗚嗚聲，不過仍停在原地。

「那你呢？」在我們經過安娜貝斯時，我問她。

「波西，我知道我在做什麼。」她低聲說：「至少，我非常確定……」

格羅佛和我走過怪物的兩腳中間。

安娜貝斯，拜託，我祈禱著。別讓他再坐下來。

我們通過了，從色柏洛斯背後看牠並沒有比較不恐怖。

安娜貝斯說：「乖狗狗！」

她撿起破爛的紅球時，我以爲她想的和我一樣。如果她把球丟給色柏洛斯當獎勵，我們就沒有東西可以哄住牠了。

但她還是把球丟了出去，怪物左邊的嘴立刻咬住，這次換左邊被中間的頭攻擊，而右邊的頭發出抗議的嗚嗚聲。

趁怪物分心時，安娜貝斯迅速從他的肚子下跑過來，在金屬探測器那裡加入我們。

「你怎麼做到的？」我驚訝的問她。

「狗狗訓練學校。」她氣喘吁吁的說。這時我很訝異，因爲我看到她眼中含淚。「我很小的時候，在我爸家有養一隻杜賓狗……」

「別想了，」格羅佛邊說邊用力拉我的衣服，「走吧！」

我們就快衝過免審查入口時，色柏洛斯發出了可憐的嗚嗚聲，安娜貝斯停下腳步。

她轉身看著大狗，狗頭轉了一百八十度看著我們。

色柏洛斯發出期待的哈氣聲，碎成好幾片的小紅球在牠腳邊的一小窪口水中。

「乖寶寶。」安娜貝斯說，她的聲音聽起來充滿憂傷和猶疑不定。

怪物的頭歪向一邊，像是很擔心她。

「我會快點帶另一個球來給你。」安娜貝斯用虛弱的聲音向牠承諾。「你喜歡那個嗎？」

怪物嗚嗚叫著。我可以明顯感覺到，色柏洛斯還在等那顆球。

「乖狗狗，我會快點來看你的，我……我保證。」安娜貝斯轉向我們說：「走吧。」

格羅佛和我往前通過金屬探測器，機器立刻發出尖銳的聲音，紅燈狂閃。「未經許可的財產！偵測到魔法！」

色柏洛斯開始狂吠。

我們衝進免審查的入口，更多警鈴大作，而且在冥界高速傳送。

幾分鐘後，我們憋住呼吸，躲進一段巨大腐朽的黑樹幹裡。食屍鬼警衛急忙跑過去，並且呼叫復仇女神前來支援。

格羅佛開始碎碎唸：「喂，波西，今天我們學到什麼？」

「是三頭狗比較喜歡紅球，不喜歡棒子嗎？」

「不是，」格羅佛對我說：「我們學到，你的計畫眞是太刺激了！」

我不太確定是不是這樣。我認爲或許安娜貝斯和我的想法都沒錯。即使這裡是冥界，每個人，甚至每個怪物，有時候需要的只是一點點關心。

在我們等待食屍鬼都走光的同時，我這樣想著。遠方傳來色柏洛斯想念新朋友的悲悽哭聲，我假裝沒看到安娜貝斯拭去臉上的眼淚。

19 冥界眞相

想像一下你所看過最擁擠的演唱會，在足球場中塞滿了一百萬名粉絲的盛大場景。

再想像一下，比足球場大一百萬倍的場地中塞滿了人，而且停電了，現場沒有吵鬧聲，沒有光線，也沒有大海灘球在群眾上方滾來滾去。後台不知發生了什麼慘劇，低語的觀眾只是在黑暗中亂轉，等待永遠不會開始的演唱會。

假如你可以想像這幅景象，你大概就知道日光蘭之境看起來是什麼樣子了。黑色草坪曾被萬古以來的死人踩踏過，迎面吹來的風溫暖潮溼，像是沼澤的氣味。黑色的樹四處叢生，格羅佛說那是白楊樹。

我們身處的這個山洞頂部很高，盤繞著厚厚的烏雲，烏雲間露出了鐘乳石，仰頭所見盡是灰色微光以及透著邪惡的鐘乳石尖。我盡量不去想到鐘乳石可能隨時落在我們身上，不過放眼四周，卻隨處可見掉下來的鐘乳石釘在黑草坪上。我猜死人不需要擔心這種小小的危險，那只不過是被噴射火箭大小的鐘乳石刺穿而已。

安娜貝斯、格羅佛和我試圖混入群眾中，並且隨時注意食屍鬼警衛的動靜。我忍不住在日光蘭之境的亡魂中找尋熟悉的面孔，不過很難看得清楚，因爲他們的臉都閃著微光。他們看起來都有點生氣或困惑，還會走到我面前開口說話，可是只聽得出他們在碎碎唸，聲音細小的像蝙蝠吱吱叫一樣。一旦他們發現我聽不懂，馬上就皺著眉頭離開。

死人並不可怕，只是讓人哀傷。

我們躡手躡腳跟著新來的亡魂前進。隊伍從主要入口朝著一個涼亭樣式的黑棚子蜿蜒排過去，棚子上方的招牌寫著：

往埃利西翁或地獄深淵之審判所

歡迎新死者！

棚子的背面分成兩小排，人數少很多。左邊一排的亡魂兩側都有食屍鬼押著，他們走下一條崎嶇的岩石小徑，朝刑獄方向而去。遠方就是發出亮光和煙霧的刑獄，那是一片巨大而開裂的荒原，上面熔岩成河，散佈著地雷區，幾公里的倒勾鐵絲網隔開成不同的酷刑區。即使在這麼遠的地方，我還能看到人們被地獄犬追趕、被烙柱灼燒、被強迫裸體穿過佈滿仙人掌的地面，或是聽歌劇樂曲。我看到一個小小的山丘，有個螞蟻大小的人影，很像是薛西弗斯[58]，正奮力將大石頭往山頂推。我也看到其他更慘的酷刑，可是我不想說。

從審判棚出來的右排隊伍好多了。這個隊伍往一個被圍牆圍起的小山谷前進，是一個有大門管制的社區，似乎是冥界裡唯一的快樂之地。在大門警衛亭後是整區的美麗房屋，包括歷史上各時期的樣式，有羅馬別墅、中世紀城堡和維多利亞豪宅。七彩的草地上開滿了金色和銀色的花，還聽得到裡面的笑聲和烤肉的味道。

那就是埃利西翁。

山谷的中心是泛著藍光的湖，湖中有三座小島，景色像是巴哈馬的度假勝地一般。那是幸福群島，專屬於選擇轉世三次，而三次都到達埃利西翁的人。我突然明白，那正是我死後想要去的地方。

「就是那裡。」安娜貝斯說著，像是讀出我的想法，「那裡是屬於英雄的地方。」

但我想到只有極少數的人能進入埃利西翁，和日光蘭之境或刑獄的規模相比，眞是小得可憐。原來只有這麼少的人在他們的一生中做了好事，眞令人喪氣。

我們離開審判所，往日光蘭之境的更深處移動。那裡更暗了，我們衣服上的色彩逐漸褪去，群眾的絮語聲逐漸稀薄。

走了幾公里後，我們開始聽到遠方有熟悉的尖叫聲，地平線上隱約矗立著一座宮殿，閃耀著黑曜石的光澤。宮殿的簷牆上盤旋著三個蝙蝠狀的生物，是復仇女神。我有種感覺，她們似乎正在等著我們。

---

58 薛西弗斯（Sisyphus），希臘神話中狡猾的科林斯國王，被天神處罰在冥界將一塊巨石推上山。當石頭推到山頂時，巨石又會滾落，他只好重新再推，永無止盡。

「我想，現在要回頭已經太遲了吧。」格羅佛悶悶不樂的說。

「我們會沒事的。」我試著讓聲音聽起來充滿信心。

「也許我們應該先到別的地方找找。」格羅佛提議：「比如說像埃利西翁……」

「羊小子，來吧。」安娜貝斯抓住他的手臂。

格羅佛大叫，他的鞋子蹦出翅膀，帶著他的腳往前衝。他掙脫安娜貝斯的手，摔了個四腳朝天，躺在草地上。

「格羅佛，」安娜貝斯罵他：「別鬧了。」

「可是我沒有……」

他又大叫起來，現在鞋子像發瘋似的狂拍翅膀，將他的腳往上抬起，又往遠方拉去。

「瑪亞！」他大喊，可是這個詞現在似乎起不了任何作用。「瑪亞！我說了啊！一一九！救命啊！」

我從錯愕中回過神來，想趕緊抓住格羅佛，可是已經太遲了，他加速往山谷滑下去，像個大雪橇一樣。

我們跟在他後面跑。

安娜貝斯大喊：「脫下鞋子！」

這是個好主意，但如果你腳下的鞋子拉著你全速前進的話，我猜不太容易辦到。格羅佛努力想坐起來，可是還是沒辦法靠近鞋帶。

我們繼續跟在他後面，努力維持看得到他的距離。這時他急速穿過在他身邊對他碎碎唸的生氣亡魂。

我確定格羅佛就要高速直衝過黑帝斯的宮殿大門了。正當此時，他的鞋子猛然向右轉，將他拉往不同的方向。

斜坡越來越陡，格羅佛速度加快了，安娜貝斯和我必須用最後衝刺的速度才跟得上。山洞變窄了，我們已經進入有叉路的隧道中。這裡沒有黑草坪和黑樹，腳下只有石頭，而頭上的鐘乳石散發著黯淡微光。

「格羅佛！」我大喊，聲音迴盪在隧道中。「找個東西抱住！」

「什麼？」他大叫。

他正在碎石地上抓著，可是沒有一顆石頭大到能讓他慢下來。

隧道愈來愈暗、愈來愈冷，我手臂上的汗毛都豎了起來。這裡有股邪惡墮落的味道，讓我想到一些不曾想過的畫面，像是鮮血濺灑在古老石造祭壇上，或是殺人犯的汙穢氣息。

這時我看到前面是什麼了，我頓時停下腳步。

隧道變寬了，通到一個巨大黑暗的山洞，中間是一個深淵，面積有一個街區那麼大。

格羅佛直直往深淵的邊緣滑去。

「波西，快來！」安娜貝斯大喊，猛拉著我的手腕。

「可是，那是……」

「我知道！」她大吼，「是你夢中的那個地方！可是如果我們沒拉住格羅佛，他就會掉下去了。」她說的很對，格羅佛的困境促使我繼續前進。

格羅佛大喊著，用力抓扒地面，可是拍著翅膀的鞋子繼續將他往深淵裡拉，以這個速度看來，我們可能來不及抓住他。

救了他的是他的偶蹄。

本來飛鞋穿在他腳上就大了些，所以當格羅佛撞到一個大石頭時，左腳的鞋子飛了出去，飛進黑暗的深淵裡。右腳的鞋子還繼續拉他往前，不過就沒那麼快了。格羅佛剛好及時抓住一個大石塊，像煞車一樣，他自己減速慢了下來。

這時他距離深淵還有三公尺，我們趕緊拉住他，將他拖上斜坡。另外一隻飛鞋也自己脫落了，生氣的繞著我們打轉，還踢我們的頭抗議，接著飛下深淵和另一隻會合。

我們都累癱在碎黑曜石地上，精疲力盡。我的四肢像鉛一樣重，而且背包似乎變重了，好像有人在裡面裝滿石頭一樣。

格羅佛被刮傷得很嚴重，他的手在流血，瞳孔縮成一條線，這是羊很害怕時的表情。

「我不知道怎麼會……」他喘著氣，「我不知……」

「等等。」我說：「你們聽。」

我聽到了，是黑暗深處傳出的低語。

幾秒鐘後，安娜貝斯說：「波西，這個地方……」

「噓。」我站起來。

聲音愈來愈大，是從我們腳下很深很深的地方傳來的喃喃自語。這聲音充滿邪惡，從深淵裡傳出來。

格羅佛坐直身子說：「那……那是什麼聲音？」

安娜貝斯也聽到了，從她的眼神可以看得出來。她說：「塔耳塔洛斯，這裡是塔耳塔洛斯的入口。」

我將波濤劍的筆蓋拿下。

青銅劍伸展開來，在黑暗中散發出微光，而這時邪惡的聲音似乎遲疑了一下，過了一會兒之後，又繼續低吟。

我幾乎可以解讀出那些句子了，是一種很古老、很古老的語言，比希臘文還古老，那就像是……

「咒語。」我說。

「我們必須離開這裡。」安娜貝斯說。

我們一起拖著格羅佛的蹄，往上走回隧道。我沒辦法走得很快，因爲背包的重量壓得我舉步艱難。我們身後的聲音愈來愈大，而且愈來愈憤怒，於是我們開始跑。

才跑沒幾秒。

一陣強烈的寒風從背後拉著我們，像是整個深淵都在用力吸氣。最駭人的一刻是，我在碎石地上滑了一下，差點前功盡棄。假如當時離深淵邊緣再近一點，我們就被吸進去了。

我們繼續奮力向前，終於回到隧道入口，隧道在這裡開始變寬，進入了日光蘭之境。風停了，但憤怒的呼嘯聲仍迴盪在隧道深處，某個東西對於我們的脫逃感到十分不滿。

「那是什麼？」格羅佛喘著氣，這時我們癱在比剛剛安全些的黑色白楊樹林中，「那是黑帝斯的另一隻寵物嗎？」

安娜貝斯和我彼此對望了一眼。我明白她心中有個想法正在滋長，可能和她在往洛杉磯的計程車上想到的一樣，可是她很害怕，沒辦法說出口，而那想法也足以讓我心生恐懼。

我蓋上我的劍，將筆放回口袋。「我們繼續走吧。」我看著格羅佛，「你還可以走嗎？」

他吞了一口口水說：「當然可以，其實我一向不喜歡穿鞋子。」

他努力表現出勇敢的樣子，可是仍然在發抖，我和安娜貝斯也一樣。深淵中的東西並不是誰的寵物，那是種難以形容的古老力量，即使是艾奇娜也不曾給我這樣的感覺。當我轉身背對著隧道，往黑帝斯的宮殿前去時，差一點就鬆懈了下來。

差一點點。

復仇女神在簷牆上方的黑暗高空盤旋，城堡的外牆閃耀著黑色光輝，兩層樓高的青銅大門完全敞開著。

往上走靠近大門時，我看到上面雕刻著死亡現場的景象，有些是近代發生的事件，比如原子彈在城市上空爆炸、戰壕中擠滿戴著防毒面具的士兵、一排非洲飢民正拿著空碗等待。可是這些圖像彷彿數千年前就蝕刻在上面了，我猜這可能是已經實現的預言。

進入門裡，則是我從未見過的奇特花園，有多彩的蘑菇、毒灌木和怪異的發光植物，都不需要陽光就能生長。貴重的寶石彌補沒有花朵的缺憾，成堆的紅寶石像我的拳頭一樣大，還有一堆堆未經琢磨的鑽石。花園裡四處立著凍結的派對賓客，這些都是梅杜莎做的花園雕像，有石化的小孩、羊男和半人馬，所有雕像臉上的笑容都十分怪異。

花園的中央是一棵石榴樹，樹上的橙花霓虹燈在黑暗中十分閃亮。「泊瑟芬的花園。」安娜貝斯說：「別停下腳步。」

我了解她催我們繼續走的原因，因爲石榴散發的果酸味幾乎快將我淹沒。我突然很渴望吃掉它們，可是我想起了泊瑟芬的故事。只要咬一口冥界的食物，我們就再也不能離開。我把格羅佛拉走，阻止他摘下一顆大又多汁的石榴。

我們爬上宮殿的階梯，兩旁是成排的黑色圓柱，又穿過黑色大理石門廊，進入黑帝斯的主屋。門廳鋪著磨亮的青銅地板，在火炬的映照下很像正沸騰著，上方沒有天花板，而是高高的山洞頂，我猜他們從不用擔心下雨的問題。

每一邊的門口都有武裝的骷髏守衛，有些穿著希臘盔甲，有些穿著英國軍人制服，還有些穿著迷彩服，手臂上有破舊的美國國旗。他們手上拿著長槍、火槍或 M-16 步槍。他們並沒有找我們麻煩，不過當我們往大廳走過去時，他們空洞的眼窩緊跟著我們移動，往這幾扇門的盡頭看過去。

兩個美國海軍陸戰隊骷髏守著大門。他們對我們冷笑，拿在胸前的是火箭推進式榴彈發射器。

「我打賭，」格羅佛咕噥著：「黑帝斯不用煩惱推銷員上門的事。」

我的背包現在好像有一公噸那麼重，不知道為什麼會這樣。我很想打開背包檢查是不是不小心被人放進了一顆保齡球，不過現在不是時候。

「喂，」我說：「我想我們是不是應該先……敲門？」

一道熱風吹到走廊上，大門慢慢打開，守衛走到門的兩邊。

「我猜這表示『請進』吧。」安娜貝斯說。

房間內部看起來很像我夢中所見，不過這次黑帝斯的王座不是空的。

他是我遇到的第三位天神，不過卻是我第一次真正感覺見到一位天神。

他最少有三公尺高，穿著黑絲長袍，戴著金王冠。皮膚白得像得了白化症一樣，及肩的頭髮烏黑發亮。他不像阿瑞斯那麼壯碩，可是全身散發出力量。他倚在由人骨熔接而成的王座上，姿態柔軟、優雅又充滿威脅感，像美洲豹一樣。

我立刻覺得應該由他來發號施令。他所知遠勝於我，他應該是我的主人。但這時我又告訴自己，要趕快將這些念頭拋開。

黑帝斯的的力量正在影響我，像阿瑞斯一樣。這位死亡的主宰感覺很像我曾看過的一些照片，像是希特勒、拿破崙，還有指揮自殺炸彈的恐怖份子首腦一樣，都有著強烈的眼神和一股迷惑人的邪惡魅力。

「波塞頓的兒子，你敢來這裡，很勇敢。」他用一種假好心的聲音說：「尤其在你對我做了這種事之後，確實非常勇敢，當然也有可能只是單純的愚蠢罷了。」

麻木感滲進我的關節，引誘我躺下，在黑帝斯腳邊打個盹，然後蜷伏在此，永遠沉睡。

我努力和這種感覺對抗，往前走了幾步。我知道我該說些什麼。「天神伯父，我來到這裡是有兩個請求。」

黑帝斯揚起眉毛。當他在王座上往前傾身時，黑袍的褶紋上出現了模糊的臉，表情很痛苦。這件衣服像是由刑獄中被綑綁的亡魂所縫製而成，而亡魂想掙脫而出。如果撇開任務不談，注意力不足的我不禁開始懷疑，他別件衣服是不是也用同樣的方法製成。而人在活著的時候到底要做出什麼樣的壞事，才會被編進黑帝斯的內衣裡？

「只有兩個請求？」黑帝斯說：「傲慢的小孩，好像還沒拿夠一樣。快說，最好是可以取悅我，不然你就得死。」

我吞了口口水，這也正是我所害怕的事情。

我瞥了一眼黑帝斯身旁那個無人的小一號王座，很像一朵裝飾著金箔的黑色的花。眞希望泊瑟芬王后在這裡，因爲我記得在神話中的她會讓丈夫的情緒冷靜下來，不過現在是夏天，泊瑟芬當然是在上面光明的世界中，和她的媽媽農業之神狄蜜特在一起。是她的到訪造就了四季，而非地球的傾斜所致。

安娜貝斯清了清喉嚨，她的手指從背後戳我一下。

「黑帝斯天神。」我說：「請聽我說，天神間不能開戰，因爲這樣……很糟。」

「眞的很糟。」格羅佛幫我補充。

「請將宙斯的閃電火還給我。」我說：「拜託您，讓我把它帶回奧林帕斯。」

黑帝斯的眼睛發出危險的亮光。「你竟敢在我面前炫耀，在你做了這種事之後？」

我看了一下我的朋友們，他們都和我一樣困惑。

「嗯……伯父。」我說：「您一直說『在你做了這種事之後』，請問我到底做了什麼？」

王座廳突然猛烈震動，我想樓上的洛杉磯可能都感覺到了。碎石從山洞頂部掉落，周圍所有的門都猛力撞開，大約有數百個骷髏戰士衝進來，這支部隊是由西方文明各個時代和國家的士兵所組成，他們排列在房間四周，嚴密封鎖出口。

黑帝斯大吼：「臭小子，你以爲我想戰爭嗎？」

我很想說：「喂，這些傢伙看起來一點都不像愛好和平者吧。」不過，我想這可能是個危險的答案。

「您是冥界之王，」我小心的說：「戰爭將會擴展您的領土，不是嗎？」

「跟我兄弟說的一樣！你以爲我還需要更多的子民嗎？你難道沒有看見日光蘭之境亂七八糟擴張的狀況嗎？」

「嗯……」

「你有沒有想過我的領土在過去這個世紀已經壯大了多少？我必須加開多少分部？」

我張開嘴想要回答，但是黑帝斯的話滾滾而出。

「我需要更多食屍鬼警衛。」他發起了牢騷，「審判所大塞車，而工作人員還要加班一倍的時間。波西．傑克森，我以前是個富有的天神，因爲擁有地底下所有的貴重金屬，可是現在我的開銷可大了！」

「卡戎想要加薪。」我脫口而出，因爲剛好聯想到這件事。當我說出這句話的同時，我眞希望把自己的嘴巴縫起來。

「不准提卡戎！」黑帝斯大吼：「自從他發現義大利名牌服飾之後，他就變得無可救藥！到處都是問題，我必須親自去處理這些事情，光是從宮殿到入口的通勤時間已經夠讓我發狂了！在此同時，死人仍然持續湧進來。告訴你，臭小子，我不想要，我不要更多子民！我一點也不想發動戰爭。」

「可是您拿走了宙斯的閃電火。」

「胡說八道！」隆隆聲再次大作。黑帝斯從王座上站起來，高聳矗立著如美式足球門柱一般。「你爸爸或許可以愚弄宙斯，但我可沒那麼笨，我知道他的詭計。」

「他的詭計？」

「你就是冬至的那個小偷。」他說：「你爸爸把你當作祕密武器，他指引你進入奧林帕斯的王座廳，拿走閃電火和我的頭盔。假使我沒有派復仇女神到楊西學校找出你來，波塞頓可能就成功的隱藏詭計，順利開啓這場戰爭了。不過，現在你被迫現身，你是波塞頓派出的小偷這件事被揭穿了，而我要拿回我的頭盔！」

「可是……」安娜貝斯說。我感覺到她的腦子正以時速一萬公里在轉動。「黑帝斯天神，您的黑暗頭盔也不見了嗎？」

「小女生，不要在我面前裝無辜了。毫無疑問的，你和羊男幫助這個混血人來到這裡，一起用波塞頓的名義威脅我，想給我最後通牒。怎麼，難道波塞頓以爲我會受他威脅，轉而支持他嗎？」

「沒有！」我說：「波塞頓沒有……我沒有……」

「我從沒說出頭盔不見的事情，」他咆哮著：「因爲我不曾幻想奧林帕斯有誰會給我一絲絲正義，或是一點點的幫助。我最有威力的恐怖武器竟然弄丟了，我說不出口，所以我靠自己的力量去找你。當我確定你會來找我、威脅我時，我就不再阻止你了。」

「你沒有阻止我們？可是……」

「現在，把我的頭盔還給我，不然我將停止死亡。」黑帝斯威脅著說：「這是我的回敬。我會打開地表，把死人倒回活人的世界，我要讓你們的土地變成恐怖夢魘。而你，波西．傑克森，你的骷髏將會領導我的軍隊由這裡出發。」

骷髏士兵都向前一步，帶上武器。

這一刻，我也許應該感到恐懼，但奇怪的是，我只覺得受到了冒犯。再沒有什麼比被誣賴更讓人火大的了，我以前有過太多次經驗。

「你和宙斯一樣壞。」我說：「你以爲是我偷了你的東西嗎？那就是你派復仇女神跟著我的原因？」

「當然。」黑帝斯說。

「那其他怪物呢？」

黑帝斯輕蔑的動一動嘴唇說：「我可沒有叫他們，我不想讓你那麼快死，我要你活著出現在我面前，這樣才能讓你體驗刑獄中的每一項酷刑。不然你想我怎麼會讓你這麼容易進入我的領土？」

「容易？」

「歸還我的財產！」

「可是我沒有拿你的頭盔，我來這裡是爲了閃電火。」

「你明明已經佔有那個東西了！」黑帝斯大吼：「你帶著那東西來到這裡，小笨蛋，你以爲可以用那個東西威脅我！」

「我明明沒有！」

「好，那麼，打開你的背包。」

一陣恐怖感向我襲來，背包裡那個很像保齡球的重量，該不會是……

我從肩膀上卸下背包，拉開拉鍊，裡面是一個六十公分高的金屬圓柱，兩端有尖釘，發出聚集能量的滋滋聲。

「波西。」安娜貝斯說：「怎麼會？」

「我……我不知道，我不懂。」

「你們這些混血人都一樣。」黑帝斯說：「自負讓你們變得愚蠢。你們竟然以為可以在我面前帶著這樣的武器。我本來不想要宙斯的閃電火，不過既然東西在這裡，就交給我吧。我確定這是很棒的談判籌碼。現在……我的頭盔呢？放在哪裡？」

我無話可說。我沒有頭盔，也想不出來閃電火是怎麼跑到我背包裡。我本想將一切全想成是黑帝斯的詭計，因為他是個大壞蛋。但這時，我的腦袋突然急速轉彎，我明白自己被愚弄了。因為是另一個人害得宙斯、波塞頓和黑帝斯掐住彼此的喉嚨。閃電火在我背包裡，而這個背包是從那個……

「黑帝斯天神，請等一下，」我說：「全都搞錯了。」

「搞錯了？」黑帝斯大吼。

骷髏將武器對準我們。這時我們上方高處出現振翅飛行的皮翼，接著三個復仇女神俯衝而下，棲息在她們主人的王座上，其中那個道斯老師的臉正對著我熱切的咧嘴而笑，還揮起了她的火鞭。

「不會有錯。」黑帝斯說：「我知道你來這裡的理由，我明白你帶閃電火來的真正原因。

你要交換她。」

黑帝斯鬆開掌中一球金色的火光，火球在我面前的階梯爆開來。是我的媽媽，凍結在金光中，正是彌諾陶勒死她之前的那一刻。

我說不出話來。我伸出手想碰觸她，可是金光卻像營火般熾熱。

「沒錯，」黑帝斯滿意的說：「是我抓了她。波西．傑克森，我知道你終究會來和我做交易。將我的頭盔還來，也許我就會放她走。她並沒有死，現在還沒有，不過假使你惹毛了我，情況就會改變了。」

我想起口袋裡的珍珠，或許珍珠可以帶我離開這裡，假如我可以只救媽媽的話……

「喔，珍珠。」黑帝斯說，而我的血液凍結了。「對了，那是我弟弟的小把戲。波西．傑克森，拿著珍珠過來啊。」

我的手抗拒著我的意志往前移動，露出了珍珠。

「只有三顆。」黑帝斯說：「眞可惜啊！你一定知道每個珍珠只能保護一個人吧。臭小子，你試試看，來帶走你母親。那麼，你的哪一個朋友要留下來永遠陪我呢？來吧，做好選擇，或者是把背包給我，接受我的條件。」

我看著安娜貝斯和格羅佛，他們的神情都很堅強。

「我們上當了。」我告訴他們：「被設計了。」

「沒錯，可是爲什麼？」安娜貝斯問：「還有深淵裡的聲音……」

「我還不知道，」我說：「可是我打算去問清楚。」

「小子，選擇吧！」黑帝斯大喊。

「波西。」格羅佛將手放在我的肩膀上，「你不能把閃電火給他。」

「我知道。」

「我留下來。」他說：「將第三顆珍珠給你媽媽用。」

「不行！」

「我是羊男。」格羅佛說：「我們沒有像人類一樣的靈魂。他可以將我凌虐至死，可是他沒辦法永遠關住我，我會轉生成花朵或其他東西。這是最好的方法。」

「不行，」安娜貝斯拔出她的青銅匕首，「你們兩個走。格羅佛，你必須保護波西，你必須拿到探查者執照，開始尋找潘的任務。帶著他媽媽離開這裡吧。我會掩護你們，我本來就打算到下面來戰鬥。」

「不可以。」格羅佛說：「我留下。」

「羊小子，你要想清楚。」安娜貝斯說。

「停止！你們兩個！」我的心彷彿正撕裂成兩半。他們和我一起歷經過重重難關。我記得格羅佛在雕像花園時向梅杜莎俯衝而下，還有安娜貝斯救我們順利離開色柏洛斯；我們一起活著離開赫菲斯托斯的水世界、聖路易大拱門、蓮花賭場。在幾千公里的旅程中，我一直擔憂自己會被一個朋友背叛，可是他們兩個根本沒有這麼做。一次又一次，除了救我之外，他們別無所求，而現在，他們都想要犧牲自己的生命來救我媽媽。

「我知道該怎麼做。」我說：「拿著。」

我給他們一人一顆珍珠。

安娜貝斯說：「可是，波西……」

我轉身看著媽媽，我想要孤注一擲，犧牲自己，將最後一顆珍珠用在她身上，可是我知道她會怎麼說，她不會允許我這樣做。我必須將閃電火帶回奧林帕斯，將眞相告訴宙斯，阻止這場戰爭。假如我爲了救她而不去完成任務，她不會原諒我。我想起混血之丘的神諭，那彷彿已經是一百萬年前的事了。神諭說：「最後，你會失敗，救不出最重要的。」

「對不起，」我告訴她：「我會再回來，我會找到方法的。」

黑帝斯臉上得意的表情褪去了，他說：「混血小子……？」

「伯父，我一定會找到頭盔，」我對他說：「我會將頭盔還給您。記得幫卡戎加薪。」

「不准反抗我……」

「還有，偶爾和色柏洛斯玩一玩無傷大雅，牠喜歡紅色橡膠球。」

「波西．傑克森，你不可以……」

我大喊：「就是現在！」

我們將珍珠砸碎在腳邊。而這令人驚駭的一刻，卻什麼事都沒有發生。

黑帝斯大吼：「消滅他們！」

骷髏大軍往前衝，拔出劍，槍喀答一聲切換到全自動模式。復仇女神飛撲過來，手中的鞭子燃起火焰。

就在骷髏開火的那一刻，我腳邊的珍珠碎片爆炸了。一陣綠光和強勁的海風出現，我被包在乳白色的球裡，開始飄離地面。

安娜貝斯和格羅佛就在我後面，我們繼續往上飄，長槍和子彈都傷不了珍珠泡泡。黑帝斯憤怒的大吼，整個城堡為之撼動。我知道今夜的洛杉磯一定不平靜。

「看上面！」格羅佛大喊：「我們要撞上啦！」

我們正迅速往鐘乳石尖衝去，我猜那東西會刺破我們的泡泡，將我們做成肉串。

「要怎麼控制這個東西？」安娜貝斯大喊。

「我不認為你做得到！」我也大喊回去。

當泡泡猛力向洞頂撞過去時，我們放聲尖叫，結果……一片漆黑。

我們死了嗎？

沒有，我仍然感覺到速度，我們正在往上，穿過堅硬的岩石，就像氣泡在水中移動般輕鬆，這是珍珠的力量。我明白那句話的意思了，「屬於大海的終將回歸大海」。

過了一會兒，柔軟的泡泡外什麼都看不見，接著我的珍珠泡泡穿出了海床，進入海中。安娜貝斯和格羅佛的乳白球繼續緩緩的跟著我朝水面上升，然後……砰！

我們在聖塔莫尼卡海灣正中央的海面上爆開，打翻了一個遊客的衝浪板，傳來憤怒的咒罵聲：「可惡！」

我拉住格羅佛，將他拖上一個救生圈，然後抓住安娜貝斯，也把她拉上來。有一隻好奇的鯊魚在我們身邊繞圈圈，是隻近三公尺長的大白鯊。

我說：「閃邊。」

鯊魚轉身迅速游走。

正在衝浪的遊客們鬼吼亂叫一通，然後全速划離我們。

不知爲何，我知道現在的時間是六月二十一日的清晨，夏至。

遠方的洛杉磯失火了，城市各處升起白煙，那裡經歷了一場地震。好吧，那是黑帝斯的錯。他可能正派出一支死人軍隊跟在我後面。

不過此刻，冥界不是我最大的問題。

我必須上岸，必須將宙斯的閃電火歸還奧林帕斯。最重要的是，我必須和設計陷害我的天神好好談一談。

20 決鬥戰神

海岸巡警隊救起我們，可是他們實在太忙，不能留我們太久，也沒多餘的心思懷疑這三個街頭裝扮的小孩怎麼會出現在海灣的中央。還有許多災難事故等待救援，他們的無線電滿是緊急事件的呼叫。

他們在聖塔莫尼卡碼頭將我們放上岸，把毛巾圍在我們肩上，還給我們一瓶水，瓶身上寫著「少年海岸巡警隊」，然後他們加速離開去營救更多的人。

我們的衣服全溼了，連我的也是。海岸巡警隊出現時如果看到我全身不沾水，大概會覺得太過詭異，所以我默默祈禱被拉出水面時會全身溼透。果然，我平時的防水魔法這次離我而去。我打著赤腳，因為鞋子給格羅佛穿了。讓海岸巡警對沒穿鞋產生疑惑，總比看到偶蹄出現要好得多。

到達乾燥的陸地後，我們背對海岸蹣跚前進。眼前所見的是失火城市和美麗日出形成的殘酷對比。我覺得好像剛從鬼門關前回來——其實是真的走了一趟。我的背包因為宙斯的閃電火而沈甸甸的。看到媽媽之後，我的心比背包更加沈重。

「我不相信。」安娜貝斯說：「我們用盡力氣……」

「這是個詭計。」我說：「想出這個策略的腦袋不比雅典娜差。」

「嘿。」她警告我。

「你知道是誰，對吧？」

她垂下眼睛，生氣的情緒消退了。「是啊，我知道。」

「噢，我不知道！」格羅佛抱怨：「是哪一個……」

「波西……」安娜貝斯說：「我很抱歉。關於你媽媽的事，眞的非常非常抱歉……」

我假裝沒聽到，假如現在開口說媽媽的事，我會像個小孩一樣嚎啕大哭。

「預言是對的，」我說：『你將往西走，面對變身的天神。』不過預言不是指黑帝斯，黑帝斯並不想要發動三大神之間的戰爭。小偷另有其人，那個人偷了宙斯的閃電火和黑帝斯的黑暗頭盔，然後栽贓給我，因為我是波塞頓的孩子，他要害波塞頓被兩邊責怪。今天日落之後，三方就會開戰，而我正是引發這場戰爭的人。」

格羅佛搖搖頭，一臉困惑的說：「那誰是那個幕後主使？誰會希望看見這麼慘的戰爭？」

我停下腳步，向海岸另一端望去。「啊，讓我想想。」

他正在那裡等著我們，一樣的黑色皮衣和太陽眼睛，一根鋁製球棒擱在肩上。他的機車在身後隆隆作響，車頭燈將沙灘照成紅色。

「嘿，孩子。」阿瑞斯說，像是打從心裡很高興見到我。「我以為你死定了。」

「你陷害我。」我說：「你偷了黑暗頭盔和閃電火。」

阿瑞斯大笑。「嗯，這樣說吧，我並沒有親自偷那些東西。天神拿走彼此的力量象徵，是絕對不被允許的。不過，你並不是世界上唯一能執行任務的英雄。」

「你找誰去做？克蕾莎嗎？她冬至時在那裡。」

這個說法似乎讓他覺得好笑。「那不重要，孩子，重點是你正在妨礙這場戰爭。懂了吧，你必須死在冥界，這樣波塞頓就會因爲黑帝斯殺了你而抓狂；黑帝斯則得到宙斯的閃電火，讓宙斯很氣他；而黑帝斯還是會繼續找這個……」

他從口袋裡拿出一頂滑雪帽，就是銀行搶匪頭上戴的那一種。然後他將帽子放在機車的兩個把手中間，帽子瞬間變成一個精巧的青銅戰盔。

「黑暗頭盔。」格羅佛倒吸了一口氣。

「答對了。」阿瑞斯說：「我說到哪裡了？喔，對，黑帝斯會同時對宙斯和波塞頓生氣，因爲他不知道是誰拿走這個。很快的，我們就會看到一場很精彩的三方互毆戰。」

「可是，他們是你的家人耶！」安娜貝斯抗議。

阿瑞斯聳聳肩說：「這種戰爭最棒、最血腥了。再也沒什麼比得上看親戚打鬥來得精彩，我一向都這麼覺得。」

「你在丹佛給我們背包，」我說：「閃電火從那時就一直在裡面。」

「也對，也不對。」阿瑞斯說：「對你的凡人腦袋來說算是複雜了點，應該說背包是閃電火的護套，只是有點變形罷了。閃電火和背包是一體的，有點像你那把劍和你的關係一樣。

那把劍總是會回到你的口袋，對吧？」

我不清楚阿瑞斯是怎麼知道這件事的，不過我猜身爲戰神，他的工作之一就是必須熟悉各種武器吧。

「總之，」阿瑞斯繼續說：「我用魔法修改了一下，所以閃電火只在你到達冥界之後才回到護套裡。當你接近黑帝斯的時候……叮咚，你就有了個新包裹。假如你死在那裡的話，我也沒有損失，我手上還有一項武器。」

「爲什麼不把閃電火留在你手上呢？」我說：「爲什麼要送給黑帝斯？」

阿瑞斯下巴抽動著，此刻他的神情像是在聽腦子裡面的另一種聲音說：「爲什麼我不……是啊……用那種火力……」

他恍神了一秒鐘……兩秒鐘……

我和安娜貝斯交換了緊張的眼神。

阿瑞斯回過神來，說：「我不想惹麻煩。讓你拿著這東西被當場人贓俱獲比較好。」

「你說謊。」我說：「將閃電火送到冥界不是你的主意吧？」

「當然是我的主意！」一陣煙從他的太陽眼鏡升起，好像著火了一般。

「並不是你派出小偷，」我說：「而是另有幕後主使者派出混血人去偷這兩件寶物，然後，宙斯派你追捕時，你抓到小偷了。可是你沒將東西還給宙斯，一定有某個原因說服你放走小偷。你保留了這兩件寶物，等另一個混血人出現，然後讓他完成傳送的工作。是在深淵裡的那個東西命令你這麼做的。」

「我是戰神！沒有人可以命令我！我沒有做夢！」

我遲疑了一下，然後說：「誰說什麼做夢的事了？」

阿瑞斯看起來有點焦慮，不過他想用嘻皮笑臉掩飾過去。

「孩子，我們回到手邊的問題吧。你現在還活著，而我不能讓你帶閃電火回奧林帕斯，因爲那幾個固執的笨蛋可能會相信你的話。所以，我得殺了你，喔，我不會親自動手的。」

他彈彈手指，腳邊的沙地爆開，衝出一頭野豬。這傢伙比混血營五號小屋門上掛的那顆頭更大、更醜。牠扒著沙子，用圓珠般的眼睛怒視著我，然後低下頭，亮出剃刀般尖利的獠牙，等待殺人命令。

我步入海浪中。「阿瑞斯，你自己來和我打。」

他大笑著，不過聽得出來這笑聲中有些微的……不安。「孩子，你的本領只有一項而已，那就是……逃跑。你從凱迷拉那邊逃出來，又從冥界逃出來，你根本沒什麼能耐嘛！」

「你怕了嗎？」

「做你的春秋大夢吧！」他的太陽眼鏡被眼睛散發的熱度給熔化了。「天神禁止直接涉入。孩子，對不起啦，你不是我這個等級的。」

安娜貝斯說：「波西，快跑！」

大野豬進攻。

我已經受夠了從怪物、黑帝斯、阿瑞斯，或是任何人那裡逃命。

當野豬衝向我時，我拿掉筆蓋，往旁邊移動。波濤劍出現在手上，我向上揮劍。被切下的野豬獠牙掉在我腳邊，那頭失去方向的動物正衝入海中。

我大喊：「海浪！」

轉瞬間，大浪從四面八方奔騰湧上，覆蓋住整隻野豬，像毛毯一樣把牠包了起來。這頭野獸發出一聲恐懼的尖叫，然後消失不見，被大海吞噬。

我轉身面對阿瑞斯說：「現在你要和我對打了嗎？」我問：「還是你想躲在另一隻寵物豬的後面？」

阿瑞斯的臉因爲憤怒而漲成紫色，他說：「小鬼，你看好，我可以把你變成……」

「蟑螂嗎？」我說：「還是毛毛蟲？是啊，我知道你會，這樣才可以讓你這個天神不會挨揍，是吧？」

火焰在他眼鏡頂端跳躍著。「喔，好小子，你現在是在求我將你打爛榨成一小塊油漬。」

「假如我輸了，隨你想把我變成什麼都行，閃電火也可以拿走。假如我贏了，黑暗頭盔和閃電火都是我的，你必須全部放棄。」

阿瑞斯冷笑著。

他將肩膀上的球棒拿下來揮舞。「你喜歡哪一種打法？古典的還是現代的？」

我將劍舉起。

「死小孩，很酷啊。」他說：「這是古典型。」球棒變成一支巨大的雙面劍，劍柄是一個巨大的銀色骷髏頭，骷髏的嘴上咬著一顆紅寶石。

「波西，」安娜貝斯說：「別這樣，他是天神。」

「他是個膽小鬼。」我告訴安娜貝斯。

她吞了一下口水說：「至少戴著這個，幸運物。」

她拿下項鍊，上面有她的五年營隊紀念珠還有她爸爸的戒指，然後掛在我脖子上。

「同心協力。」她說：「雅典娜和波塞頓一起。」

我的臉有一點發熱，不過我還是努力擠出微笑說：「謝謝。」

「還有這個。」格羅佛說。他遞給我一個壓扁的錫罐，這可能藏在他口袋裡跟著他旅行幾千公里了。「羊男們都支持你。」

「格羅佛……我不知道該說什麼才好。」

他輕拍我的肩膀，我把錫罐塞進後面的口袋。

「你們的再見說完了嗎？」阿瑞斯轉向我，他的黑皮衣披在後面，他的劍光有如日出時的火焰。「小子，我始終在戰鬥，我有無窮的力量，而且不會死。你呢？你有什麼？」

有一點小小的自尊心，我這樣想，但沒說出口。我在海浪裡站穩腳步，退到水中，讓水淹過腳踝。我回想起安娜貝斯在丹佛餐廳時說的話，彷佛是很久以前了，她說：「阿瑞斯很強壯，那是他的全部，但蠻力有時得向智慧低頭。」

他往我的頭頂砍過來，可是我跳開了。

我的身體隨我的思考而動。水似乎將我推向空中，我猛然躍到他上方，趁墜落之勢一砍而下。不過阿瑞斯就是快。他旋轉了身體，原本應該直擊他的背脊，卻敲到他劍柄的末端。

他咧嘴笑笑說：「不錯，不錯。」

他再次刺來，強迫我跳上乾燥的陸地。我試著往旁邊移動，想回到水中，但阿瑞斯似乎知道我的下一步。他的謀略勝過我，對我步步進逼，我必須將全副心力放在不要被他切成肉片上。我持續後退進入海中，但是找不到他的任何破綻可以攻擊。他的劍身最長距離比波濤劍多了好幾十公分。

「近攻。」路克在劍術課上曾經這樣說：「當你的劍身比敵人短的時候，採近攻。」

我揮劍同時往前跨步，不過阿瑞斯正在等我這招。他將我的劍打飛出去，接著起腳踢中我的胸口。我也飛了出去，大約五公尺，或許有十公尺遠，如果沒有撞上柔軟的沙丘，我的脊椎一定斷成兩截。

「波西！」安娜貝斯大喊：「警察來了！」

眼前的東西都變成兩個了，我的胸口像是剛被打樁機連續猛擊一樣疼痛，不過我還是努力站起來。

我不能將視線從阿瑞斯身上移開，怕他會立即將我劈成兩半，但是從眼角餘光中，我看到海岸大道紅燈閃爍，車門啪的一聲關上了。

「警官，在那裡！」有人大叫：「看到了吧？」

一個聲音粗啞的警察說：「看起來很像電視上那個小孩……搞什麼……」

「那傢伙有武器。」另一個警察說：「請求支援。」

我滾到一邊，阿瑞斯的劍砍在沙灘上。

我往波濤劍的方向跑過去，拾起劍，掃向阿瑞斯的臉，但又刺偏了。

阿瑞斯似乎能精準的掌握我下一個動作。

我退後走向海浪，逼使他跟上。

「孩子，認命吧。」阿瑞斯說：「你根本沒有勝算，我剛剛只是在耍你而已。」

我的知覺正在打延長賽。現在我明白安娜貝斯說過動症會讓我在戰役中存活的原因了，我非常清醒，可以看到每個小細節。

我看得到阿瑞斯身上哪個地方是緊繃的，因此知道他的下一招會怎麼出手。在此同時也可以察覺到安娜貝斯和格羅佛在我左邊約十公尺遠的地方。我看到第二台警車停下來，警笛大作。因爲地震而在街上晃蕩的群眾開始聚集圍觀，在群眾中有幾個人用怪異的小跑步在移動，那是僞裝成人類的羊男。人群裡也有閃現的亡魂，好像是從黑帝斯那裡升起來觀看這場戰鬥。我還聽到皮翼在天空的某處盤旋振翅的聲音。

警笛聲愈來愈多。

我大步踏進水中，不過阿瑞斯動作很快，他的劍尖劃破我的袖子，擦過我的前臂。

警察的聲音從擴音器傳出：「把槍丟掉！將武器放在地上！馬上！」槍？

我看著阿瑞斯的武器，那東西閃動著，有時看起來像一支短槍，有時是一把雙面劍。我不知一般人會將我手中的武器看成什麼，不過我很確定這東西絕不會讓他們喜歡我。

阿瑞斯轉頭瞪著我們的觀眾，正好給了我一個喘息的時間。現在來了五部警車，一排警察埋伏在警車後，用手槍對準我們。

「這是私人恩怨！」阿瑞斯大吼：「快滾！」

他揮揮手，一面紅色的火牆往巡邏車燒去。警察們差點來不及在車子爆炸前尋找掩蔽。警察後面的群眾四散，尖叫聲不斷。

阿瑞斯放聲大笑。「該你了，小英雄，我要把你加入烤肉一族。」

他揮劍，我身子一偏，躲過他的劍刃。我逼近前去發動攻擊，使出一個虛招，但卻出手落空。海浪從我身後沖擊著，這時阿瑞斯大跨步向我發動攻勢。

我感覺著大海的韻律。當海潮湧來時，海浪的浪頭就愈高。我突然有個主意，用海浪攻勢。這時我身後的海水似乎正往後退，我用意志力將海潮拉回來，讓海浪能量持續上升，就像被軟木瓶塞塞住的二氧化碳氣體一樣。

阿瑞斯迎面而來，自信的笑著。我垂下劍，裝出太過疲憊而無法繼續的樣子。「等待那一刻。」我告訴大海。現在海水蓄積的壓力幾乎可以將我的腳沖飛了。阿瑞斯舉起劍，我放出海浪，跳上浪頭，高速往阿瑞斯的頭頂衝去。

一道兩公尺高的水牆噴得他滿臉是水。他滿嘴海草大聲咒罵著。我帶著一陣水花在他身後著陸，往他的頭虛擊，像之前的攻勢那樣。他及時轉身舉起劍，不過這次他錯了，他沒料到這是虛招。我改變方向，從他側面進攻，將劍朝下刺入水中，劍尖刺穿了天神的腳跟。

隨後海嘯大作，黑帝斯的地震此時顯得微不足道。大海從阿瑞斯身上回捲，留下一圈約十五公尺寬的潮溼沙灘。

神血，也就是天神金色的血液，從戰神靴子的裂口湧出。他臉上的表情除了憎恨，更多的是痛苦、震驚，完全無法相信自己竟然會受傷。

他一跛一跛朝我走來，喃喃用古希臘語咒罵著。

有個東西阻止了他。

就像雲遮蔽住太陽，不過情況更糟，此時光線正在消失，聲音和色彩迅速流逝。我感覺到一個冰冷而沈重的東西由海灘上空經過。時間變慢了，溫度降到冰點，讓我覺得生命如此的絕望，抵抗毫無用處。

黑夜升起。

阿瑞斯呆住了。

警車在我們身後燃燒，圍觀群眾四散逃離。安娜貝斯和格羅佛站在海邊，震驚的看著洪水再次回到阿瑞斯腳下，而他閃閃發光的金色神血消失在海潮中。

阿瑞斯垂下劍。

「小子，你製造了一個敵人。」他對我說：「你決定了自身的命運。每當你舉劍而戰，每當你渴求勝利時，你都會感受到我的詛咒。給我小心點，柏修斯．傑克森，小心點。」

他的身體開始發光。

「波西！」安娜貝斯大喊：「別看！」

阿瑞斯現出眞實形體時，我轉過身去。不知爲何，我知道假如我看了，就會灰飛煙滅。光消失了。

我回頭看，阿瑞斯不見了。海潮滾滾退去，露出黑帝斯的黑暗頭盔。我撿起頭盔，向我的朋友走去。

在我走到之前，我聽見皮翼振翅的聲音，三個頭戴蕾絲帽且面容邪惡的老奶奶，正手持火鞭從天空飄下，降落在我面前。

中間的復仇女神，曾經是道斯老師的那位向前走來。她露出尖牙，不過這次看起來不是在威脅我。她露出失望的表情，好像本來計畫好要抓我當晚餐，可是最後卻認定我會讓她消化不良。

「我們都看到了。」她嘶嘶的說：「那麼……眞的不是你囉？」

我將頭盔丟給她，她嚇了一跳，抓住頭盔。

「還給黑帝斯天神。」我說：「告訴他眞相，告訴他，請他停止戰爭。」

她遲疑了一會兒，然後用分叉的舌頭在綠色厚皮嘴唇上舔著。「波西．傑克森，好好活著，變成眞正的英雄吧。假如你做不到，假如你再次落入我的爪中……」

她咯咯笑著，品嘗著這個念頭，然後和姊妹們展開蝙蝠翅膀起飛，飛入煙霧瀰漫的天空中，消失了。

我和格羅佛、安娜貝斯會合，他們又驚又喜的看著我。

「波西……」格羅佛說：「眞是不可思議的……」

「超恐怖。」安娜貝斯說。

「超酷！」格羅佛更正。

我不覺得恐怖，也不覺得酷。我很疲倦、很痛，全身力氣都用光了。

「你們兩個有感覺到……那東西嗎？」我問。

他們憂心的點點頭。

「一定是因爲復仇女神在上面飛啦。」格羅佛說。

這個說法我可不那麼肯定。有個東西阻止阿瑞斯殺我，可以做到這件事的絕對比復仇女神的力量大得多。

我看著安娜貝斯，達成了共識。我知道深淵裡的東西是什麼，還有在塔耳塔洛斯入口發出聲音的是誰。

我向格羅佛取回背包。我看看背包裡面，閃電火還在，這一個小東西卻幾乎引爆了第三次世界大戰。

「我們必須回紐約去。」我說：「而且今晚就要到。」

「不可能，」安娜貝斯說：「除非我們……」

「飛過去。」我同意。

她瞪著我。「飛過去？搭飛機耶。這是你被警告絕對不能做的事，不然宙斯會在空中將你擊落，更何況你還帶著比核彈更具毀滅性的武器！」

「是啊。」我說：「百分之百正確，我正打算這樣做，走吧。」

21 帝國大廈六百樓

人類如何將事情裝進腦子裡，又如何把事情修改成符合所謂眞實的版本，是件很有趣的事。奇戎很久以前跟我講過這件事，就像平常一樣，我當時並沒有讚嘆他的智慧，而是直到很久以後，我才眞正明白。

根據洛杉磯的新聞報導，聖塔莫尼卡海岸的爆炸事件是一個瘋狂綁票犯用短槍朝警車射擊而引爆。他意外擊中瓦斯管線，而該管線早已因爲地震而破裂。

這個瘋狂綁票犯（又名阿瑞斯）就是在紐約綁架我和其他兩名青少年的人。他挾持我們進行爲期十天、跨越州界的恐怖之旅。

可憐的小波西畢竟不是州際罪犯。他在紐澤西的灰狗巴士上引起的那場騷動，是爲了要從挾持他的人手中逃跑。（後來，目擊證人甚至發誓他們的確看到皮衣男子在巴士上。怪的是，爲什麼我不記得有看到他？）這名瘋狂男子也犯下聖路易大拱門爆炸事件。畢竟，想也知道小孩子怎麼可能做出這種事。丹佛的一名熱心女服務生曾看過這名男子在餐廳外威脅他的小肉票，而且她找了個朋友拍下照片，並通知警察。最後，在洛杉磯時，勇敢的波西·傑克森（我開始喜歡起這個孩子了）從綁架他的人那裡偷了一把槍，然後在海邊用短槍和步槍決鬥。警察及時抵達案發地點，但是卻發生爆炸，五部警車又被毀，所以綁票嫌犯跑掉了。現場無人死亡，波西·傑克森和他的兩個朋友目前在警察的保護下十分安全。

記者告訴我們全部的事情經過，我們只是點著頭，一副熱淚盈眶和飢餓過度（這一點都不難）的樣子，在攝影機前扮演受害兒童的角色。

「我只想著一件事，」我邊說邊忍住眼淚，「我想再見到我親愛的繼父。每次看到他在電視上說我是犯人、無賴的時候，我知道……總之……我們會沒事的。我知道他一定會想答謝每一位住在洛杉磯這座美麗城市裡的市民，他將免費提供店裡的暢銷電器商品給大家，這裡是他的電話。」警察和記者都感動極了，他們將帽子當成容器開始幫我們募款。我們立刻就募集到三張飛往紐約的機票錢。

我知道除了飛回去之外別無選擇，我希望宙斯可以寬待我一點，顧慮一下現在的情勢。不過，即使這樣想，要勉強自己坐上飛機眞不是件容易的事。

光起飛就是個惡夢，每一道亂流都比希臘怪物恐怖得多，直到我們安全在紐約拉瓜迪亞機場著陸前，我都沒有將手從椅子扶手上鬆開過。當地的媒體正在等我們走出安檢門，不過我們設法躲過了，這都要感謝安娜貝斯，她用隱形洋基帽引開他們。她先高喊著：「他們在那裡買優格冰淇淋！快過去！」然後在行李區跟我們會合。

到了計程車招呼站，我們分開行動。我要安娜貝斯和格羅佛先回去混血之丘，把這件事告訴奇戎。他們本來堅決反對，在我們一起經歷這麼多事後，要他們先走是很困難的決定，不過我知道我必須獨力完成尋找任務的最後這部分。假如出了什麼差錯，假如天神不相信我……我要安娜貝斯和格羅佛活著回去告訴奇戎整件事的真相。

我跳上計程車，朝曼哈頓而去。

三十分鐘後，我走進帝國大廈的一樓大廳。

我看起來一定很像無家可歸的流浪小孩，一身破衣服和滿臉擦傷。沒辦法，我至少有二十四小時沒睡了。

我走向前面警衛台的警衛，跟他說：「第六百樓。」

他正在讀一本厚厚的書，封面有一張巫師的圖片。我對奇幻小說不太熟，不過這本書顯然挺好看的，因爲警衛好一會兒之後才抬頭看我。「小子，沒有這一層樓。」

「我需要晉見宙斯。」

他心不在焉的對我笑了一下。「抱歉，你說什麼？」

「你聽到我說的了。」

我幾乎快將這個人當作凡人了，如果是這樣，我最好在他叫人把我抓進精神病院前趕緊逃跑。不過這時他開口說：「小子，沒有預約就不能晉見，宙斯不接見突然來訪的人。」

「喔，我想這次他會破例。」我將背包卸下肩，將拉鍊拉開。

警衛看到了背包裡的金屬圓柱，他楞了幾秒鐘，然後臉色轉爲慘白。「那不是……」

「是的，那就是。」我說：「你是要我帶著這東西離開，然後……」

「不行！不行！」他慌忙從座位跳起，在桌子裡摸出一張感應卡交給我。「把這個插進保全插孔，要先確定沒有其他人和你一起搭電梯。」

我照他所說的做。當電梯門關上時，我將卡片放進插孔。卡片消失了，操作板上出現第六百樓的新紅色按鈕。

我按下按鈕，等待，再等待。

電台廣播音樂響起，正唱著：「雨滴持續落在我的頭上……」

終於，「叮！」的一聲，門滑開了。我走出電梯，心臟差點跳出來。

我站在一條狹窄的石頭步道上，步道懸在半空中。我現在是從飛機的高度往下看著曼哈頓。面前的白色大理石階梯在雲峰上迂迴前進，階梯盡頭是天空，雖然我的眼睛已經看到了階梯盡頭，但我的腦子還無法接受眼前這幅景象。

不可能有這種地方，看清楚點，我的腦子這麼說著。

眞的看到了啊，我的雙眼堅決的回答。那地方眞的就在那裡。

在雲的頂端升起了一座山峰，山尖被白雪覆蓋著。數十個高低錯落的宮殿依山而建，形成一個豪宅林立的城市，所有房子都有白色圓柱的柱廊，鍍金的露台，上千個青銅火盆中的火光正熊熊燃燒。道路以誇張的斜度蜿蜒直達山頂，那裡是一座最大的宮殿，耀眼的光輝與白雪相映，位居險要高處的花園裡種植著繁密的橄欖樹和玫瑰。我看到一個露天市集，裡面搭滿了色彩繽紛的棚子。在山的一側還有一座石造圓形競技場，另一側則是馬車競賽場和大劇場。這是個古希臘城市，不過完全沒有毀壞的跡象。它嶄新、整潔而色彩繽紛，這一定就是兩千五百年前雅典城的模樣。

這地方不可能在這裡，我告訴自己。這山頂像個一億噸重的行星，怎麼可能會懸吊在紐約市上空？怎麼會有這種東西停在帝國大廈上空，就在數百萬人眼前，卻沒半個人注意到？

可是，它的確在這裡，而我，也在這裡。

我的奧林帕斯之旅是一陣驚奇與恍惚。我經過幾個吱吱喳喳的森林精靈，她們從花園裡朝我丟橄欖。市集小販對我叫賣神食棒、全新盾牌，還有閃閃發亮的金羊毛複製品，和在赫菲斯托斯電視上看到的一樣。九個謬思女神[59]正在爲公園音樂會的演出調音，那裡有一小群觀眾聚集，是羊男、水精靈，還有一群面容姣好的青少年，可能是位階較低的天神吧。似乎沒有人擔心這場即將來臨的內戰。事實上，每個人看起來心情都很好，有幾個人轉身看著我經過，彼此交頭接耳。

我登上主要道路，往山頂最大的宮殿走去。這個宮殿和冥王的宮殿外型一致，但顏色完全相反。在冥界的每樣東西都是黑色和青銅色，而這裡則都閃耀著白色和銀色光澤。

我知道黑帝斯一定是模仿這裡來蓋出自己的宮殿，除了冬至外，他都是奧林帕斯的拒絕往來戶，所以他在地底蓋一座個人專屬的奧林帕斯。儘管我對他印象很差，但還是爲他感到些微的遺憾。從這座宮殿裡被放逐眞的不公平，任何人都會覺得痛苦。

此時我已經步入中央庭院，穿過庭院就是王座廳了。光是用「廳」來形容不太精確，因爲這個地方讓中央車站看起來像是個放掃把的櫃子，它碩大的圓柱往上支撐著圓頂天花板，圓頂上的星座正緩緩移動。

十二個王座排列成倒U字形，就像混血營小屋的配置，大小則像是專爲黑帝斯一般高大的天神所製作。王座大廳中心是巨大的火爐，火焰嗶嗶剝剝燃燒著。除了盡頭兩個王座外，其他王座都是空的。一個是爲首的王座，在右邊，另一個緊接在爲首王座左邊。不需要別人告訴我，我知道坐在那裡的兩位天神是誰，他們在等我向前。我朝他們走去，雙腳發抖。

兩個天神現在看起來就是高大的人類，和黑帝斯一樣，可是我沒辦法直視他們。我覺得自己整個臉都漲紅了，身體好像開始灼燒起來。眾神之王宙斯穿著深藍色細條紋衣，坐在樣式簡單的純白金王座上。他那交雜著大理石灰色和烏雲黑色的鬍子修剪得十分整齊，英俊的臉龐自負而威嚴，眼睛則是雨天的灰色。當我接近他時，聽到空氣中有細細的爆裂聲，聞到了新鮮空氣的味道。

毫無疑問的，坐在他旁邊的天神是他的兄弟，不過裝扮卻完全不同，讓我想起了西嶼海岸的巨浪。他穿著皮製綁帶涼鞋，土黃色的百慕達短褲，還有一件上面滿布椰子和鸚鵡圖案

59 謬思女神（Muses）共有九位，她們是宙斯與記憶女神寧默心（Mnemosyne）的女兒。原本是同進同出不分開，後來各司其職掌管史學、天文、悲劇、喜劇、舞蹈、史詩、愛情詩、聖歌和抒情詩。

的上衣。他的皮膚是深褐色，有雙老漁夫的手，滿佈著疤痕。他的頭髮和我一樣是黑色的，有種和我一樣的沈思神情，這神情常讓我被貼上叛逆的標籤。不過這時他那和我一樣的海水綠眼睛，環繞著陽光般明亮的波紋，透露出他笑得很開心的訊息。

他的王座是深海漁夫的風格，有簡單的漩渦裝飾，上面是黑色的皮坐墊和放在皮套中的釣竿。除了釣竿之外，皮套中還插著一支青銅三叉戟，尖端閃著綠光。

天神沒有移動或說話，空氣中有股緊張的氣氛，好像他們才剛結束一場爭辯。

我往前走到漁夫王座前，跪在他腳下。「父親。」我不敢抬頭看，心臟噗通噗通跳著，而且可以感覺到兩位天神散發出的能量。假如我說錯話，他們一定會將我炸成灰。

我左邊傳來宙斯的聲音，他說：「小男孩，你不該先向這間屋子裡的主人打招呼嗎？」

我仍然低著頭，等待著。

「兄弟，冷靜點。」波塞頓終於開口，他的聲音喚起我最久遠的記憶。在我還是嬰兒時的那陣溫暖光線，天神將手放在我額頭上的感覺。他說：「這孩子聽從父親，這是對的。」

「你還是要認他嗎？」宙斯用威脅的口氣說：「你宣稱是這孩子的父親，也就是承認違背了我們的重誓！」

「我承認我犯了錯。」波塞頓說：「但現在我想聽他說。」

犯了錯。

有東西哽住我的喉頭。難道我對他而言只是如此？是一個錯誤？一個天神犯錯的結果？

「我已經饒過他一次了。」宙斯不滿的說：「竟敢飛在我的領空中……啪！我應該將他從空中擊落，懲罰他的傲慢無禮。」

「冒著一起毀掉閃電火的危險嗎？」波塞頓冷靜的說：「兄弟，我們先聽聽他的說法。」

宙斯又抱怨了一會兒。「我會聽的，」他堅決的說：「然後我再決定要不要將這個小男生從奧林帕斯丟下去。」

「波西，」波塞頓說：「抬頭看我。」

我照做，但我不確定從他臉上看到了什麼。他臉上沒有愛或是讚許的神情，也沒有鼓勵我的意思。像是看著大海般，有些日子看得出它的心情，但多數時候，它神祕而深不可測。

我感覺波塞頓眞的不知道該怎麼對待我，他不知道該不該因爲有我這個兒子而開心。奇怪的是，我很高興波塞頓和我如此疏遠，假如他試圖道歉，或是說愛我、對我微笑，這樣都顯得太做作了。我也不想看到他像普通人類的爸爸一樣，爲了沒空陪孩子而說些站不住腳的藉口。但是像現在這樣，我可以繼續過我的生活，畢竟，我也還不太確定我對他的感覺。

「孩子，告訴宙斯。」波塞頓對我說：「告訴他你的故事。」

於是我將所有的事一五一十告訴宙斯。我拿出金屬圓柱，它在天神面前開始發出火花，我將它放在宙斯腳邊。

接下來是一陣冗長的沈默，空氣中只有爐火細微的嗶剝聲。

宙斯打開手掌，閃電火飛到他的掌心。當他握拳時，金屬尖端閃著電光，然後他手中的東西逐漸變成典型的閃電形狀，那是一支約六公尺長的閃電標槍，嘶嘶作響的能量讓我的頭髮都豎起來了。

「我感覺這男孩說的是實話。」宙斯喃喃說著：「可是阿瑞斯會做出這種事，實在……實在不像他。」

「他既驕傲又衝動。」波塞頓說：「我們整個家族都是這樣。」

「殿下？」我說。

他們一起說：「什麼事？」

「阿瑞斯不是單獨行動，還有另一個……另一個幫他出主意。」

我描述我的夢，以及在海邊時感覺到的東西，那短暫的邪惡似乎瞬間使世界停止，致使阿瑞斯收手而沒有殺了我。

「在夢中，」我說：「那個聲音告訴我，要我帶閃電火到冥界去，阿瑞斯也說他有做夢。我覺得他和我一樣都被利用來引發戰爭。」

「也就是說，你在指控黑帝斯？」宙斯問。

「不是。」我說：「宙斯殿下，我和黑帝斯見過面，那和在海邊的感覺完全不同。海邊的感覺和我接近深淵時是一樣的，那個深淵不就是塔耳塔洛斯的入口嗎？那裡有股強大且邪惡的力量在作怪……是比天神更古老的……」

波塞頓和宙斯互相對望，他們用古希臘語激烈的討論著，我只聽懂了一個字：父親。

波塞頓提了某種建議，但宙斯打斷他。波塞頓想繼續爭論，宙斯生氣的舉起手。「我們不要再談這個了。」宙斯說：「我必須親自去用蘭姆諾斯島[60]的水淨化閃電火，將金屬上的人類氣味洗掉。」

他站起身看著我，表情稍微緩和了一點點。「孩子，你幫了我一個忙，這是很少有英雄能夠完成的事。」

「殿下，其實我有幫手。」我說：「格羅佛．安德伍德和安娜貝斯．雀斯……」

「為了表達我的謝意，我將饒你一命。波西．傑克森，我不信任你，我不喜歡因為你的到來而影響奧林帕斯的未來。不過為了家族的和樂，我會讓你活下去。」

「嗯……殿下，謝謝您。」

「不准再擅自飛行。當我回來時，我不要看到你還在這裡，否則你將品嘗到閃電火的滋味，而那也會是你最後的知覺。」

雷聲震動宮殿，在一陣令人炫目的閃電之後，宙斯消失了。

我站在王座廳中，和我的父親獨處。

「你的叔叔，」波塞頓嘆口氣：「有戲劇性退場的天賦，我想他如果去當戲劇之神一定會

[60] 蘭姆諾斯（Lemnos）是位在愛琴海北部的希臘小島。火神赫菲斯托斯小時候被宙斯從奧林帕斯丟下，就是掉落在這個島上。相傳島上有個陰暗多霧的洞穴，冥界的遺忘之河——勒特河（Lethe）就流經此處。

很不錯。」

一陣令人不安的沈默。

「殿下，」我說：「請問深淵裡是什麼？」

波塞頓注視我說：「你還沒猜到嗎？」

「克羅諾斯，」我說：「泰坦巨神之王。」

即使是在奧林帕斯王座廳這個遠離塔耳塔洛斯的地方，克羅諾斯的名字仍然使房間瞬間黯淡，連我背後的爐火似乎也沒那麼暖和了。

波塞頓緊握三叉戟。「波西，在第一次戰爭時，宙斯將我們的父親克羅諾斯切成一千片，就像克羅諾斯對他父親烏拉諾斯[61]所做的一樣。宙斯將克羅諾斯的身體丟到塔耳塔洛斯最黑暗的深淵中。泰坦族的軍隊潰散，他們在埃特納山上的城堡毀了，他們的怪物盟友躲到地球最遠的角落去。泰坦族不會死，就算是天神也無法讓他們死。不管克羅諾斯留下的形體是什麼，他仍然活著，隱藏在某個地方，仍然清楚意識到他永恆的傷痛，仍然渴求力量。」

「他正在痊癒。」我說：「他正要回來。」

波塞頓搖搖頭說：「一代又一代，跨越萬古的時間，克羅諾斯一直在翻擾著。他進入人類的惡夢中，讓人類吸取邪惡的念頭，並從深處喚醒焦躁不安的怪物。即使如此，要說他能從深淵出來，又是另一回事了。」

「那正是他想要做的，父親，他是這麼說的。」

波塞頓沈默良久。

「在這個問題上，宙斯已經終止討論，他不容許任何關於克羅諾斯的談話。你已經完成尋找任務，孩子，你該做的事已經結束了。」

「可是，」我自己停下來，爭論無法改變什麼，還可能會惹火這位唯一站在我這邊的天神。「一……一切照辦，父親。」

他的嘴邊有一絲絲笑意，「對你而言，服從不是天性，對吧？」

「殿下，不是……」

「我想，對此我必須負點責任吧，因爲大海不喜歡受拘束。」他以原來的身高起身，拿起三叉戟，然後在閃光中再變成普通人的身高，走到我前面。「孩子，你該走了，不過在那之前，你該知道你媽媽已經回家了。」

我睜大眼睛看著他，完全呆住了。「媽媽？」

「你會在家裡看到她。在你將頭盔還給黑帝斯的同時，她就被送回家了，即使是冥王也會還你這份人情的。」

我的心怦怦跳著，不敢相信這是眞的。「您是不是……可不可以請您……」

---

61 烏拉諾斯（Ouranos），希臘神話中的上天之父，是宙斯的祖父，也是克羅諾斯的父親。他與大地之母蓋婭（Gaea）生下泰坦巨神族。後來泰坦巨神的首領克羅諾斯推翻了自己的父親，成為天界的主宰，直到被宙斯率領的天神所推翻。

我想問波塞頓是不是願意和我一起去看她，可是我隨即發現這個想法很荒謬。光是想像和海神一起坐上計程車，然後帶他到上東區去就覺得很誇張了。況且這些年來，假如他想看媽媽，他可以自己去啊。另外，還有個臭蓋柏在那裡。

波塞頓的眼睛流露出一點點悲傷。「波西，你回到家之後，必須做一個重要的抉擇。你的房間裡會有一個包裹在等你。」

「一個包裹？」

「你看到就會明白了，波西，沒有人可以爲你決定未來的路，你必須自己選擇。」

我點點頭，雖然並不知道他是什麼意思。

「你的母親是女性中的皇后。」波塞頓眷戀的說：「這一千年來，我從沒遇過這樣的凡人女子。我還是要說……孩子，我很抱歉將你生下來，我帶給你的是英雄的命運，而英雄的命運從來就不快樂，除了悲劇，別無所有。」

我努力不要感到受傷。在我眼前的是我的爸爸，他告訴我說他很抱歉生下了我。「父親，我並不介意。」

「也許你只是還沒開始介意，」他說：「只是還沒開始。可是就我本身來說，這是不能原諒的錯誤。」

「那麼，我先離開了。」我笨拙的對他一鞠躬，「我……我不會再打擾您。」

我轉身走了五步，這時他喊：「波西。」

我回頭。

他眼裡發出的光芒很不一樣，那是種熾烈的驕傲。「波西，你做得很好，別誤解我。不管你做什麼，你要明白你是屬於我的，你是海神眞正的兒子。」

回程時，我穿過天神的城市。談話聲停止了，謬思女神暫停音樂會，群眾、羊男、水精靈都看著我，臉上充滿敬意和感謝。當我經過時，他們全跪了下來，好像我是個英雄一樣。

十五分鐘後，仍處在恍惚狀態的我，已經回到曼哈頓街上。

我叫了計程車直奔媽媽的公寓，按下門鈴。她眞的在那裡，我美麗的媽媽，散發著薄荷和甘草的香味，當她看到我時，疲倦和憂愁從她臉上瞬間消失。

「波西！喔，感謝上天！喔，我的寶貝。」

她緊緊抱住我。我們站在門廊上，她一邊哭一邊用手撫著我的頭髮。

我承認……我也有點淚眼迷濛，我在發抖。看到她的這一刻，我頓時放下心來。

她說她上午剛出現在公寓時，差點把蓋柏嚇傻了。她不記得彌諾陶之後的事情。蓋柏告訴她我是通緝犯，說我從東岸跑到西岸，還炸毀國家紀念物時，她完全不敢相信。她整天都擔心到快要瘋了，因爲一直沒有我的消息。蓋柏強迫她趕快去工作，要她趕快上工好補足少了一個月的薪水。

我吞下怒氣，告訴她發生的事。我努力讓過程聽起來沒那麼恐怖，不過這不太容易。當我說到和阿瑞斯打鬥時，蓋柏的聲音從客廳裡傳出來：「嘿，莎莉！肉餅做好了沒？」

她閉上眼睛說：「波西，他不會太高興看到你，今天從洛杉磯打到店裡的電話大概有五十萬通吧，都是在講免費電器的事。」

「喔，對啊，那個啊……」

她勉強擠出笑容。「別再惹他了好嗎？走吧。」

在我離開的這個月，公寓已經變成蓋柏的領土。垃圾堆到有腳踝那麼高，沙發都變成啤酒罐座墊了，臭襪子和內衣褲掛在燈罩上。

蓋柏和他那三個討人厭的朋友正在桌子前玩撲克牌。

蓋柏看到我時，雪茄從嘴巴裡掉出來，臉漲得比火山熔岩更紅。「你還有膽來這裡，你這小兔崽子，我想警察……」

「他又不是逃犯。」媽媽打斷他，「蓋柏，這樣不是很棒嗎？」

蓋柏來來回回看著我們，似乎一點都不覺得我回家是件很棒的事。

「莎莉，根本糟透了，我還得把你的保險金還回去。」他咆哮著：「快把電話給我，我要叫警察了。」

「蓋柏，不要！」

他挑挑眉說：「你說不要就沒事了嗎？你以為我會再繼續忍受這個笨蛋嗎？我要將弄壞卡麥隆的這筆帳算在他頭上。」

「可是……」

他舉起手，我媽縮了一下身子。

這是我第一次知道蓋柏會打我媽。我不知道這是從什麼時候開始，也不知道有多少次了，可是我確定他一定有。或許當我不在她身邊時，這件事已經存在了很多年。

一股怒氣開始在我的胸膛膨脹，我走向蓋柏，很本能的從口袋拿出我的筆。

他笑了出來。「幹嘛？小笨蛋，你要在我身上寫字嗎？只要你碰我一下，你就會永遠待在監獄裡，懂了嗎？」

「嘿，蓋柏，」他的朋友艾迪打斷他說：「他只是個孩子。」

蓋柏憤怒的看著他，還用假音模仿他說：「只是個孩子。」

他那其他幾個朋友笑得像傻瓜一樣。

「兔崽子，本大爺對你大發慈悲吧。」蓋柏露出被煙染黃的牙齒，「給你五分鐘，帶著你的東西滾出去，否則，我就叫警察。」

「蓋柏！」媽媽哀求他。

「反正他離家出走過啊，」蓋柏對她說：「讓他繼續失蹤就好了。」

我氣得很想將波濤的筆蓋拿掉，可是這樣做沒什麼用。這把劍傷不了人類，而蓋柏呢，用最寬鬆的定義來說，他算是人類。

媽媽抓住我的手臂。「拜託，波西。來，我們先到你房間去。」

我讓她把我拉走，但仍然氣得整隻手在發抖。

我的房間完全堆滿了蓋柏的垃圾，有一大堆用過的汽車電瓶，一把爛掉的慰問花束，上面還有張卡片，好像是看過芭芭拉．華特絲專訪的人。

「寶貝，蓋柏只是有點沮喪。」媽媽說：「晚一點我再跟他說，我確定事情可以解決的。」

「媽，事情不會解決的，只要蓋柏在，就沒辦法解決。」

她緊張的絞著手指，「我可以……這個夏天，我工作時會把你帶在身邊，然後秋天時或許幫你找另一間寄宿學校……」

「媽。」

她垂下眼睛說：「波西，我會試試，我只是……需要一些時間。」

一個包裹出現在我床上，我發誓剛剛這個東西並不在那裡。

這是個磨損的硬紙盒，大小可以裝下一顆籃球，地址條上是我的字：

紐約州紐約市帝國大廈六百樓

奧林帕斯山的天神　收

祝福大家

波西．傑克森

頂端有用黑筆寫的工整筆跡，應該是男生的字，上面寫著我們公寓的地址，還有另外幾個字：退回寄件人。

此刻，我明白波塞頓在奧林帕斯說的話了。

一個包裹，一個選擇。

「不管你做什麼，你要明白你是屬於我的，你是海神眞正的兒子。」

我看著媽媽。「媽，你希望蓋柏離開嗎？」

「波西，這不是件簡單的事，我……」

「媽，我只要你老實告訴我，那個壞蛋一直這樣打你，你想不想要他離開或消失？」

她遲疑了，然後用幾乎無法察覺的動作輕輕點頭。「波西，是的，我希望他離開，而且我正在努力鼓起勇氣告訴他。可是，你不可以爲我做這件事，你不能解決我的問題。」

我看著盒子。

我能解決她的問題，我想將包裹劃開，啪一聲丟到撲克牌桌上，然後取出裡面的東西。我可以開一間雕像花園，就在客廳裡。

那是希臘英雄在故事裡做的事，我想著，那是蓋柏應得的。

可是英雄的故事總是以悲劇結束，波塞頓這樣告訴我。

我記起在冥界的事。我想蓋柏的亡魂會永遠在日光蘭之境遊蕩，也可能會被判到鐵絲網裡的刑獄接受恐怖刑罰，像是永無止盡的玩撲克牌，或是坐在及腰的沸油中聽歌劇。但我有權利送誰去那裡嗎？即使是像蓋柏這樣的人？

一個月前，我不會有半點遲疑，而現在……

「我做得到。」我告訴媽媽：「只要往這個盒子裡看一眼，他就永遠不會再煩你了。」

她看了包裹一眼，似乎馬上明白了。「波西，不行，」她邊說邊走開，「不可以這樣。」

「波塞頓說你是皇后。」我告訴她：「他說這一千年來，沒遇過像你這樣的女子。」

她的臉頰飛紅，「波西……」

「媽，你該得到比現在更好的生活。你應該去上大學，取得學位。你可以寫小說，或許會再遇見一個好人，住在舒服的房子裡。你不用再爲了保護我而勉強跟蓋柏在一起，就讓我來幫你擺脫他吧。」

她拭去臉頰上的淚水。「你講話的樣子和你爸爸好像，」她說：「他曾經爲我停止海浪，爲我在海底建造宮殿，他覺得他揮個手就可以幫我解決所有的問題。」

「出了什麼事嗎？」

她多彩的眼睛似乎在我的心裡搜尋著，「波西，我想你知道的，我想你跟我一樣已經足以明白這個道理了。如果我的生命有一點意義，我必須靠自己活出來。我不能讓天神照顧我，也不能讓兒子照顧。我必須……自己找到勇氣，你的尋找任務點醒了我。」

我們聽著玩撲克牌的聲音、咒罵聲，還有客廳電視的 ESPN 頻道傳來的聲音。

「我會將這個盒子留下。」我說：「如果他威脅你……」

她臉色蒼白，可是她點點頭。「波西，你要去哪裡？」

「混血之丘。」

「今年夏天，還是……永遠？」

「我想，看情況再決定。」

我們眼神交會，感覺上已經達成共識。我們都明白這個夏天的尾聲要面對的是什麼。

她親吻我的額頭說：「波西，你將會是英雄，你是最偉大的。」

最後一次，我環顧我的臥室，我覺得不會再看到它了，然後我和媽媽一起走到大門口。

「兔崽子，走得可眞快啊？」蓋柏在我後面喊：「終於解脫了。」

最後這一刻，我還是有點懷疑，有點痛苦。我怎麼會拒絕這麼完美的報復機會？我正要離開這裡，而我沒有救出媽媽。

「嘿，莎莉。」他大吼：「我的肉餅呢？」

強烈的憤怒在媽媽眼中燃燒，我想，或許我終究留給她一個好幫手，那是屬於她的。

「親愛的，肉餅馬上來。」她告訴蓋柏。「肉餅大驚喜喔。」

她看著我，眨眨眼睛。

當門關上時，我最後看到的景象是媽媽凝視著蓋柏，彷彿在盤算著要讓他變成什麼樣子的花園雕像。

22 背叛

在路克之後，我們是第一批活著回到混血之丘的人，所以大家當然把我們當作參加電視大冒險節目得了冠軍回來一樣。依照營隊的傳統，我們戴著大桂冠去參加為我們榮歸而準備的盛宴，然後領著大家排隊往營火去。在那裡，我們將小屋同伴在我們離開這段時間為我們所準備的喪服給燒掉。

安娜貝斯的喪服非常漂亮，灰色絲質的衣服上繡著貓頭鷹。我跟她說，沒讓她穿上那衣服眞是遺憾哪。她用力打我，叫我閉嘴。

海神之子的我沒有任何小屋同伴，所以阿瑞斯小屋自願幫我做喪服，他們找了一條舊床單，在邊緣畫了一圈眼睛打××的笑臉，中央還寫著大大的「失敗者」。

燒掉它眞是開心。

當阿波羅小屋帶著大家唱歌，並且開始傳遞烤棉花糖夾心餅時，我被荷米斯小屋的老同伴、雅典娜小屋的朋友，還有格羅佛的羊男弟兄包圍著。他們很羨慕格羅佛剛從羊男長老會取得了探查者執照，長老會說格羅佛在這次尋找任務中的表現是：「勇氣多到快消化不良，羊角和鬍鬚美得前所未見。」

唯一不想開派對的是克蕾莎和她的小屋同伴。他們惡毒的表情告訴我，他們不會原諒我對他們父親的羞辱。

我不在意他們。

即使是戴歐尼修斯對我們榮歸的致詞也不足以打擊我的精神。「是啦，是啦，這個小搗蛋沒有害自己被殺，他以後就會更驕傲自大啦。那麼，讓我們為此歡呼吧。此外，我要宣佈，這星期六沒有划獨木舟比賽。」

我回到三號小屋，這裡不再讓我感覺孤獨。白天時，我和朋友一起接受訓練，晚上，我躺在床上傾聽海聲。我知道爸爸就在那裡，也許他對我的看法還不是那麼確定，也許他甚至不希望我出生，可是他正在看著我，而且，到目前為止，他對我所做的事感到光榮。

至於媽媽，她抓住機會開啟了新生活。在我回到營隊一星期後，我收到她的信。她說蓋柏神祕的離開了，應該說他消失在地球表面。她向警察報案說他失蹤了，不過她有個奇妙的感覺，他們絕對找不到他。

接下來她說了個完全不相干的話題。透過蘇活區的藝廊，她賣出了第一尊真人大小的混凝土雕像給收藏家，作品題目是撲克牌玩家。她因此賺到不少錢。她將錢拿去付新房子的頭期款，還有紐約大學第一學期的學費。蘇活區的藝廊吵著跟她要新作品，他們評論她的作品是「超級醜怪的新寫實主義往前邁進一大步」。

「別擔心。」媽媽寫著：「我現在要開始寫作了，也處理了你留給我的那盒工具，我不會再做雕像了。」

在信的最後，她寫說：「波西，我幫你在市區找到一間很好的私立學校，已經先付訂金保留了一個名額，萬一你突然想要註冊唸七年級的話，就可以用得上，你可以住在家裡。不過，如果你想要在混血之丘待一整年的話，我也可以理解。」

我小心的將信摺起，放在旁邊的桌子上，每天晚上睡覺前，我都會再讀一次，想想要怎麼回覆媽媽。

七月四日，全營的人集中到海邊看九號小屋的煙火表演。身為赫菲斯托斯的小孩，他們不可能隨便做一點紅白藍煙火的陽春表演。他們將一艘大遊艇在近海下了錨，船上載著愛國者飛彈般大小的火箭。之前就看過煙火秀的安娜貝斯說，因為煙火施放的時間排得很緊密，煙火圖案連起來看就像在空中播放動畫一樣，最後預定的高潮是一對三十多公尺高的斯巴達戰士在海面上劈啪作響，互相搏鬥，然後爆開成一百萬種色彩。

當安娜貝斯和我一起攤開野餐墊時，格羅佛來向我們道別。他穿著平常的牛仔褲、T恤和運動鞋。不過這幾個星期以來，他的樣子開始變成熟，差不多是高中的年紀了。他的山羊鬍變得更厚，體重也增加許多，角至少長了兩公分，所以他現在得整天戴著牙買加帽才能成功裝成人類。

「我要離開了。」他說：「我只是要來說……嗯，你們知道的。」

我努力表現出替他高興的樣子，畢竟羊男被允許去尋找偉大的天神潘，並不是每天都有的事。可是說再見眞的很困難，我只認識格羅佛一年，他卻是我認識最久的朋友。

安娜貝斯給他一個擁抱，提醒他要記得穿上假腳。

我問他要先從哪裡開始找。

「祕密。」他說，表情有點窘。「我希望你們和我一起去，可是人類和潘……」

「我們了解。」安娜貝斯說：「你有帶夠這趟旅行用的錫罐嗎？」

「有。」

「蘆笛有帶嗎？」

「唉呀，安娜貝斯，」他抱怨：「你很像老羊媽媽。」

不過聽起來他沒有覺得不開心。

他緊握住手杖，將背包上肩，看起來很像在大馬路邊搭便車旅行的人，一點都不像當年那個楊西學校的矮小男孩，當時我還要保護他以免被惡霸欺負呢。

「那麼，」他說：「祝我幸運囉。」

他給安娜貝斯一個大擁抱，輕拍我的肩膀，然後回頭走過沙丘。

煙火在頭上爆開，畫面是海克力士正殺掉奈米亞之獅；阿蒂蜜絲正在追捕野豬；喬治・華盛頓（順便提一下，這個人是雅典娜的兒子）正橫越德拉威州。

「嘿，格羅佛。」我叫他。

他在森林邊緣轉過身。

「不論你要去哪裡，我希望那裡都有好吃的烤玉米捲餅。」

格羅佛笑了起來，然後他離去，隱沒在森林中。

「我們會再看到他的。」安娜貝斯說。

我努力去相信她說的話，雖然事實上兩千年來沒有探查者生還過……嗯，我決定不要這樣想，因爲格羅佛將會是第一個生還者，他一定是。

七月過去了。

我花了許多時間策劃新的奪旗策略，然後和其他小屋聯盟，讓旗子保持不在阿瑞斯小屋手上的狀態。我首次成功到達攀岩牆頂部，沒有被火山熔岩燒焦。

日復一日，每當我走過主屋時總會抬頭看閣樓的窗子，想著神諭。我努力讓自己相信所有預言已經實現。

「你將往西走，面對變身的天神。」

這句實現了。雖然背叛的天神變成阿瑞斯，而不是黑帝斯。

「你將找到被偷的東西，看著它安全歸還。」

沒錯，其中的閃電火已經送回，另一個黑暗頭盔也回到黑帝斯那老滑頭手中。

「你將被一個稱你爲朋友的人背叛。」

這一項仍然困擾著我，它應該是指阿瑞斯假裝成我朋友，然後又背叛我。神諭一定就是這個意思……

「而且，最後，你會失敗，救不出最重要的。」

我救不出媽媽，不過這是因爲我讓她救自己，而且我確定這是對的。

那麼，我爲什麼仍然感到不安？

暑假課程的最後一天很快就來臨了。

學員們一起吃最後一餐，並且將部分的晚餐燒給天神。在營火邊，資深的指導員頒發夏季結束的紀念珠子。

我得到一條專屬的皮項鍊。當我看到我第一位夏天的珠子時，我很高興火光蓋住了我漲紅的臉。今年的設計是瀝青黑底，中心是一支閃閃發光的海水綠三叉戟。

「這是全體一致的決定。」路克宣佈：「這珠子是紀念本營中第一位海神的兒子，以及他所進行的尋找任務。他深入冥界最黑暗之處，阻止了一場戰爭！」

全營的人都跳起來歡呼，即使阿瑞斯小屋的人也得順從的站起來，雅典娜小屋的人將安娜貝斯帶到最前面，好讓她一起分享大家的喝彩。

我不知道在這當下是開心還是悲傷。我終於找到一個大家庭，大家都關心我，而且認爲我做了對的事，但天一亮，大部分的人就會結束今年課程，動身離開。

第二天早上，我發現一封打字信放在我旁邊的桌上。一定是戴歐尼修斯在上面填上我的名字，因爲他總是會叫錯。

親愛的　彼得．強森　：

如果你想整年待在混血營，必須在今天下午前告訴主屋。如果你沒有表明意願，我們將假定你已經搬出小屋或成為一具恐怖的死屍。清潔鳥妖將在日落後開始工作，他們被授權要吃掉所有未登記的學員。所有未帶走的個人物品將在火山口焚化。

祝　今日愉快

營長　戴先生（戴歐尼修斯）

奧林帕斯眾神會議第十二號決議通過

這一定是我的另一項閱讀障礙，最後期限對我來說十分不眞實，而現在，事情迫在眉睫。暑假結束了，關於我是否繼續待在這裡的事，我還沒有回覆媽媽或營隊。我只有幾個小時可以決定。

決定應該很簡單，我是說，是要九個月的英雄特訓，還是要坐在一般教室裡聽九個月的課。廢話。

可是，要考慮到媽媽，這是第一次我有機會和她一起住一整年，沒有蓋柏。我有機會待在家中，休閒時間可以在城市裡閒晃。我記起安娜貝斯很久以前在我們尋找任務時說過：「眞實世界才是有怪物存在的地方，在眞實世界裡，你才能知道你學得好還是不好。」

我想起宙斯的女兒泰麗雅的命運。假使我離開混血之丘，有多少怪物會攻擊我，假如我整學年都待在一個沒有奇戎或朋友幫助的地方，媽媽和我可以活到明年夏天嗎？雖然這個問題的前提是拼字測驗和五段文章作文並沒有把我給殺了。我決定到競技場去練劍，也許這樣可以讓我的腦袋清醒一點。

在八月酷暑的陽光下，營地幾乎被遺忘了，所有學員不是在小屋裡打包，就是拿著掃把或拖把滿場跑，爲最終檢查做準備。阿古士正在幫幾個阿芙蘿黛蒂的小孩搬運名牌行李箱和化妝包越過山丘。在那裡，營隊接駁巴士等著要送他們去機場。

先不要想離開的事，我告訴自己，練習，練習。

我走到擊劍競技場，發現路克也有同樣的想法，他的運動背包丟在台子的邊緣。他一個人在練習，對著假人揮劍猛擊。我從沒見過他手中那把劍，那一定是用普通的鋼製成的，因爲他正砍掉假人的頭，然後刺穿假人的麥桿肚子。他的橙色指導員上衣滿是汗水，神情緊繃，像是生命眞的遭受到威脅。我看得入迷。他挖去了一排假人的內臟，砍掉他們的四肢，基本上，假人已經被分解成一堆麥稈和盔甲了。

他們只是假人，但我仍然忍不住對路克的劍術深感敬畏，他是一個不可思議的擊劍手。我忍不住暗暗揣想，他的尋找任務怎麼可能以失敗收場。

最後，他看到我，停住揮出一半的劍，說：「波西。」

「嗯，對不起。」我覺得有點糗，「我只是……」

「沒關係，」他說，將劍垂下，「我只是在做最後一刻的練習。」

「那些假人不會再困擾別人了。」

路克聳聳肩，「我們每年夏天都會做新的。」

這時他的劍不再旋轉，因此我能看到這把劍有點古怪，劍身是由兩種不同的金屬製成，一側的劍刃是青銅，另一側劍刃是鋼。

路克看到我在看他的劍，說：「喔，這個嗎？這是新玩具，叫做『暗劍』。」

「暗劍？」

路克將劍放在陽光下，劍身閃耀著邪惡的光。「一側是天界的青銅，另一側是鍛造的鋼，可以同時對付凡人和天神。」

我想起尋找任務開始時奇戎說過，英雄不能傷害凡人，除非是絕對必要的情況。

「我不知道天神可以做出這樣的武器。」

「天神可能不行。」路克同意：「這他們做不出來。」

他對我微微笑了一下，然後將劍滑入劍鞘。「你聽好，我正想去找你，在這最後一點時間裡，我們去森林裡找個什麼東西來比試一下，你覺得怎麼樣？」

我不知道自己爲什麼會遲疑，我應該要鬆一口氣才對，因爲路克對我這麼親切。自從我完成任務回來，他和我似乎有點疏遠，我擔心他是因爲大家對我的注意而感到不高興。

「這樣好嗎？」我問：「我是說……」

「喂，來嘛。」他在他的運動背包裡翻來找去，拿出一組六罐可樂。「我這裡有飲料。」

我盯著可樂，想著他是打哪兒弄來這些東西。營商店裡沒有賣凡人的汽水，也不可能偷偷從外面帶進來，除非是跟羊男說，或許就是這樣吧。

當然，我們晚餐的魔法高腳杯裡可以裝滿任何你想喝的飲料，可是喝起來總是和眞正的可樂不一樣，尤其是直接拿起可樂罐喝的感覺，更是大不相同。

可樂裡的糖和咖啡因，粉碎了我的意志力。

「好啊，」我說：「有何不可？」

我們走進森林裡，晃來晃去想找怪物打鬥，可是現在實在太熱了，只要是有知覺的怪物一定都在陰涼的山洞裡午睡吧。

我們在溪邊找到一個陰涼處，這裡是我第一次參加奪旗大賽時打斷克蕾莎長槍的地方。我們坐在大石頭上喝著可樂，看著灑落在森林中的陽光。

一會兒之後，路克說：「你會懷念尋找任務嗎？」

「懷念每走一公尺就被怪物攻擊嗎？開什麼玩笑！」

路克挑眉。

「是啦，我很懷念。」我承認，「你呢？」

一陣陰影爬上他的臉。

我曾經聽一些女生說路克以往有多麼俊美，不過現在的他，看起來一臉疲倦而憤怒，一點都不帥。他的金髮在陽光下是灰色的，臉上的疤似乎比平常還深，我可以輕易想像他變成老人的模樣。

「從十四歲開始，我就整年住在混血之丘。」他對我說：「自從泰麗雅……嗯，你知道那件事。在那之後，我一次又一次訓練自己，努力表現突出，終於能到外面去看看眞實世界。那時他們丟給我一個尋找任務，而當我再回來時，那感覺就像是有人跟你說：『沒事了，旅程結束，好好過活吧。』」

他捏扁可樂罐，丟進小溪中。這個動作讓我非常震撼，在混血營裡最先學到的一件事就是禁止亂丟垃圾。你會從森林精靈和水精靈那裡聽到這件事，而且他們不只是說說而已，他們會懲罰你，當你某天晚上要睡覺時，就會發現床單裡滿是蜈蚣和爛泥。

「月桂冠算什麼！」路克說：「我不會就這樣結束，我不會像主屋閣樓裡骯髒的神諭說的那樣。」

「聽起來你好像正要離開。」

路克給了我一個古怪的笑容，「喔，我正要離開，波西，你說對了。我帶你來這裡，就是要跟你說再見。」

他彈彈手指，一小點火光在我腳邊的地上燒出一個洞，有個黑黑亮亮的東西爬了出來，大約有手掌那麼大，是一隻蠍子。

我伸手要拿筆。

「沒有用的。」路克警告我：「深淵蠍子可以往上跳五公尺高，牠的毒螯可以刺穿你的衣服，你會在六十秒內死亡。」

「路克，什麼……」

這時，蠍子開始攻擊我。

你將被一個稱你為朋友的人背叛。

「你……」我說。

他冷靜的站起身，拍拍牛仔褲上的灰塵。

蠍子完全不理他，牠又黑又圓的眼睛繼續盯著我，爬上我的鞋子，鉗子緊緊夾著。

「波西，外面的世界我看多了。」路克說：「你不覺得現在黑暗匯集，而怪物更壯大了嗎？你難道不明白這一切都是白費心思嗎？所有的英雄都是天神的爪牙。天神應該在幾千年前被推翻，可是他們今天仍然繼續掌權，這都要感謝我們混血人。」

我不敢相信現在發生的事。

「路克……你說的是我們的父母。」我說。

他笑了。「這表示我應該愛他們嗎？波西，他們所珍視的西方文明是病態的，那東西正在毀滅這個世界，唯一的解決方式就是將之燒爲塵土，開啓另一個更好的新時代。」

「你和阿瑞斯都瘋了。」

他的眼中燃燒著怒火。「阿瑞斯是個笨蛋，他從來不了解他所服侍的眞正主人。波西，假如我有時間的話，我可以跟你解釋，不過恐怕你活不到那時候了。」

蠍子爬上我的褲管。

一定有辦法可以突圍，我需要時間想一想。

「克羅諾斯，」我說：「他就是你的主人。」

空氣變冷了。

「你不應該直呼他的名字。」路克警告我。

「是克羅諾斯指使你偷走閃電火和黑暗頭盔，他是到你夢裡跟你說的。」

路克雙眼抽搐。「波西，他也對你說了，你該聽的。」

「路克，你被他洗腦了。」

「你錯了，他讓我知道我的天分白白的浪費掉了。波西，你知道兩年前我的尋找任務是什麼嗎？我父親荷米斯要我從赫斯珀里德斯的果園裡偷出金蘋果，歸還給奧林帕斯。在我完成所有的訓練後，那竟是他所能想到的最佳任務。」

「那並不容易。」我說：「海克力士以前也成功過。」

「沒錯。」路克說。「重複其他人做過的事有什麼光彩可言？所有天神都只會重演過去而已。我當時根本就不想執行這個任務，而果園裡的龍卻賞給了我這個。」他生氣的指著臉上的疤痕。「當我回來時，我所得到的只是同情，那時，我眞想毀掉奧林帕斯，不過我決定等待時機。我開始夢到克羅諾斯，他說服我去偷些有價值的東西，偷那種從沒有任何英雄敢拿走的東西。當我們冬至去校外教學時，等其他學員都睡了，我溜進王座廳，拿走宙斯王座上的閃電火，連黑帝斯的頭盔也一起拿走。你不會相信這件事有多簡單，奧林帕斯的天神太傲慢了，他們從沒想過會有人敢偷他們的東西，他們的警衛糟透了。在穿過紐澤西的半路上，我聽到雷聲大作，這時我知道他們發現東西被偷了。」

蠍子現在伏在我的膝蓋上，用圓眼睛瞪著我。我努力讓聲音保持平靜。「那你爲什麼不把東西帶去給克羅諾斯？」

路克的笑容有點僵住。「我……我太過自信了。宙斯派他的兒女去找被偷的閃電火，像是阿蒂蜜絲、阿波羅、我爸爸荷米斯，結果是阿瑞斯抓到我。我本來可以擊敗他，可是我不夠小心，他讓我繳了械，拿走這兩件寶物，威脅說要歸還奧林帕斯，並且將我活活燒死。這時克羅諾斯的聲音出現，告訴我該怎麼說，我將引起天神大戰的念頭灌輸給阿瑞斯，我跟他說，他只需要把寶物藏起來一會兒，看著別人打鬥就好了。阿瑞斯的眼睛燃起邪惡的閃光，我知道他上鉤了。他把我放走，在被人發現我不在之前，我趕回奧林帕斯去。」路克拔出他的新劍，他將手指放在劍身的平坦面上滑過，像是深深爲劍的美麗而著迷。「後來，泰坦王，他……他以夢魘懲罰我，我發誓不再失敗。回到混血營之後，我在夢中被告知第二個混血人即將到來，我可以設計他帶著閃電火和黑暗頭盔繼續剩下的任務，將這兩樣寶物從阿瑞斯手中送到塔耳塔洛斯去。」

「那晚在森林裡，是你召喚了地獄犬。」

「我們必須讓奇戎認爲營區因爲你而不再安全，這樣他才會讓你開始尋找任務。我們必須加重他的憂慮，讓他以爲黑帝斯緊跟著你，而這方法的確奏效。」

「飛鞋被下了詛咒。」我說：「飛鞋被設定要拖著我和背包進入塔耳塔洛斯。」

「飛鞋是會這麼做，假使你穿著他們的話。不過你卻將飛鞋給了羊男，這不在計畫之內。只要被格羅佛碰到的事就會搞砸，沒想到他竟然能干擾詛咒。」

路克低頭看蠍子，現在牠伏在我的大腿上。「波西，你應該死在塔耳塔洛斯才對，不過別擔心，我會將你留給我的小小朋友，將事情調整回來。」

「泰麗雅付出生命救了你。」我咬牙切齒的說：「這就是你回報她的方式嗎？」

「別提泰麗雅！」他大喊：「是天神害死她的！他們要爲許多事情付出代價，而這只是其中的一項。」

「路克，你被利用了，你和阿瑞斯都是，別聽克羅諾斯的話。」

「我被利用？」路克的聲音變得尖銳刺耳，「看看你自己，你爸爸爲你做過什麼？克羅諾斯即將回來，你只是稍微拖延了他的計畫，他會將奧林帕斯天神丟進塔耳塔洛斯，將人類趕回山洞去。只有服侍他的人得以倖免，能夠成爲最強大的人。」

「叫這隻蟲離開，」我說：「如果你眞的這麼強，自己來和我打。」

路克微笑著說：「波西，做得好，不過我不是阿瑞斯，我不會中計的。我的主人正在等著，他給我很多尋找任務，要我著手進行。」

「路克……」

「波西，再見了，新的黃金時代就要來臨，而你不會參與其中。」

他將劍揮了個弧形，消失在黑暗的漣漪中。

蠍子撲上來。

我用手將牠猛力打落，然後拔出劍。這東西想跳到我身上，我在半空中將牠切成兩截。

我正準備要恭喜自己了，但一低頭卻發現手掌上出現了一道紅色的鞭痕，滲出黃色的黏液，還在冒著煙。那東西終究螫到我了。

我的耳朵裡轟轟作響，視線逐漸模糊。我想到了水，上次水曾經治癒過我。

我蹣跚走進溪裡，將手浸入水中，不過似乎沒什麼作用。毒性太強了，我的眼前逐漸變黑，幾乎無法站立。

「六十秒。」路克說過。

我必須回到營隊去，假如倒在這裡，我的身體將成爲怪物的晚餐，沒有人會知道發生了什麼事。

我的腳像鉛一樣重，額頭正在灼燒。我搖搖晃晃往營區走，森林精靈從樹裡面跑出來。

「救我。」我的聲音嘶啞，「求求你……」

他們其中兩個抓著我的手臂拉著我前進，我記得到了一片空地，有個指導員大聲呼救，一位半人馬吹起海螺號角。

接著，眼前一片漆黑。

我醒來時，一根吸管在口中。我小口喝著飲料，味道像巧克力豆餅乾，是神飲。

我睜開眼睛。

在主屋的病房中，我上半身在床上坐起，右手正纏著綳帶，看起來像支球棒。阿古士站在角落守衛著，安娜貝斯坐在我旁邊，拿著我的神飲玻璃杯，用毛巾在我的額頭輕輕拍著。

「我們又在這裡了。」我說。

「你這笨蛋。」安娜貝斯說，我聽得出她看到我醒來非常高興。「我們找到你的時候，你全身發青，而且開始變成灰色，假如不是奇戎醫治你的話……」

「好了好了，」奇戎的聲音響起，「波西的體質也有些功勞。」

他坐在床尾，以人類的樣子出現，難怪我剛才沒有看到他。他的下半身不可思議的塞進輪椅中，上半身穿著西裝外套，而且打了領帶。他微笑著，不過他的面色疲倦又蒼白，他之前熬夜批改拉丁文報告時也是這樣。

「你覺得如何？」他問。

「很像身體裡面被冷凍起來，然後又拿去微波。」

「這比喻很貼切。那是深淵蠍子的毒液，假如你現在還可以說話，你必須告訴我到底發生了什麼事？」

在吸著神飲之間的空檔，我將事情經過告訴他們。

房間裡安靜了好一會兒。

「我不相信路克會……」安娜貝斯的聲音顫抖，她的表情變得憤怒又悲傷。「對，對，我相信，願天神詛咒他……在尋找任務之後，他和以前完全不一樣。」

「我必須報告奧林帕斯。」奇戎喃喃說著：「我馬上去。」

「路克到外面去了。」我說：「我必須去追他。」

奇戎搖搖頭說：「不，波西，天神們……」

「不能談克羅諾斯的事。」我打斷他說：「宙斯宣佈終止這件事。」

「波西，我知道這很困難，不過你不能魯莽的衝去報仇，你還沒準備好。」

我不喜歡這樣，可是有一部分的我意識到奇戎是對的。我看著我的手，知道不可能馬上拿起劍來戰鬥。「奇戎……你從神諭那裡得到的預言……是關於克羅諾斯的，對不對？我也在裡面嗎？安娜貝斯呢？」

奇戎緊張的瞥了天花板一眼。「波西，這不是我的身分……」

「你被命令不可以對我說這些，是吧？」

他的眼神默許著，可是卻帶了悲傷。「孩子，你將會是個偉大的英雄，我會盡我所能幫你做準備，可是關於你眼前的道路，假如我是對的……」

雷聲轟隆一聲打在頭上，震得窗子發出喀喀聲響。

「好啦！」奇戎大喊：「好！」

他嘆了口氣，深感挫折。「波西，天神有他們的理由，讓你知道太多未來的事並不好。」

「但我們不能只是坐在這裡，什麼事都不做。」我說。

「我們不會枯坐在這裡。」奇戎承諾。「可是你一定要小心，克羅諾斯想要將你解決掉，他想讓你生活大亂，腦子裡充滿恐懼和憤怒，別讓他如願。耐心勤練，你的時代即將來臨。」

「假如我能活那麼久的話。」

奇戎將手放在我的腳踝上。「波西，你必須相信我，你會活著，可是首先你要決定接下來這一年要走的路，我不能告訴你正確的決定是什麼……」我覺得他的意見非常明確，但他用全部的意志力忍住不要影響我。「你必須決定是要待在混血營一整年，還是回到凡人的世界唸七年級，而只來這裡參加暑期夏令營。好好想一想，當我從奧林帕斯回來時，你必須告訴我你的決定。」

我想要抗議，我想要問他更多的問題，可是他的表情告訴我，沒什麼好討論了，能說的他都已經說了。

「我會盡快回來。」奇戎承諾。「阿古士會照顧你。」

他看了安娜貝斯一眼。「喔，親愛的……你準備好了的話，隨時都可以，他們在這裡了。」

「誰在這裡？」我問。

沒有人回答。

奇戎推著輪椅自己出了房間，我聽到輪椅小心下台階的咚咚聲，一次兩輪一起下。

安娜貝斯研究起我飲料中的冰塊。

「怎麼了嗎？」我問她。

「沒有。」她將杯子放回桌上。「我……有件事我聽了你的勸告。你……嗯……你需要什麼東西嗎？」

「嗯，扶我站起來，我想到外面去。」

「波西，這不是好主意。」

我將腳滑出床外，安娜貝斯在我摔碎在地板之前抓住我，一陣噁心感湧上。

安娜貝斯說：「我就跟你說……」

「我很好。」我堅持。我不想像個病人一樣躺在床上，此時路克已經跑到外面，計畫毀掉西方世界。

我努力往前走一步，然後又一次重重癱倒在安娜貝斯身上。阿古士跟著我們走出去，不過仍然保持距離。

這次我們到陽台上了。我滿臉汗珠，胃好像打了結，不過我使盡全力到達欄杆邊。

現在是黃昏，營區裡看起來完全是一片荒蕪。小屋是暗的，排球場一片寂靜，湖面上沒有獨木舟穿梭，在森林和草莓園的遠處，長島海峽在夕陽餘暉中閃閃發光。

「你要做什麼？」安娜貝斯問我。

「我不知道。」

我告訴她，我覺得奇戎是想要我整年留下來，用更多的時間訓練，可是我不確定我是不是想要這樣做。我承認讓她獨自留在這裡是很糟糕的事，這樣她就只能和克蕾莎在一起……

安娜貝斯抿一抿嘴，小聲的說：「波西，今年我要回家。」

我睜大眼睛看她。「你是說，去你爸爸那裡？」

她的手指向混血之丘的山頂，在泰麗雅的松樹旁，在營區的魔法界線旁，有一個家庭站在那裡的剪影，兩個小孩、一個女子，和一個高個子的金髮男子，他們好像在等待。男子拿著一個背包，看起來很像安娜貝斯從丹佛的水世界拿的那一個。

「我們回來之後，我寫了封信給他。」安娜貝斯說：「像你建議的那樣，我告訴他……我很抱歉，假如他還想要我的話，我會回家唸下一學期。他立刻回信給我，我們決定……我們要重新試一次。」

「這需要很大的勇氣。」

她抿一抿嘴，說：「在凡人學校開學之後，你不會想做什麼蠢事吧？至少……別忘了請伊麗絲傳訊息給我，好嗎？」

我擠出笑容。「我不會去找麻煩的，通常都是麻煩來找我。」

「明年暑假我們回來時，」她說：「一起去追捕路克。我們去請求尋找任務，假如沒有被准許的話，我們就自己溜出去。就這麼說定囉？」

「想出這個計畫的腦袋不會比雅典娜差。」

她伸出手，我和她握握手。

「保重，海藻腦袋。」安娜貝斯對我說：「繼續努力啊。」

「聰明的女孩，你也一樣。」

我看著她走上山丘和家人會合。她笨拙的擁抱她爸爸，然後回頭往山谷看了最後一眼。她摸著泰麗雅松樹，然後才讓自己被帶著跨過山頂，進入凡人世界。

這是第一次，我在營區裡感到真正的孤獨。我望著外面的長島海峽，想起爸爸說的話：「大海不喜歡受拘束。」

我決定了。

我猜想著，假如波塞頓正在看著，他會不會贊成我的決定？

「明年暑假我會回來。」我對他承諾：「我一定會活到那個時候，畢竟我是你的兒子。」

我請阿古士帶我到三號小屋，讓我收拾行李回家。

波西傑克森. 1：神火之賊 / 雷克.萊爾頓（Rick Riordan） 著；吳梅瑛譯. -- 二版. --臺北市：遠流出版事業股份有限公司，2023.01
面； 公分
譯自：Percy Jackson & Olympians：the lightning thief
ISBN 978-957-32-9919-6（平裝）

874.59 111020223

波西傑克森 1

神火之賊

文 / 雷克・萊爾頓
譯 / 吳梅瑛

主編 / 林孜懃 封面繪圖 / Blaze Wu
封面設計 / Snow Vega 內頁美術設計 / 唐壽南
行銷企劃 / 鍾曼靈 出版一部總編輯暨總監 / 王明雪

發行人 / 王榮文
出版發行 / 遠流出版事業股份有限公司 104005台北市中山北路一段11號13樓
電話：(02)2571-0297 傳真：(02)2571-0197 郵撥：0189456-1
著作權顧問 / 蕭雄淋律師
輸出印刷 / 中原造像股份有限公司
□ 2009年3月1日 初版一刷 □ 2023年10月30日 二版二刷

定價 / 新台幣460元 （缺頁或破損的書，請寄回更換）

ISBN 978-957-32-9919-6
遠流博識網 http://www.ylib.com E-mail:ylib@ylib.com
遠流雷克萊爾頓奇幻欄 http://www.facebook.com/thekanefans